Giuseppe Gracia *Der letzte Feind*

Giuseppe Gracia

Der letzte Feind

Roman

DANKSAGUNG

Einige Leute haben die Entstehung dieses
Romans begleitet in Bezug auf erzählerische,
theologisch-kirchliche, politische und wissenschaftliche
Fragen. Ganz besonders bedanke ich mich bei
Antje und Jan Gracia,
Martin Grichting, Michael Rüegg,
Dominik Klenk, Pius Kölbener,
Bernhard Meuser.

2. Auflage 2020
Bibliografische Information der
Deutschen Nationalbibliothek
Die Deutsche Nationalbibliothek verzeichnet diese
Publikation in der Deutschen Nationalbibliografie;
detaillierte bibliografische Daten sind im Internet
über www.dnb.de abrufbar.

© 2020 by Fontis-Verlag Basel
Umschlag: *Jan Gracia*, Satz: *Antje Gracia*
Druck: *Finidr*
Gedruckt in der Tschechischen Republik
ISBN 978-3-03848-196-6

«Der Rauch Satans
ist durch einen Riss in den
Tempel Gottes eingedrungen.»
Papst Paul VI.
(1897–1978)

«Die Erbsünde ist
der Eckstein, den die Erbauer
Utopias verworfen haben.»
Gilbert Keith Chesterton
(1874–1936)

I

DER Mann am Telefon – kühle, ruhige Stimme – versichert Hank, dass ihm die Leute in Rom eine nicht registrierte Handfeuerwaffe besorgen werden. Nach dem Anruf geht Hank im dunkelgrauen Anzug, den er sich vor der Reise besorgt hat, durch den Straßenlärm der Via Flaminia und taucht ins Gedränge auf dem Ponte Regina, das sich hinzieht bis zur Via della Conciliazione.

Das Gedröhne und Geknatter, von den Ampeln notdürftig orchestriert, schießt warm an Hank vorbei, im Durcheinander vor den Cafés, Shops und Souvenirständen. Ruhiger wird es erst auf der Höhe Borgo Pio.

Als Hank vor dem Kontrollposten der Porta Sant'Anna steht, greift der uniformierte, hagere Italiener – langsame, knochige Hände – zum Hörer, um im Apostolischen Palast den Namen des Besuchers zu melden. Bevor der Beamte den Passierschein abstempelt, nimmt er einen rosigen Kaugummi aus seinem Mund und drückt ihn in einen Aschenbecher mit dem Wappen der ‹AS Roma›.

Hank betritt das Vatikanische Territorium und hat das Gefühl, auf eine Insel zu kommen, eine Insel in den Verkehrsbrandungen der Stadt. Aus einem offenen Fenster dringt eine Frauenstimme – «Sicuramente», «senza dubbio» – und dann, beim Brunnen der Schweizer Garde, Vogelgezwitscher.

Im Büro der Landesregierung prüft man den Passierschein und begleitet Hank durch meterhohe Räume, in denen niemand sonst zu sehen ist. Schweigend streifen sie durch eine antike Verlassenheit aus Brokatvorhängen, Skulpturen und Säulen mit Rundbogen.

Im dritten Stock des Palazzo wartet Erzbischof Theodor

Algermissen aus dem Staatssekretariat, gekleidet in Schwarz mit weißem Römerkragen, um den Hals ein goldenes Brustkreuz. Er begrüßt Hank überraschend herzlich, als würden sie sich gut kennen. Er führt den Gast in einen Salon mit Rokokostühlen und dunkelroten Kanapees. Trotz der untersetzten, schreibtischblassen 66 Jahre wirkt Algermissen ein bisschen wie ein Junge.

Während sie reden, scheint er mit den Händen mehrmals falsche Voraussetzungen verscheuchen zu wollen, die er hinter Hanks Fragen vermutet. Fragen zum anstehenden Vatikanischen Konzil, zur Organisation der Unterkünfte, zur Sicherheit für die über 3000 Teilnehmenden aus aller Welt.

Schließlich fragt Hank: «Sie wissen nichts Neues zum – Unfall?»

Der Erzbischof macht ein trauriges Gesicht und versichert, täglich für Padre Rossi zu beten. Er bittet darum, den Behörden zu vertrauen, mit einem Lächeln, das etwas zu lange dauert. «Die italienische Polizei ist besser als ihr Ruf.»

Er hat Angst, denkt Hank. Er *weiß* etwas.

«Wir treffen die Kommission später», sagt der Geistliche und schlägt einen Rundgang vor.

Hank begleitet ihn durch den Cortile San Damaso in einen Saal mit gelbem Marmorboden, *Giallo di Siena*. Am Ende des Flügels erreichen sie eine Loggia, die über die umliegenden Dächer auf den Petersplatz hinausgeht.

Hank blickt runter auf die halbkreisförmigen Kolonnaden, die angeblich bekrönt werden von 140 Heiligen und Märtyrern. Aus dieser Höhe scheinen sie wie eine riesige, in Stein gegossene Umarmung auf die Tausenden von Gläubigen zu warten, die sich hier regelmäßig versammeln.

Ganz großes *Theater*, denkt Hank, während sich der Erzbischof, das rechte Auge zugekniffen, eine Zigarette ansteckt.

Er deutet zum Dächerwirrwarr zu seiner Rechten. «Sehen

Sie den Turm hinter den Museen? Dort haben wir die Zeit neu erfunden.»

Er meint ein quadratisches, ziegelrotes Dach, unter dem offenbar eine große Sonnenuhr steht, die unter Papst Gregor XIII. der Reform des julianischen Kalenders gedient hat.

Bereits im 16. Jahrhundert, erklärt der Erzbischof, sei der alte Kalender dem Jahreslauf der Sonne um zehn Tage hinterher gehinkt. Deswegen habe der Papst einen Ausfall von zehn Kalendertagen angeordnet, um dem gregorianischen Kalender zum Durchbruch zu verhelfen.

«Die Protestanten sperrten sich aus ideologischen Gründen!» Der Würdenträger lacht und klopft Zigarettenasche über die Balustrade. «Sie konnten nicht verhindern, dass heute die ganze Welt mit unserer Zeitrechnung lebt. Wir sind die eine heilige, katholische und apostolische Kirche.»

*

Nach dem Treffen mit der Vorbereitungskommission lädt der Erzbischof seinen Gast zum Abendessen ein und steckt sich beim Verlassen der Vatikanstadt eine neue Zigarette an.

Auf dem Borgo Pio herrscht ein Mischmasch aus Erwachsenen und Kindern, Hunden, Straßenmalern und Motorrollern. Sie begegnen einer älteren Frau in zerlumpten Kleidern, im Gesicht ein starres Grinsen.

«Padre», krächzt sie, «è buona la sigaretta? *Buona?*»

Der Erzbischof reicht ihr zwei Zigaretten und geht weiter.

Als sie die Piazza A. Capponi erreichen und ins gegenüberliegende Gassengewirr tauchen, in dem dicht nebeneinander Vitrinen und Geschäfte folgen – Schmuck, Kleider, Fleisch, Antiquitäten –, hat Hank das Gefühl, einen Mann wiederzuerkennen, der ihm schon auf dem Petersplatz aufgefallen war; in Jeans und einem schwarzen Poloshirt.

9

Der Geistliche erklärt, dass Rom voller Bettler sei, die von der Kirche nichts mehr erwarteten, nur noch Zigaretten.

«Sie wollen kein ewiges Leben», sagt er.

Sie erreichen einen Innenhof mit offenen Fenstern und Wäscheleinen, die sich über den Platz spannen. Wenige Meter hinter dem Platz befindet sich das ‹Ristorante D'Amico›. Um den Eingang herum, auf ungleichmäßigen Stufen, die Mauern efeubewachsen, stehen Klapptische, ein Kühlschrank mit Getränken, eine Auslage mit Tomaten, Auberginen, Rohschinken.

Ein Glatzkopf in einem kurzärmeligen Hemd, am rechten Unterarm ein Schlangen-Tattoo, führt sie ins Gewölbe, in dem ein gedeckter Tisch wartet, mit Kerzen und Servietten.

Der Erzbischof erklärt dem Wirt, sein Gast komme aus der Schweiz.

«Svizzera!», staunt der Glatzkopf, als sei damit alles gesagt.

Der Erzbischof bestellt für Hank gleich mit: Antipasti und einen Primo, «assolutamente» zu empfehlen, die besten Panzerotti in Rom!

Hank spielt das Spiel mit. Der Wein schmeckt nicht übel, immerhin, und er scheint die Stimmung des Erzbischofs zu heben. Der Geistliche erzählt Witze über den Vatikan, über rabiate Nonnen und feige Kardinäle.

«Und Kardinal Feuerbach? Kennen Sie ihn?»

«Der Präsident der Deutschen Bischofskonferenz?» Der Erzbischof wirkt überrascht. Er schmunzelt. «Sehr kompetent und effizient, fürchte ich.»

Hank überlegt, ob er das Paket erwähnen soll, das ihm Rossi geschickt hat, bevor er durch den angeblichen Unfall ums Leben gekommen ist. Die Notizen und den USB-Stick mit Informationen über gewisse Kurienmitglieder. Aber es wäre natürlich dumm, jetzt davon zu sprechen. Ziemlich sicher steckt der Geistliche in der Sache mit drin.

Er beobachtet, wie der Erzbischof Wein nachschenkt und sich dann über die Panzerotti hermacht, wobei das Brustkreuz, als er sich vorbeugt, gegen die Pasta-Schüssel stößt.

Als junger Journalist hatte sich Hank wenig für die Kirche interessiert, sofern es – anders als in der Politik – nur wenig Gelegenheit gab, die Schweinereien eines einflussreichen Blutsaugers aufzudecken. Aber Rossi? *Alles* hat er auf diesen römischen Laden gesetzt. Sein ganzes armes Herz hat er sich an die Tür dieser Kirche nageln lassen.

Im Priesterseminar war Rossi so beliebt und schloss die Ausbildung so erfolgreich ab, dass ihn mehrere Pfarreien haben wollten, wobei ihn der Bischof schließlich ins Ordinariat bestellte, zuerst für den Aufbau der Homepage und dann für die gesamte Kommunikation des Bistums. Etwa zur gleichen Zeit haderte Hank mit seinem Redaktionsjob. Er wollte nicht mehr nur über Dinge schreiben, die Andere taten, sondern selber handeln und versuchen, einen Unterschied zu machen. Er wechselte auf die Seite der Aktivisten, als Medienberater für die Sozialdemokraten. Er verhalf zwei Nationalratskandidaten zum Sieg. Obwohl er mit der Kirche nichts anfangen konnte, hat er in dieser Zeit gelegentlich Rossi und seinen Bischof beraten; ein sozialer Bischof, ohne Zweifel. Dann hat man Rossi nach Rom beordert, das ist jetzt etwa zwei Jahre her.

«Auf gute Zusammenarbeit!» Erzbischof Algermissen hebt erneut sein Glas. «Endlich, *finalmente!* Wir hatten dieses Konzil ja schon früher einmal geplant, alles organisiert, vorbereitet – dann kam die Corona-Krise.»

Hank nickt.

«Jetzt haben die Liberalen viel Zeit gehabt, um Druck auf die Kommissionen zu machen. Sie bringen jeden, der uns hasst, in Stellung: gottlose Medien, Politiker und Theologen, die heute an jeder Straßenecke zu finden sind. Salute!»

Hank nimmt nur einen kleinen Schluck. «Ich habe Rossi versprochen, dass ich helfe. Ich habe Ihren Vertrag bekommen.»

«Sehr gut», erwidert der Erzbischof. «Wir sind froh, dass Sie so schnell kommen konnten.»

Dann schweigt er, als der Mann von draußen – Jeans und Poloshirt – den Raum betritt und ein paar Tische weiter drüben Platz nimmt. Der Fremde greift nach der Menükarte und beginnt sie zu studieren.

«Ein Freund von Ihnen?»

Der Erzbischof winkt ab, als sei das die absurdeste Idee der Welt. Er tut so, als sei der Mann überhaupt nicht da, und erzählt weiter Priesterwitze.

Irgendwann unterbricht ihn Hank: «Ich habe gehört, der Papst habe viele Feinde.»

Diesmal wirkt der Erzbischof nicht überrascht. «Die Feinde sind überall, auf den Kirchenbänken hinten, auf den Bänken vorne. Und natürlich ganz vorne, am Altar. Salute!»

Nach dem Hauptgang – Porchetta und Puntarelle – erklärt der Erzbischof: «Ich bin der Beichtvater des Wirtes. Seit zehn Jahren esse ich hier. Seit zehn Jahren beichten bei mir der Wirt, seine Frau und die Cousinen. Ich nehme mir die Zeit. Wenn wir den Menschen nicht helfen, ihr Herz zu reinigen, wenn wir ihnen nicht helfen, sich für das Höhere zu öffnen – wie sollen sie Gottes Stimme hören?»

Der Geistliche füllt Grappa in sein Glas.

Hank geht nicht auf sein Gerede über Gott ein. Er wartet einige Sekunden, dann sagt er: «Rossi war mein bester Freund. Ich werde die Wahrheit herausfinden.»

«Ein wunderbarer Priester, wunderbar.» In den Augen des Geistlichen bilden sich zwei kleine, helle Punkte. «Man hat ihm schnell vertraut. *Ich* habe ihm vertraut. Dieser Unfall – …» Er verstummt und trinkt weiter.

2

EIN Grappa zu viel, denkt der Erzbischof auf dem Nachhauseweg. Vielleicht zwei Grappa zu viel – gut möglich, *possibile* –, also muss er aufpassen, dass er nicht stolpert, so wie letztes Mal, der verstauchte Knöchel, ärgerlich.

Dieser Gast aus der Schweiz, mit dem er zu Abend gegessen hat: kein gesprächiger Mensch, nein – *certo di no* –, denkt der Erzbischof und verliert sich für einen Moment in der Verschwommenheit seiner Stimmung, erinnert sich an die alte Frau auf dem Borgo Pio, an ihre Stimme: «E buona la sigaretta? *Buona?*»

Irgendwo auf der anderen Seite, im gelbroten Straßenlicht der Via Barletta, grüßen ihn zwei ältere Herren. Natürlich, diese Generation grüßt noch, wenn sie einen Geistlichen sieht, diese Generation weiß, was ein Geistlicher ist, diese Generation sucht das ewige Leben und lässt sich nicht ablenken vom Verrat in der Kurie – jawohl, Verrat in der Kurie!

Der Erzbischof bleibt stehen, ein paar Meter vor dem Gebäude, in dem er wohnt, ein älteres, fünfstöckiges Appartementhaus.

Vor dem Eingang die zusammengepferchten Fiat, Skoda, Alfa Romeo und Volkswagen, Stoßstange an Stoßstange, und dann, auf dem Weg ins Treppenhaus, rutscht er doch aus. Er stolpert und fällt beinahe hin, zum Glück schafft er den Griff ans Geländer.

Drinnen, aus dem Innenhof des Hauses, der Lavendel-Duft, den er nicht mag, und wieder der Gedanke an Padre Rossi – der Arme, *poveràccio*, wieso hat er es nicht verhindert? –, und als er vor dem Aufzug steht, betrachtet er die enge hölzerne Kabine im Metallschaft. Meist braucht er zwei oder drei Versuche, um die Gittertür zu öffnen.

Er betritt die Kabine, schwitzend, hört die Stimmen der Nachbarn im Erdgeschoss, spürt den Ruck, als der Fahrstuhl sich in Bewegung setzt, schwerfällig nach oben, während die Stimmen der Nachbarn im Untergrund verschwimmen.

Im vierten Stock bleibt er vor der Wohnung stehen, steckt den Schlüssel ins Schloss und dreht ihn herum, doch es ist nicht abgeschlossen. Ist er heute Morgen so kopflos aus dem Haus gegangen?

Er tritt über die Schwelle, sucht den Lichtschalter an der Wand rechts und betätigt ihn. Nichts, Dunkelheit. Er versucht es nochmals.

Fast gleichzeitig hört er den Parkettboden knarren und sieht das vom Tod ausgebleichte Gesicht von Rossi in der Dunkelheit, genau wie letzte Nacht im Traum: die Augenhöhlen leer, der Mund offen, erstickt an den letzten Fragen. «Warum hast du es nicht verhindert? Wie kannst du schlafen, wie kannst du dich im Spiegel *ansehen?*»

No, no! Der Erzbischof schließt die Augen. Verdammter Grappa. Er öffnet die Augen wieder, in den Schatten des Korridors, in denen kein Rossi mehr zu sehen ist. Nichts, alles in Ordnung.

Oder nein, plötzlich türmen sich Schatten neben ihm auf, wie Wolken. Er spürt Hände, die ihn von hinten packen, hört einen Schrei – seinen Schrei –, bevor er kopfvoran gegen die Wand gestoßen wird. Heißer Blitz hinter den Augen, im Schädel ein Gewitter, Regentropfen mit Blutgeschmack. Er schnappt nach Luft und will Hilfe rufen, *aiuto!* Doch das Wort wird abgewürgt, als jemand die Kette um seinen Hals packt, die Kette mit dem goldenen Brustkreuz, und nach hinten zieht. Harter, bleischwerer Schlag in den Rücken. Die Wohnung wankend, und er prallt gegen den Bilderrahmen mit antiken Plänen des Petersdoms.

«Aiuto!»

Diesmal kommt es aus seinem Mund, aber wie von einer anderen, entfernten Stimme. Der Atem des Fremden im Nacken, während er von hinten seinen Arm herumdreht und ihn stößt, nach vorne zum Büchergestell. Feuer im Arm. Aufhören! Er prallt gegen den Schreibtisch, und die handbemalte Heiligenfigur von Thomas Morus, in der Hand die aufgeschlagene Bibel, stürzt zu Boden und bleibt – still, unbeugsam – neben dem Erzbischof liegen.

Ohnmacht flutet den Raum. Und dann, mittendrin, wie die vorbeischwimmende Reflexion auf einem dunklen Wasserspiegel, erneut Rossis Gesicht. «Warum hast du es nicht verhindert?» Und irgendwo Thomas Morus, vor dem Scharfrichter stehend, stumm, bevor man ihm den Kopf abschlägt.

Als der Erzbischof wieder zu sich kommt, hört er die Stimme des Fremden.

«Ich frage Sie noch einmal, wo ist das Dokument?»

Er spürt die Verwirrung im Raum, wie eine Wärme, in der die angespannte, schwitzende Gegenwart des Anderen lauert, ohne zu wissen, was er sagen soll, was er *denken* soll. Dann fällt ihm auf, dass er am Boden liegt, neben dem Fenster zur Straße. Nochmals um Hilfe rufen?

Nein, der Mann wird ihn bewusstlos schlagen. Die Schmerzen – Arm, Rücken – sind jetzt so stark, dass ihm schlecht wird, und er kann neben sich das Erbrochene riechen, muss sich bereits vor der Ohnmacht übergeben haben.

«Bitte – lassen Sie mich sitzen. Dort, auf dem Stuhl.»

Der Fremde hilft ihm, auf die Beine zu kommen. Er führt ihn zum Stuhl, und der Erzbischof – nach einigen Sekunden – greift nach dem Stuhl und schleudert ihn gegen den Fremden, trifft ihn am Schienbein.

Der Erzbischof rennt los, in Richtung Korridor, doch bevor er die Wohnungstür erreicht, kreuzt eine zweite Person seinen Weg und drückt ihn zu Boden, legt die Hände um seinen Hals. Während die Luft aus ihm herausgepresst wird und er um sich schlägt, zuerst schnell und hektisch, dann langsamer, sieht er über sich das schmale mondfarbene Gesicht, das Gesicht mit den zurückgebundenen Haaren.

*

Knapp drei Kilometer von der Wohnung des Erzbischofs entfernt, im Hotelzimmer an der Via San Conca, ist Hank in dieser Nacht unruhig.

Er kann nicht einschlafen und muss an seine Mutter denken, die seit ein paar Jahren in einem Altersheim in der Ostschweiz lebt. Damals, um 1980 herum, hatte sie sich von Hanks Vater getrennt, einem kartenspielenden Versager, der inzwischen unter der Erde liegen mag oder auch nicht, Hank ist es egal.

Als Kassiererin in einem Supermarkt in Sankt Gallen hat sich die Mutter nur mit Mühe eine Wohnung in einem Ausländerviertel im Osten der Stadt leisten können, wo vor allem Italiener und Spanier gelebt haben; kinderreiche Familien, unter ihnen Rossis Familie.

Der blasse kleine Junge, Hank, erinnert sich: Viele Kinder im Quartier behandelten Rossi wie einen freundlichen Geist, der in der Gruppe vielleicht gern eine festere Form angenommen hätte, dafür jedoch immer etwas zu weich blieb, zu zaghaft. Rossi schien einfach nicht dafür gemacht, sich durchzusetzen. Er brachte es nicht einmal fertig, darüber ein wenig zu verzweifeln oder sich zu empören. Nicht einmal *fluchen* konnte er über die Halbstarken, die sich angelockt fühlten vom Ohnmachtsgeruch seiner Gutmütigkeit. Die Halbstarken, die ihm auf dem Schulweg auflauerten, um ihn zu schlagen, oder die ihm in der Turnhalle vor den Mädchen die Hosen runterzogen.

Anfangs hielt Hank das für eine tragische Verstopfung der Männlichkeit, später für eine christliche Selbstkasteiung, die Rossi seinen neapolitanischen Eltern verdankte. Jeden Sonntag besuchte die Familie die Heilige Messe, und zu Hause hingen etwa ein Dutzend Kreuze herum. Im Gang und in der Stube betende, augenaufschlagende, kinderhätschelnde Madonnas.

In der Hitze der Sommertage war die Badeanstalt des Nachbarviertels durchlärmt vom Geschrei und Getümmel im Wasser, vom Gekicher der Mädchen und den Sprüngen vom Fünfmeterturm, mit denen sich die Jungs selbst beeindruckten.

Die Halbstarken liebten es, Rossi so lange beim Springen zu stören, bis er still in seinen Rückzug hineinlächelte, als entspreche es nun einmal der Ordnung der Dinge. Als Hank das nicht länger mitansehen konnte, hat er sich den Anführer der Halbstarken geschnappt und ihm einen Tritt dorthin verpasst, wo es wirklich weh tut, per Nachnahme eine Faust aufs Nasenbein, bis das Schweinchen zusammengekauert in seinem Blut grunzte.

Rossi hat Hank deswegen eine Moralpredigt gehalten und wollte ihn zu Padre Santoro schicken. Santoro von der Missione Cattolica, kein übler Kerl, aber was sollte Hank mit *ihm* besprechen?

Bestimmt hatte der Padre in seiner Gemeinde Wichtigeres zu tun, bei all den Analphabeten, die ihren Arbeits- oder Mietvertrag nicht verstanden. Nichts war dem Padre so heilig wie das geordnete Arbeits- und Familienleben seiner Schäfchen, abgesehen natürlich vom Papst und der italienischen Nationalmannschaft. Es ging das Gerücht, er habe einmal einen rassistischen Angestellten des Arbeitsamtes auf offener Straße geohrfeigt, doch der Padre hat die Geschichte nie kommentiert. Es war eine Zeit, während der Santoro auch so genug Sorgen hatte, zum Beispiel deshalb, weil Rossis Vater an Krebs gestorben ist.

Der Priester hat Rossis Mutter, die kaum ein Wort Deutsch verstand, gegenüber den Ämtern vertreten, auch im Kampf gegen die Krankenkasse, die sich weigerte, einige der Krankenhausrechnungen zu bezahlen. Santoro hat außerdem Geld für die Witwe gesammelt und Rossi bei der Vorbereitung auf Schulprüfungen geholfen.

Rossi und Hank haben es beide ans Gymnasium geschafft, aber nur Rossi hielt bis zum Abschluss durch und ist, unter Einfluss des Padre, mit dem Theologiestudium ins Priesterseminar in Freiburg eingetreten. Zuvor hatte sich Rossi allerdings in Sophia verliebt, ein katalanisches Mädchen aus dem Nachbarviertel mit dem grausamen Zauber hellgrüner Augen und langem, honigfarbenem Haar.

Auf seine stille Art – leicht zu verwechseln mit Unterwürfigkeit – hat Rossi eine Weile um das Mädchen geworben und ihr Liebesbriefe geschickt, teilweise aus Hanks Feder, dem das Schreiben wie automatisch von der Hand ging. Doch leider wollten Sophia und ihre Augen nichts von Rossi wissen. Dies zeigte sie ihm mit einer so deutlichen, frostharten Zurückweisung, dass der Freund zuerst an ein Missverständnis glaubte, passte doch eine solch brutale Ablehnung nicht in seine Vorstellung des menschlichen Herzens. Und doch kam der Tag, an dem er sich der Wirklichkeit beugen musste.

«Ich hätte sie geheiratet», fasste er die Angelegenheit zusammen. «Sophia ist meine Liebe, keine Andere wird es je sein. Das bedeutet, Gott möchte, dass ich Priester werde.»

Nicht damit zu vergleichen war Hanks Verhältnis zu den Frauen. Am liebsten war ihm die Hintertür in ein Abenteuer, die sich nach einer Weile auch leicht wieder als Notausgang gebrauchen ließ.

Nach dem Abbruch des Gymnasiums hat Hank auf dem Bau gearbeitet, um die Mutter zu unterstützen. Sie, die immer auf der Suche nach einem neuen Ehemann geblieben ist und im Wettbewerb um die größten Nieten nie schlecht abgeschnitten hat. Eine dieser Nieten, an Land gezogen irgendwo in einer Bar, verpasste ihr während dem Frühstück am Sonntagmorgen plötzlich eine Ohrfeige. Hank ist auf den Kerl losgegangen und hat den Kürzeren gezogen. Mit einer gebrochenen Rippe landete der Junge im Krankenhaus, wo er sich geschworen hat, in Zukunft besser vorbereitet zu sein.

Mit einem Kollegen von der Baustelle – Mitglied einer Karateschule – hat Hank ein ‹Dojo› aufgesucht und dessen Leiter getroffen: einen etwa sechzigjährigen Motorrad-Fan. Der hat Hank als Schüler aufgenommen und war Mitglied in einem Club namens ‹Cheyenne›. So machte Hank Bekanntschaft mit interessanten Gestalten. Spieler, Betrüger, Lederjacken-Rebellen; nicht wenige von erstaunlicher Erfindungsgabe, wenn es um den nächsten Coup ging oder um Biertisch-Pamphlete gegen die Welt der Reichen. Hank beteiligte sich an einer ihrer Aktionen, gerichtet gegen eine Bank, die Sozialwohnungen hatte abreißen lassen, um sie durch überteuerte Büroräume zu ersetzen, was in der Region die Mietpreise in die Höhe trieb. Dabei ging es nicht um Protestnoten für die Nachwelt oder eine Versammlung mit Trillerpfeifen, sondern um ein ordentliches Gewitter der Wut. Sachschaden in Millionenhöhe, so rechneten es die Zeitungen zusammen, fünf Verletzte nach Schusswechsel mit der Polizei – nicht übel! Für Hank bedeutete die Sache ein paar Monate Gefängnis. Monate, die seinen Ruf im ‹Cheyenne› festigten.

Der Club beschäftigte übrigens einen Anwalt, einen sozialistisch angehauchten Glatzkopf, der die Besitzer und Zuhälter aus der Region vor Gericht verteidigte und dafür mit schönen Frauen und Reisen nach Thailand belohnt wurde. Dieser Anwalt, unter anderem ein Sammler von Handfeuerwaffen, erkannte Hanks Potential und gab ihm den Rat, statt Sachbeschädigung zu betreiben lieber die Schulbank zu drücken.

«Du sagst, dass du die Geldsäcke bekämpfst. Dann triff sie dort, wo es weh tut.» So hat Hank zum Journalismus gefunden.

*

Der Glatzkopf war gut, denkt Hank.

Noch immer liegt er auf dem Bett im Hotelzimmer an der Via San Conca in Rom und wartet auf den Schlaf. Er denkt an den Glatzkopf, der inzwischen an Krebs gestorben ist. Er versucht, sich sein Gesicht vorzustellen, sich an die Farbe seiner Augen oder den Klang seiner Stimme zu erinnern, aber es gelingt ihm nicht. Und dann, als der Schlaf ins Zimmer kommt und sich zu ihm legt, beginnt Hank von Rossi zu träumen.

Er steht neben seinem Freund auf einer Straße im Jugendviertel. Alles fühlt sich an wie früher, wie in den 1980er-Jahren. Nur dass die Straßen im Quartier leer sind.

Rossi verschränkt die Arme und lächelt zufrieden. Er meint, dass er jetzt *in den Vatikan gehen* wird. Hank möchte den Freund davon abhalten.

«Auf keinen Fall darfst du die Schweiz verlassen, auf keinen Fall darfst du nach Rom gehen, die werden dich töten!»

Rossi versteht nicht, hat keine Ahnung, warum Hank solche Sachen sagt. Er wirkt sehr zufrieden und schaut nach oben zum Himmel, in dem die Wolken schwimmen wie Erinnerungen aus Weißgold und Silber. Es beginnt zu regnen.

Hank folgt dem Freund über nasse Straßen und Wiesen,

bis sie die Badeanstalt erreichen, die sie geliebt haben und die nun unter dem Regen schläft.

Rossi deutet zum Fünfmeterturm, Hank geht mit ihm zu den Stufen. Als sie oben ankommen, wird ihm bewusst, dass sich unten im Schwimmbecken kein Wasser befindet.

Er will den Freund warnen, doch der streckt die Arme aus und lässt sich, die Augen geschlossen, rückwärts fallen. Erst Augenblicke vor dem Aufprall reißt er die Augen auf.

3

Aᴍ nächsten Morgen bekommt Hank, wie vom Club ‹Cheyenne› angekündigt, einen Anruf von der Kontaktperson, die ihm die nicht registrierte Waffe in Rom besorgen soll.

Um 9.30 Uhr trifft er die Vorbereitungskommission im Staatssekretariat. Bevor die Sitzung beginnt – überraschend ohne Erzbischof Algermissen –, wird gebetet: Die Frauen und Männer im Team sprechen mit dem Stundenbuch vor sich auf dem Tisch Lobpreis, Hymnus, Psalmen, Benedictus. Hank kennt den Ablauf von Rossi.

Als die Sitzung beginnt, fällt ihm auf, dass die Leute unruhig wirken, dann erreicht sie die Nachricht – *la terribile notizia* –, dass der Erzbischof verstorben sei, «defunto».

Offenbar wurde der Geistliche heute Morgen in seiner Wohnung gefunden, mehr weiß man im Moment noch nicht. Monsignore Pannola, der Sekretär der Kommission, vertagt die Sitzung. Er bittet Hank, ihm in die oberen Etagen des Palazzo zu folgen.

«Terribile», sagt der Sekretär, als sie in seinem Büro sitzen.

Er blickt auf den Schreibtisch, der mit Blättern, Zeitschriften, Büchern übersät ist. Der Anblick scheint ihn zu beruhigen.

Er möchte von Hank wissen, ob man dafür sorgen könne, dass der Tod des Erzbischofs von den Medien nicht zu sehr «gegen die Kirche verwendet» werde.

Natürlich, denkt Hank, er muss verhindern, dass die Geschichte dem Konzil schadet.

«Der Erzbischof hat Ihnen vertraut, weil Padre Rossi Ihnen vertraut hat», sagt der Sekretär. «Ich denke, dass wir nach diesem Vorfall –, ich denke, dass wir aufpassen müssen, wem wir vertrauen, ich meine im Vatikan.»

«Ich gehöre nicht zum Vatikan.»

«Deshalb wende ich mich an Sie.»

«Das Konzil beginnt in zwei Wochen», überlegt Hank. «Wenn die Anderen nicht gegen uns arbeiten, wenn ich Zugang zum Presseamt des Heiligen Stuhls bekomme, kann man den Schaden begrenzen.»

*

Zur gleichen Zeit, 1400 Kilometer entfernt, wird in der Gemeinde Bönen im Bundesland Nordrhein-Westfalen eine achtzig Kilogramm schwere, einen halben Meter lange Holzkiste in einen Güterwagen verfrachtet. Die Zolldokumente für die Strecke über Frankfurt und Stuttgart in die Schweiz bis zur italienischen Grenze richten sich an die Beamten in Chiasso, mit dem Bestimmungsbahnhof Pomezia, Rom.

*

Hank ist überrascht, dass man ihn bereits am Nachmittag in den Palast der Kongregationen ruft. Dort befindet sich der Pressesaal des Heiligen Stuhls, der trotz großer Bildschirmwand und digitalen Arbeitsplätzen alt wirkt mit dem Nussbraun seiner Wände und den abgewetzten Stoffsitzen.

Der neue, vom Papst im Sommer ernannte Vatikansprecher, ein 47-jähriger Journalist namens John Harris aus Kalifornien, Mitglied des Opus Dei, erscheint in Jeans und T-Shirt. Er spricht etwas gestresst, mit typischen PR-Begriffen wie ‹Stakeholder› oder ‹One-Voice-Prinzip›.

In den knapp sechzig Minuten, die sie zusammen verbringen, treffen sie Mitglieder des päpstlichen Presseteams und anderer Dikasterien, wobei Hank das Gefühl hat, niemand spreche offen. Er hat das Gefühl, die Leute würden ihm nur gerade so viel verraten, dass das Staatssekretariat nicht behaupten kann, man habe die Zusammenarbeit verweigert. Damit war zu rechnen: Hank kennt von Rossi Geschichten über die internen Machtspiele im Vatikan.

Gegen Ende des Treffens erreicht ihn auf dem Smartphone eine Nachricht von Chiara, die er seit gestern erwartet. Sie schlägt ein Treffen um 19 Uhr auf der Piazza Venezia vor. Hank bestätigt den Termin.

Am Abend macht er sich frühzeitig auf den Weg und beobachtet, während er auf der Piazza wartet, die Jugendlichen und Geschäftsherren, die Signorine in High Heels, am Ohr ein Handy, an der Leine einen frisierten Pudel.

Es ist ein Mann um die Dreißig, gut gebaut, mit Lederjacke und kurzen Haaren, der plötzlich neben ihm steht. «Ich bringe dich zu Chiara», sagt er in gebrochenem Englisch.

Also gut, Hank macht das Theater mit. Sie verlassen die Piazza in Richtung Via Alessandrina, in eine Wildnis aus umbrausten, durchhupten Kreuzungen, bis zur Via degli Zingari – Straße der Zigeuner – und von dort in eine Nebengasse. Der ansteigende, nach Küche und nach Urin riechende Pflastersteinweg führt sie vor ein Gebäude mit vergitterten Fenstern und zum Nachbarhaus hinübergespannten Wäscheleinen.

Sie betreten eine Wohnung im zweiten Stock, in der eine ältere Frau in der Küche hantiert, vielleicht die *Nonna*, die sie aber nicht zur Kenntnis nimmt. Der Lederjacken-Typ schickt ihn ins Zimmer nebenan, wo Chiara wartet. Sie trägt die schwarzen Haare jetzt kürzer. Sieht immer noch gut aus.

«Warum lässt du mich von einem Gorilla abholen?»

«Ich habe dir gesagt, dass wir beschattet werden.»

Etwas in ihren Augen ist neu, wie ein matter Glanz. Müdigkeit? Ein schlechtes Gewissen?

Sie schenkt, mit zitternden Händen, Wasser in die Gläser, die auf einem Tisch neben dem Fenster stehen. Sie trinkt, dann stellt sie ihm Fragen. Sie will erfahren, was er weiß, natürlich, und sie will wissen, ob ihm Rossi Informationen in die Schweiz geschickt hat.

«Ich weiß, dass es kein Unfall war», sagt er, um die Sache abzukürzen. «Ich suche die Verantwortlichen. Rossi hat zu schnell vertraut, weil er die Menschen mag. Er hat *dir* vertraut.»

Jetzt wirkt sie überrascht. «Wie meinst du das?»

Er antwortet nicht, und sie erklärt ihm, dass es gut wäre, wenn er sich mit den anderen von der *Group* treffen würde.

«Deine Leute?» Hank runzelt die Stirn. «Wozu? Hat es Rossi geholfen? Hat es deinem Erzbischof geholfen?»

Sie schaut aus dem Fenster, nach unten zum Innenhof, aus dem ein Blumenstrauß aus Kinderstimmen und Geschirrgeklapper hochschwebt. Hank wartet. Er muss sich dazu zwingen, den Mund zu halten.

Chiara meint, der Tod des Erzbischofs habe sie sehr getroffen.

«Na wunderbar, das wärmt mein Herz.»

«Warum redest du so?»

«Du hast Rossi in diese Schweinerei reingezogen, und jetzt ist er tot. Ohne euch würde er noch leben.»

«Ja», bestätigt sie leise.

Jetzt muss er sich zwingen, sie nicht zu berühren oder vielleicht sogar etwas Tröstendes zu sagen. Möglich, dass er zu hart mit ihr umgeht. Aber es ist richtig, wenn sie sich schuldig fühlt.

Er erinnert sich an die Kneipe in der Schweiz, in die sie damals mit Rossi gekommen ist, um ihn zu treffen. Schon an diesem Abend konnte er nicht sagen, ob diese Frau gut oder schlecht für Rossi sein würde, schon damals hat er ein schlechtes Gefühl gehabt.

Chiara beginnt von Rossi zu sprechen: was für ein vorbildlicher Priester er gewesen sei, wie sie ihn geliebt und seine Güte bewundert habe, wie er ihnen geholfen habe, die Kirche zu schützen.

«Toll. Ganz toll.»

Für einen Moment hat er Lust, Einzelheiten aus Rossis Unterlagen zu erwähnen. Aber er lässt es und sagt sich, dass er niemandem trauen darf, nicht einmal Chiara.

*

Etwa dreißig Minuten später, die Nacht ist angebrochen, wird Hank vor seinem Hotel von der *Polizia di Stato* erwartet. Man bringt ihn auf das Revier im Stadtteil Salario. Offenbar gehört er zum Kreis jener Personen, die den Erzbischof als Letzte lebend gesehen haben.

Hank wird vernommen, zuerst vom Vice Commissario, dann vom Commissario und schließlich vom Commissario Capo, einem Mann namens Augustoni. Das Verhör dauert etwas mehr als eine Stunde, dann lässt man Hank in einem kleinen, fast möbellosen Raum eine weitere Viertelstunde warten, bis man ihn gegen Mitternacht gehen lässt, mit der Anweisung, die Stadt nicht zu verlassen.

Am nächsten Morgen wird Hank erneut auf die Polizeistation gebracht, wo ihm Augustoni die gleichen Fragen mit geringfügigen Abweichungen neu stellt. Dabei wirkt der Polizist so hartnäckig wie höflich.

Mit einer Bewegung des Kopfes oder der Hände, mit kleinen, wachen Augen, scheint er gezielt Funken von Misstrauen in die Luft schlagen zu wollen, um den Verdächtigen zu verunsichern – bestimmt eine wirksame Technik in gewissen Situationen, bei gewissen Leuten, die etwas zu verstecken haben.

Der Commissario hat Informationen über Hanks Vergangenheit gesammelt. Er weiß Bescheid über seine Verbindungen zum Club ‹Cheyenne›, und dass Hank als junger Mann im Gefängnis gewesen ist. Der Commissario nennt Leute aus dem Club, die er in der Zwischenzeit wohl kontaktiert hat, und weiß auch von seiner Mitgliedschaft im Karate-Dojo in der Schweiz. Offensichtlich geht er aufgrund dieser Nähe zu Verbrechen und Gewalt davon aus, dass Hank mit dem Tod des Erzbischofs etwas zu tun haben könnte. Das ist absolut verständlich, auch wenn es natürlich die Frage aufwirft, warum Verbrechen und Gewalt im Fall des Erzbischofs *relevant* sein sollten? Wohl nur dann, wenn der Erzbischof nicht eines natürlichen Todes gestorben ist.

Dazu lässt der Commissario Capo selbstverständlich nichts durchblicken. Bis zum Schluss bleibt sein höfliches Misstrauen, mit dem er ins Protokoll aufnehmen lässt, dass Hank noch für mindestens zwei Wochen – due settimane – in Rom bleibt, um für den ‹Vaticano› zu arbeiten.

Vielleicht ist es überhaupt nur dieser kirchlichen Arbeit zu verdanken, dass man ihn gehen lässt. Ja, denkt Hank, der Erzbischof hat Recht gehabt: Die italienische Polizei ist besser als ihr Ruf.

*

Inzwischen ist es nach 11 Uhr, und die achtzig Kilogramm schwere Holzkiste aus Bönen, Nordrhein-Westfalen, mit dem Bestimmungsbahnhof Pomezia, verlässt die Stadt Basel, wo der Zug einen längeren Zwischenstopp eingelegt hatte.

4

VERÄRGERT geht Chiara nach dem Treffen mit Hank nach Hause, in ihr Appartamento in einem Wohnblock in Pinciano, in dem zwei Stockwerke tiefer auch ihr verwitweter Vater Salvatore wohnt.

Dieser Hank mit seiner schroffen, machohaften Art! Dabei ist alles nur Show. Hank lässt die Dinge nicht gern an sich herankommen, weil er Angst davor hat, sie kennt solche Typen.

Aber sie weiß auch, dass Hank sie nicht treffen könnte – es schmerzt immer noch –, dass das nicht möglich wäre, wenn sie nicht sowieso ein schlechtes Gewissen hätte. Wenn sie nicht denken würde, an Rossis Tod mitschuldig zu sein, und sei es nur deswegen, weil sie *dabei gewesen* ist. Ja, Chiara ist dabei gewesen, als Rossi von einem grauen Jeep angefahren und gegen die Wand geschleudert wurde, und sie hat ihm nicht helfen können. Das hat sie bisher keinem erzählt, nur Padre Gennaro, ihrem Beichtvater, aber es hat nicht geholfen. Und dann muss dieser Hank kommen und Benzin ins Feuer gießen!

Sie muss an die Reise letztes Jahr denken, als sie Rossi in die Schweiz begleitet hat. Sie haben Rossis Mutter in der Stadt Sankt Gallen besucht, die genau wie Chiaras Vater alleine lebt; eine kleinwüchsige Mama mit Händen warm wie eine Nachttischlampe. Sie haben sich die Altstadt von Sankt Gallen angesehen und das Kloster mit der Stiftsbibliothek eines ehemaligen Benediktinerstifts. Schön, auch wenn es natürlich nicht mit den Weltschätzen Roms mithalten kann. Aber es hat Chiara gefallen, Rossis Leidenschaft zu spüren, als sie die Kathedrale betreten und den Bischof von Sankt Gallen zum Mittagessen getroffen haben, Rossis früheren Vorgesetzten.

Am Abend sind sie nach Zürich gefahren, um Hank zu treffen, in einem von Janis Joplin und David Bowie durchrockten Lokal; Hank, eigentlich Hanke, die Kurzform für Johannes, aber von allen Hank genannt. Dieser Freund, von dem Rossi viel erzählt hatte und den Chiara an diesem ersten Abend zunächst ganz okay fand. Ein sportlicher Typ, der gerade vom ‹Karate-Training› kam, das er offenbar seit Jahren besuchte. Das hielt ihn jedoch nicht davon ab, sich in Chiaras Gegenwart fleißig dem Alkohol hinzugeben.

Sie erinnert sich, wie sich auch Rossis Benehmen in Hanks Gegenwart plötzlich verändert hat, als wolle er mit der rustikalen Art des Freundes mithalten, oder als gehöre es zwischen ihnen zu einem Spiel aus Jugendzeiten, sich gegenseitig hochzuschaukeln, um mit dem Anderen ein wenig zu verschmelzen und für ein paar Stunden der eigenen Enge zu entkommen. Und warum nicht? Hat sich Chiara nicht immer eine Freundin gewünscht, mit der das möglich gewesen wäre? Und warum nicht ein wenig mit Rossi und Hank mittrinken?

Natürlich haben sie an diesem Abend über Rom und den Vatikan gesprochen und Hank von den Intrigen gegen den neuen Papst erzählt, Pius XIII., damals gerade erst gewählt und bereits dabei, sich Feinde zu machen. Aber Chiara hatte den Eindruck, dass sich Rossis Kumpel für dieses Thema nicht besonders interessierte.

Dann, bei der dritten Runde, hat sich Hank über den Tisch gebeugt und Chiara angestarrt, wie bei einer unerwarteten Erkenntnis. «Du bist schön. Das ist gefährlich hier. Zürich ist eine Stadt voller überbezahlter, schwul gekleideter Neandertaler.»

Rossi hat gelacht, im Gegensatz zu Chiara. Solche Sprüche, solche Männer, nicht das erste und leider wohl auch nicht das letzte Mal.

«Und du, Hank? Magst du deine Frauen wie ein Tiramisu? Wie ein Ossobuco? Oder kannst du es auch ernst meinen?»

Ein Funkeln in Hanks Augen. «Mein Gott, ich bin verliebt! Es ist um mich geschehen.»

Und Rossi: «Du weißt, ich könnte euch auf der Stelle trauen. Aber ich fürchte, du bist nicht Chiaras Typ. Sie mag Männer mit Kultur.»

«Ist das wahr? Mit *Kultur?*»

Chiara erinnert sich nicht, was sie geantwortet hat, ob sie überhaupt auf diesen Unsinn eingegangen ist. Abgesehen davon weiß sie grundsätzlich nicht, welchen Typ Mann sie mag, genauer gesagt weiß sie es nicht *mehr*. Während dem Studium – Kunstgeschichte – hat sie es noch gewusst, wie sie damals vieles noch gewusst hat. Chiara war davon überzeugt, eines Tages einen gebildeten katholischen Gentleman zu heiraten; dann hat sie ein paar Katholiken aus gutem Haus kennengelernt, sich mit ihnen verabredet, Blumensträuße aus taktvollen Anträgen entgegengenommen und dabei überrascht festgestellt – im Grunde *erschrocken* –, dass sie sich langweilte.

Schöne, teure Abendessen, Konversationen und Ausflüge, aber war das alles? Zum Beispiel der hübsche, tadellos gekleidete Giovanni Di Rottondini, ein aufstrebender Anwalt, der während des ersten Dates seine Mutter anrief, beim zweiten Date die ältere, verheiratete Schwester, und der Chiara an ein Familienfest auf dem Land eingeladen hat. Ein Wochenende mit drei Dutzend Küsschen, ausgetauscht mit der erwartungsvollsten Herzlichkeit, zwischen Lasagne, Musik und Kindern – und mittendrin das still wartende, sich in der Tiefe ausformende Bewusstsein, dass sie hier am Ende fremd war und dass etwas *fehlte*. Chiara konnte nicht sagen, was es war, sie spürte nur die zunehmende Klarheit dieser Abwesenheit. Der arme Giovanni Di Rottondini, der sich während etwa zwei Monaten so viel Mühe gab und sie höflich fragte, ob es ihr recht sei, wenn er einmal *allein* in ihr Appartamento in Pinciano komme, ob es ihr recht sei, wenn er sie jetzt *küsse*.

Chiara war von ihrer eigenen Enttäuschung derart enttäuscht, dass sie sich dazu entschied, ihr Glück mit anderen Männern zu versuchen, mit Männern, die kein Problem damit hatten, eine Frau zu verführen. Und sie hat sich gern verführen und zelebrieren lassen, wie der schönste Edelstein der Welt, die begehrteste Süßspeise. Bis nach einiger Zeit die Erinnerung daran zurückkehrte, dass sie ja kein Edelstein war, sondern ein Mensch, der sich weiterhin fremd fühlte.

«Irgendwie verrückt», hat Chiara es an jenem Abend für Rossi und Hank zusammengefasst. «Entweder sind die Männer nett, aber keine richtigen Männer, oder sie vernaschen dich und machen sich aus dem Staub, Angsthasen der Verbindlichkeit.»

«Nein, Chiara. Beim Abnehmen der Beichte höre ich etwas Anderes», hat Rossi geantwortet. «Die Leute suchen Liebe, wirklich, aber sie wissen nicht, wie sie vorgehen sollen. Sie verirren sich in Ersatzbefriedigungen.»

Hank hat die Hände verworfen «Still, Priester! Chiara weiß, wovon sie spricht. Männer sind Schweine, außer sie sind kastriert. Aber eigentlich sind sie auch dann Schweine, sie können es nur nicht ausleben.»

Chiara hat gespürt, dass Hank es ernst meinte, dass er Männer nicht sonderlich mochte, wahrscheinlich überhaupt Menschen. Was für ein Kontrast zu Rossi!

Was war es nur, was Rossi an diesem Freund fand? Nach Mitternacht, bei der letzten Runde, hat Chiara eine Ahnung davon bekommen.

Inzwischen hatte Hank so viel getrunken, dass er ruhiger wurde, sogar irgendwie rührend. Er hat Rossis Hände gehalten. «Warum bist du so weit weg? Warum in Rom? Chiara, überrede ihn, wieder in die Schweiz zu kommen.»

Chiara hatte noch nie einen solchen Betrunkenen erlebt. Hank hat Rossi umarmt. «Ich bin besoffen, stimmt alles nicht, was ich sage. Vermisse dich überhaupt nicht, habe viele Freunde, tonnenweise. Nur dass Chiara schön ist – das – stimmt – ganz – *eindeutig.*»

5

MONSIGNORE Giacomo Benvenuto Corelli, seit dreißig Jahren im Kampf gegen den Teufel, seit dreißig Jahren auf den Spuren dämonischer Störungen in den äußeren wie inneren Wohnungen des Menschen, steht vor der Kapelle des Klosters Mater Ecclesiae und raucht eine *Gitanes*, seit dreißig Jahren seine Lieblingsmarke.

Corelli wirft einen Blick auf den Englischen Garten und das Gebäude der Päpstlichen Akademie der Wissenschaften. Es ist ein bewölkter, schemenhafter Tag, ganz wie es dem Teufel entspricht. Der Teufel, der so wenig mit wahrer Dunkelheit arbeitet wie mit wahrem Licht; macht doch die Dunkelheit auch die kleinste Kerze des Glaubens hell, und ist doch das Licht ein alter Feind der Lüge.

Vieles weiß Corelli über den Antichristen und hat seine Giftwolken immer wieder aus den Häusern Gottes vertrieben, um für die bedürftige Seele die Luft zu klären. Exorzismus, Austreibung, Befreiungsdienst – wen kümmert es, wie die Modernisten diese Arbeit heute nennen?

Chi se ne frega!, denkt Corelli und gönnt sich eine weitere *Gitanes*.

Er muss auf Schwester Gabriela warten. Er muss wissen, was sie vom Auftrag des Papstes hält. Gabriela, die Salesianerin, die schon in sein Herz eingezogen war, als sie noch nicht wussten, wie der Geist der Welt arbeitet, als sie *alles* geliebt haben, was nach Erfahrung und Wirklichkeit roch. Gabriela, die sich seit ein paar Jahren mit den Schwestern von Mater Ecclesiae dem Gebet für Papst und Kurie widmet.

Wirklich sehr diffus, das Tageslicht heute! Eine große Anstrengung für Corellis Augen. Corelli hat sogar das Gefühl, dass er Kopfweh bekommt, aber dann sieht er Schwester Gabriela über den Kiesweg kommen.

«Wir sehen uns zu selten», sagt er.

«Der Heilige Vater wünscht deine Nachforschungen.»

Ob sich der Papst sehr verändert hat? Sie beide kennen den Mann, der sich heute Pius XIII. nennt, unter dem bürgerlichen Namen Francesco Gasperri, geboren auf der italienischen Halbinsel Monte Argentario.

Man hatte Gasperri als jungen Priester – *Summa cum laude* in Philosophie und Theologie – ins afrikanische Guinea geschickt, in die Hauptstadt Conakry, wo er Schwester Gabriela kennengelernt hat. Ein ebenso sportliches wie impulsives Temperament, dieser Gasperri. Das hat den im Vergleich dazu eher zurückhaltenden 28-jährigen Corelli, Vikar für die ‹Schwestern Unserer Lieben Frau von Guinea›, manchmal abgeschreckt. Da war das ruhelose Brennen eines Eifers, das kaum jemand in Gasperris Nähe ignorieren oder auf die Dauer ertragen konnte, ein Brennen, das den Vorgesetzten nur zwei Möglichkeiten ließ: äußerste Vorsicht und Nüchternheit, um dem jungen Geistlichen Besonnenheit und Bodenhaftung beizubringen, oder aber die unbequeme Offenheit für die Möglichkeit, dass Gasperri eine seltene Gotteshingabe besitze, die zur *Nachahmung* verpflichtete.

«Welche Nachforschungen werden erwartet?»

Doch eigentlich ist das keine Frage. Corelli weiß, was der Papst von ihm erwartet. Er weiß, dass sich der Papst Feinde in der Kurie gemacht hat und nur wenigen Personen vertrauen kann.

«Er will dich sehen, sobald du ihm etwas berichten kannst», erklärt Schwester Gabriela.

Corelli wird sich Zeit lassen; die Eile ist keine Begleiterin des Guten. Was bisher klar ist: Vier Geistliche sind zu Tode gekommen, die das Vertrauen des Papstes genossen haben. Geistliche, die mit Vorarbeiten für das Konzil betraut gewesen sind; vier ungeklärte Fälle einschließlich Erzbischof Algermissen, den man tot zu Hause gefunden hat.

Was der Papst von Corelli wünscht, sind keine Nachforschungen, wie sie von der Polizei oder der Staatssicherheit geleistet werden, sondern *geistliche* Nachforschungen. Gasperri, der es stets verstanden hat, die Leute in die heilige Stromspannung seiner Pläne hineinzuziehen, und der immer dazu bereit gewesen ist, mit dem Kopf durch die Wand zu gehen: jetzt braucht er die katholische Nase seines alten Freundes Corelli, denn dieser ist nicht verstrickt mit dem kurialen Apparat in Rom. Der Papst braucht Corellis Augen, die daran gewöhnt sind, hinter den Vorhang zu sehen, ohne sich blenden zu lassen vom Seidenkleid der guten Absichten, in dem das Unheilige gern auftritt.

«Es ist die Vorsehung, die uns damals zusammengeführt hat», sagt Schwester Gabriela. «Und es ist die Vorsehung, die uns jetzt zusammenführt.»

Den ganzen Nachmittag verbringt Corelli in der Kapelle des Klosters beim Englischen Garten, die Augen geschlossen vor dem Ewigen Licht über dem Altar. Im Gebet sieht er oft den Raum jener anderen, afrikanischen Kapelle vor sich, in der er als Vikar Messe gelesen hat; eine Kapelle mit Wellblechdach im Osten von Conakry.

Corelli denkt an das blutrote Leuchten über dem Altar. Das Leuchten, das die Kerzen in den Kirchen und Kapellen auf der ganzen Welt miteinander verbindet; das Licht, das immer nur ein Ausschnitt des einen großen, über die Welt hinausgehenden Lichts ist. Corelli betrachtet es und lässt sich umgekehrt, wie es ihn die Stunden des Schweigens gelehrt haben, von Jesus Christus dem Herrn betrachten. Er lässt

Gott in die hinteren Winkel seiner Erbärmlichkeit sehen, alte Narben und neue Schwächen.

Gott sieht alles. Er sieht den Widerwillen, sich loszulassen. Gott sieht die Unruhe und den Unfrieden der Tage. An so vielen Zerstreuungen leidet Corelli, dass er sie wie Wolken am Himmel des Geistes vorbeiziehen lässt, wie er es als junger Priester gelernt hat.

Corelli denkt an die Sorgen, die ihm römische Freunde zugetragen haben mit der Nachricht einer drohenden Kirchenspaltung. Ihm ist klar, dass solche Spaltungen immer drohen, weil Papst und Kirche für die Welt und die Menschen da sind, aber niemals *von der Welt* sein dürfen, sich niemals anpassen dürfen an profane Standards. Eine Spannung, die sich durch die Christenheit zieht wie ein 2000-jähriger Fluss durch die Dummheiten und Häresien der Epochen. Corelli weiß: Die Konzilien der Kirche sind immer ein Kristallisationspunkt ihrer Zeit gewesen, eine geistliche Kampfzone, die der Kirchenvater Basilius im 4. Jahrhundert, nach dem Konzil von Nicäa, als «nächtliche Seeschlacht» bezeichnet hat, eine «Schlägerei im Dunkeln, wo Freund und Feind nicht mehr zu unterscheiden sind».

Erbarme Dich, betet Corelli und versucht, sich dem Atem der Minuten zu überlassen. Geduld, Beständigkeit. Corelli betet, bis ihn Müdigkeit überkommt und er in der Kirchenbank einnickt. In letzter Zeit, unter dem Gewicht des Alters, geschieht das öfter.

Diesmal hat Corelli einen Traum. Er fühlt sich wieder jung. Zusammen mit Schwester Gabriela geht er durch die Straßen von Guinea, spürt die Sonne auf seinem Gesicht. Dann umarmt ihn Schwester Gabriela und verabschiedet sich.

Corelli möchte nicht, dass sie geht, und folgt ihr durch die Straßen. Folgt ihr bis zu einem Gebäude, in dem sich ein großer Raum mit Tischen und Stühlen befindet. Schwester

Gabriela ist nirgends zu sehen, der Raum wirkt verlassen. Nur an der Wand gegenüber steht ein Mann. Es ist Gasperri, sein Freund, im Weiß der Papstgewänder. Corelli hat das Gefühl, der Heilige Vater sei verärgert, ihn zu sehen. Weil er zu spät kommt? Weil das Konzil ein Fehlschlag ist?

Wir haben den Feind unterschätzt, denkt Corelli.

Im selben Moment dringt eine Art Nebel in den Raum, wie der Atem einer großen, unsichtbaren Kreatur. Corelli hat Angst und eilt mit dem Papst durch blasse, gashafte Wolken, die vor ihnen hochtanzen, die auseinanderschweben und über ihren Köpfen wieder zusammenwachsen – zu einem Aschen-himmel, aus dem die Fetzen toter Hoffnungen regnen.

Als Corelli aus diesem Traum erwacht, möchte er sein Ge-bet unterbrechen. Er möchte Schwester Gabriela rufen und ihr sagen, dass er den Heiligen Vater sofort sehen muss, um ihn vor dem Konzil zu warnen.

Aber natürlich befindet sich der Papst bis nächste Woche in Brasilien, außerdem darf das Gebet niemals unterbrochen werden! Der Teufel ist jeden Tag damit beschäftigt, die Men-schen vom Beten abzuhalten, damit sie den Draht zu Gott verlieren und, geschwächt vom Jahrmarkt der Zerstreuungen, leichte Beute werden.

Niemals das Gebet unterbrechen, niemals auf die guten Gründe des Teufels hören, um das Gebet zu unterbrechen. Gute Gründe und beste Absichten sind schon immer der Lieblingsschlüssel des Teufels gewesen, um das Herz der Men-schen zu öffnen.

Der Teufel ist schlau. Er ist Corelli sogar einmal als Jesus Christus erschienen, um ihn dazu anzustiften, das Böse *im Namen Gottes* zu tun. Doch Corelli hat ihn durchschaut.

6

ZEHN Tage vor Eröffnung des Konzils bekommt das Team der Vorbereitungskommission Besuch vom Sprecher des Papstes, dem 47-jährigen Amerikaner John Harris, der sich eine Weile mit Hank unterhält und Interesse an seinen Ideen zeigt.

*

Nach Feierabend begibt sich das Team in die nahe gelegene Trattoria «Argento», wo die Kollegen plötzlich sehr freundlich zu Hank sind, wohl um herauszufinden, was der Papstsprecher alles zu ihm gesagt hat, wie gut sein Draht zu dem Amerikaner ist und welche Möglichkeiten es gibt, diesen Draht ans Fahrzeug der eigenen Karriere anzuschließen.

Man empfiehlt Hank verschiedene Antipasti und sinniert über das anstehende Konzil. Man offeriert Vertraulichkeiten über verfeindete Lager in der Kurie und nennt Namen. Nur den Namen von Erzbischof Algermissen erwähnt niemand, immerhin ihr ehemaliger Vorgesetzter. Auch spricht niemand von der Totenmesse kommenden Montag, zu der auch Hank eine Einladung bekommen hat.

Vielmehr herrscht Prosecco-Laune, die sie in eine Bar nahe der Villa Borghese lockt. Der Bartender – *il Barista* – serviert kirschrote und himmelblaue Drinks, bevor man Geschichten über den Vatikan austauscht.

Dabei tut sich Prälat Tardelli, Apostolischer Protonotar, hervor: ein kräftiger, sonnengebräunter Typ, auf den die Frauen im Team bestimmt stehen. Tardelli ist überzeugt, dass Pius XIII. ein «kirchenpolitisches Erdbeben» auslösen wird.

«Wieso das?» möchte Hank wissen.

«Die Kardinäle, die ihn wählten, haben sich getäuscht! Das Konklave war gespalten: ein Lager für Kardinal Feuerbach, ein Lager für den Präfekten der Glaubenskongregation, Kardinal Settaviani. Man einigte sich auf den weniger bekannten Francesco Gasperri, dem man zugetraut hat, die Lager zur Einheit zu führen.»

Die anderen lachen.

«Stimmt es», fragt Hank, «dass es eine Verschwörung gegen diesen Papst gibt?»

«Es gibt *immer* eine Verschwörung gegen den Papst. Die Geschichte ist voller Päpste, denen man eine frühzeitige Beförderung in den Himmel gewünscht und auch besorgt hat.»

Wieder Gelächter, aber Hank lässt nicht locker. «Stimmt es, dass loyale Mitarbeiter des Papstes bereits – sterben?»

Nun übernimmt Sekretär Pannola das Wort. Er meint, es gebe seit jeher «schwarze Legenden» über die Kirche. Das sei unvermeidlich bei einer 2000-jährigen Institution, die viel Raum für «Argwohn und Mythos» biete, man solle dem nicht zu viel Bedeutung beimessen.

‹Tatsächlich?»

Pannola nickt. Dann erklärt er – in freundlichem, fast väterlichem Ton – die Hintergründe zur Wahl von Pius XIII.: Nach der Zeit von Papst Franziskus, der für viele Liberale damals eine große Hoffnung gewesen ist und am Ende dann eine große Enttäuschung, haben die Kardinäle in Rom vor drei Jahren Papst Rochus I. gewählt, einen 72-jährigen frommen Ungarn, den absolut niemand auf dem Radar gehabt hatte. Es wurde allerdings ein sehr kurzes Pontifikat, nur elf Monate, dann ist Rochus I. gestorben. Herzversagen. Dieser Papst hat weder den Liberalen noch den Konservativen Kopfschmerzen bereitet, er hat aber auch niemanden wirklich interessiert, denn Rochus I. ist so fromm gewesen, dass er lieber gebetet als Entscheide getroffen hat. In Erinnerung bleibt von ihm der Ausspruch: «Drei Dinge retten uns vor dem Untergang: Liebe, Gehorsam, Gebet.»

Nach dem Tod dieses Papstes wurde Pius XIII. zum neuen Pontifex gewählt. Gedacht als Kompromisskandidat, entpuppt sich dieser Papst inzwischen als äußerst ‹traditionsbewusst›. Derart, dass ihn die Liberalen dazu gedrängt haben, ein «Drittes Vatikanisches Konzil» einzuberufen. Davon erhofft man sich, da bei einem Konzil mehrere Tausend Stimmen aufeinandertreffen, Schützenhilfe für den liberalen Widerstand oder zumindest so viel Lärm und Uneinigkeit, dass der Papst gebremst wird.

«Sehr interessant», sagt Hank.

Pannola nimmt einen Schluck von seinem himmelblauen Drink, bevor er fortfährt: Genau genommen ist Pius XIII. nicht der Erste, dem die Liberalen dieses Konzil aufdrängen. Schon Papst Franziskus sollte ein Konzil einberufen, aber dann ist die weltweite Corona-Krise ausgebrochen, das hat alle Pläne über den Haufen geworfen.

«Eine Fügung Gottes», meint Tardelli. «Die Liberalen sind besessen von Versammlungen, Abstimmungen und Beschlüssen. Das Amt des Papstes soll beschnitten werden. *Demokratie – in der Kirche!*»

«Warum stimmt Pius XIII. dem Konzil überhaupt zu?» Hank zuckt mit den Achseln. «Er könnte ja einfach durchregieren.»

«Politik», erwidert Tardelli. «Er verfolgt eigene Absichten.»

Sandra, eine der Frauen im Team – dunkle Haare, grüne Augen –, erwähnt die Ansprache, die der Papst zur Konzilseröffnung vorbereitet. In der Glaubenskongregation geht das Gerücht um, es handle sich um einen ‹radikalen› Text, der eine ‹dogmatische Konstitution› zur Erbsündenlehre fordere, außerdem einen neuen ‹Syllabus›.

Dass man in diesen Kreisen noch von Erbsünde spricht, überrascht Hank nicht, und dass eine dogmatische Konstitution ein Dokument mit dem höchsten Verbindlichkeitsgrad ist, das weiß er von Rossi – doch ‹Syllabus›? Klingt wie eine ansteckende Krankheit.

«Ist das ein neuer Virus, nach Corona?»

Hanks Frage wird ignoriert. Man bestellt eine weitere Runde Drinks, bevor Sandra erklärt, was ein Syllabus ist: ein Verzeichnis von Irrtümern der Zeit, also von Häresien. «Im 19. Jahrhundert ließ Pius IX. eine Liste mit achtzig Irrlehren aufsetzen», erklärt Sandra. «Dieser Papst wird es auf mindestens hundert bringen und die Pforten der Hölle für alle weit öffnen, die seinem Urteil widersprechen.»

Die anderen schweigen, vielleicht betreten von Sandras allzu direkter Wortwahl. Dann beginnt jemand Witze zu erzählen, über alkoholsüchtige Exorzisten und Petrus im Himmel, der «nur selten einen Theologieprofessor reinlässt».

Hank, plötzlich erschöpft, lehnt sich im Ledersitz zurück. Er beobachtet die Gesichter seiner Kollegen und fragt sich, was sie *wirklich* denken. Er fragt sich, ob diese Leute tatsächlich glauben, dass ihr Vorgesetzter, Erzbischof Algermissen, eines natürlichen Todes gestorben ist? Ob sie glauben, dass Rossi einen *Unfall* gehabt hat?

*

Es ist etwa zehn Minuten vor Mitternacht, als die achtzig Kilogramm schwere Holzkiste aus Bönen, Nordrhein-Westfalen, Rom erreicht.

*

41

Am nächsten Tag – Samstag – begibt sich Hank zur Via dei Condotti, einer Luxusmeile für Touristen mit Kostbarkeiten von Gucci, Valentino oder Bulgari. Hank betritt das Modehaus von Louis Vuitton und lässt sich von einem eleganten Schönling beraten. Er kauft eine Krawatte der letzten Saison, deren Preis ihm am wenigsten Schmerzen bereitet, und lässt sich an der Kasse eine dunkelblaue Louis-Vuitton-Tragtasche geben.

Er setzt sich ins *Caffè Greco*, unweit der Villa Medici, und blättert in englischen Zeitungen. Er muss noch eine knappe Stunde bis zum Treffen mit dem Mann warten, der ihm die nicht registrierte Waffe übergeben wird.

Nach dem Kaffee bestellt er ein Crodino, später ein Sanbitter, und beobachtet Gäste und Passanten. Er hat das Gefühl, einen untersetzten Mann mit schwarzen Haaren wiederzuerkennen, der ihm bereits an der Via dei Condotti aufgefallen ist. Lässt ihn die Polizei beschatten?

Hank wechselt das Lokal und schnappt sich, im kronenförmigen Schatten eines Parks, eine *Gazzetta dello Sport*. Er beobachtet weiter die Leute und kann den verdächtigen Typ nirgends mehr sehen.

Um 17 Uhr begibt er sich zur Via Pinciana und betritt, falls er doch beschattet wird, einen dichtgedrängten, von Frauen durchplapperten Gemüseladen.

Er wechselt die Straßenseite und besucht den Showroom einer Filiale von *Harley Davidson*, um sich ein Modell zeigen zu lassen, das er schon immer gern gehabt hätte, nur leider ohne Zugriff aufs nötige Kleingeld. Schließlich verlässt er die Gegend in Richtung Largo Marcello Mastroianni und sucht das ‹Casa del Cinema› auf, ein Arthouse-Kino, in dem Klassiker gezeigt werden. Heute läuft *Scarface* von 1983, ein Streifen, den Hank und Rossi damals geliebt haben.

Wie verabredet setzt er sich in die sechste Reihe des Kinos

und wartet auf die Dunkelheit. Er legt die Louis-Vuitton-Tasche neben sich auf den Sitz und verfolgt den Film, in dem Al Pacino einen kubanischen Flüchtling spielt, der sich mit Motorsäge und Maschinenpistole zum Drogenboss hochkämpft, um dann unter den wehenden Fahnen seiner Unersättlichkeit in die Kokain- und Blutapokalypse zu reiten.

Hank erinnert sich, wie fasziniert Rossi und er gewesen sind und sich den Streifen gleich drei Mal angeschaut haben. Er erinnert sich, wie sie mit coolen Sonnenbrillen wie Al Pacino die Bars in der Region unsicher gemacht und Discos aufgesucht haben. Damals studierte Rossi am Priesterseminar in Freiburg und besuchte am Wochenende die Eltern, und an diesem Wochenende tanzte Rossi durch die Discolichter mit der verschwitzten Energie einer neuen, überraschenden Freiheit.

Hank staunte. Rossi lachte den Frauen zu, spendierte Drinks und rauchte, als hätte ihn ausgerechnet das Priesterseminar erlöst von den Zumutungen der Gottesfurcht. Und als wolle er nun die Nacht in Besitz nehmen, gemeinsam mit Hank abtauchen im Strom der Stunden, der sie wie im Traum durch die Stadt trug. Bis sie sich, bewaffnet mit Bier und Wodka, auf dem alten Güterbahnhof in dem Quartier wiederfanden, das sie zum letzten Mal als Kinder betreten hatten. Die verlassene Anlage wirkte kleiner als in der Erinnerung, die nachtfarbene Stille über dem Areal so sternenklar, dass sie für immer hätten dableiben können.

«Ich wusste gar nicht, dass du das Leben liebst», sagte Hank.

Und Rossi, mit der verspäteten Schnapsschwere seines Zustands, steckte sich eine Zigarette an.

Natürlich liebe er alles, sagte er. Denn das Universum sei doch unendlich kalt und die Bedingungen auf der Erde *total unwahrscheinlich*, hängend am Seidenfaden der göttlichen Gnade, weshalb er natürlich, weshalb er natürlich …

Rossi stockte, rülpste, und für einen Moment schien es, als müsse er sich übergeben, doch dann erholte er sich und blickte nach oben zum Himmel.

Jeder neue Morgen sei ein Wunder, sagte er. Nur die Besoffenheit und der Rausch seien wie ein langer Schlaf, wie bei *Scarface*. Und selbst der habe die Melancholie erfahren, nämlich in der Szene des Films, in der *Scarface* auf einer Terrasse stehe, nachdem er alle Feinde vernichtet und seine Traumfrau erobert habe. *Scarface* stehe auf der Terrasse und betrachte den Himmel über der Stadt. Und was sehe er da? Ein zufällig vorbeischwebendes Luftschiff mit Leuchtbuchstaben: ‹The World Is Yours.›

*

Diese Szene des Films, die Rossi erwähnt hatte, war Hank damals nicht wirklich aufgefallen. Erst jetzt, im Arthouse-Kino in Rom, bemerkt er die Wichtigkeit dieser Szene: Blutverschmiert steht *Scarface* – mit der Erschöpfung des Tötens – auf der Terrasse, oben am Himmel das Luftschiff, das ihm die Welt verspricht, und in seinem Gesicht stehen Einsamkeit und Melancholie.

Verdammter Rossi, denkt Hank, hat schon damals alles kapiert.

Inzwischen ist er so in den Film vertieft, dass er den Mann zuerst nicht bemerkt, der einen Sitz von ihm entfernt Platz nimmt. Wie vereinbart hat er als Erkennungszeichen die *Gazzetta dello Sport* dabei. Nach etwa einer Minute legt der Mann eine Louis-Vuitton-Tragtasche auf den Nebensitz, von Hanks Tasche nicht zu unterscheiden. Der Mann wartet auf das Finale des Films, dann greift er nach Hanks Tasche und verlässt den Saal.

Hank nimmt die andere Tasche und verfolgt den Abspann des Films bis zum letzten Buchstaben, bevor auch er das Kino verlässt, ohne den Inhalt der Tasche zu prüfen. Er spürt das Gewicht der Waffe, eine *Glock G30* mit Schalldämpfer und dreißig Schuss Munition, wenn alles geklappt hat.

Hank fühlt sich wie benommen von *Scarface* und möchte wieder wach werden. Möchte zurückkommen in die Wirklichkeit hier. Zurück in den Vespa-Lärm, in den Parfümduft und das Hundegebell auf den Straßen, über denen die Nacht hereingebrochen ist.

Lichter und Gitarrenspieler auf den Piazzas, das vom Pflasterstein zurückgeworfene Gelächter der Römerinnen, die auf einer Treppe stehen, vor einem grün-weiß-rot erleuchteten Brunnen, wo sie die Macht ihres Frühlings an den Männern ausprobieren. Hank möchte ein Teil davon sein, ein Teil von diesem Leben, und bleibt doch das Gespenst eines Touristen; als würden ihn seine Schritte nicht tiefer in die Stadt tragen, sondern nur weiter ins Straßennetz seiner Erinnerung. Während er versucht, sich auf das Gewicht der Louis-Vuitton-Tasche mit der Waffe zu konzentrieren, die auf ihren Einsatz wartet. Wartet auf die Gerechtigkeit für Rossi in dieser Stadt, die ihre Mörder hinter so viel Operettencharme versteckt, dass niemand mehr sagen kann, was echt ist und was nicht, seit Jahrhunderten, Jahrtausenden. Diese Stadt, die Rossi aus dem Hinterhalt ihres unkontrollierbaren, unmöglichen Verkehrs getötet hat.

Weitergehen, immer weitergehen durch das italienische Geschnatter und Gekicher, durch den Vorhang des glücklichen Lärms, der hier alles zudeckt und für Rossis Stimme doch nicht groß genug ist, doch nicht laut genug. Rossi, der immer noch da ist. Verdammt noch mal, ich habe dir ja gesagt, dass du in der Schweiz bleiben sollst! Warum hast du nicht auf mich gehört? Hast du eine Ahnung, was du zurückgelassen hast? Hast du eine Ahnung, was ich jetzt tun muss mit dieser Waffe?

Nein, nein. Rossi hat keine Ahnung. Und wenn ihm der Tod nicht Erde ins Maul geschaufelt hätte, wenn er noch *reden* könnte, dann würde ihm der Freund jetzt sicher raten, alles zu vergessen, so schnell wie möglich diese Operettenstadt zu verlassen und nach Hause zu fliegen, zurück in die gezähmten Rasenflächen der Schweiz. Zurück ins ‹Cheyenne›, mit dieser Pistole, die er sich hier besorgt hat. Eine Pistole wie damals im Wald, als er mit den Clubkollegen auf Bierdosen und Melonen geschossen hat.

7

AM nächsten Morgen – Sonntag – packt Hank die *Glock G30* mit dem Schalldämpfer und den dreißig Schuss Munition in eine Sporttasche, zwischen Kleider und Handtuch, und geht zur von Touristen viel genutzten Gepäckaufbewahrung am Campo de' Fiori. Er wählt das Schließfach 845, steckt den Schlüssel in die Hosentasche und sucht wieder das Hotel auf. Er möchte von der Polizei nicht mit der Waffe überrascht werden. Sicher ist sicher.

*

Zurück im Hotel, versteckt Hank den Schließfachschlüssel unter der Einlegesohle seiner Sportschuhe, die er bisher nicht gebraucht hat. Es ist ein warmer Spätsommertag, also sperrt er die Fenster auf, bevor er sich daran macht, eine Namensliste zu erstellen: verdächtige Personen in der Kurie, die Hank noch treffen möchte und die in Rossis Unterlagen erwähnt werden.

Schließlich erreicht ihn eine SMS von Chiara. Sie wartet vor dem Hotel.

Hank geht zum Fenster. Unten ist niemand zu sehen, doch auf der anderen Straßenseite, neben einem Kiosk mit rundem Flachdach, blitzt Chiaras Sonnenbrille. Sie trägt ein ärmelloses kurzes Kleid.

Als Hank die Straße überquert, ist sie verschwunden. Er geht zum Spielplatz hinter dem Kiosk, wo Kinder herumrennen zwischen telefonierenden Müttern und Vätern mit roten Baseballmützen.

Er verlässt den Platz in Richtung Via delle Magnolie und kann nach etwa einer Minute sehen, wie Chiara über eine Kreuzung geht und hinter einer Reihe parkender Autos verschwindet. Hank folgt dem Straßenverlauf und versucht sie über das Smartphone zu erreichen, doch sie reagiert nicht.

Hank wechselt die Straßenseite, wo ihm der Mann mit der roten Baseballmütze auffällt. Auf dem Spielplatz vorhin hat er ihn für einen Vater gehalten. Hank biegt an der nächsten Kreuzung nach links und bleibt vor einem Schaufenster mit Damenunterwäsche stehen.

∗

In diesen Minuten, etwa zwei Kilometer entfernt, fährt ein blauer Van über die Via Prenestina im Quartier Borgata. Er bremst vor einem Gebäude ab, das an eine in der Region beliebte Gelateria grenzt, und biegt nach rechts in die Tiefgarage. Im Wagen befindet sich die achtzig Kilogramm schwere Holzkiste aus Bönen, Nordrhein-Westfalen.

∗

Hank kann beobachten, wie der Baseballmützen-Typ an den Häusern vorbeistreift, den Blick abwechselnd auf die Eingänge mit vergitterten Glastüren und Briefkästen gerichtet, dann auf die parkenden Autos. Hank denkt an die *Glock G30* im Schließfach, die er jetzt gern dabei hätte. Es ist unwahrscheinlich, dass der Kerl Autos klauen oder irgendwo einbrechen will, sondern er sucht Chiara. Deshalb hat sie sich davongemacht.

Hank folgt dem Fremden zum Giardino del Lago, einer kleinen Parkanlage mit See. Er betritt den Gras- und Wasserduft, in dem Mütter mit Kinderwagen flanieren, Großväter mit ihren Enkeln tändeln, eine asiatische Ausflüglergruppe vorbeimarschiert, bewaffnet mit Handys an ausfahrbaren Selfie-Stangen.

Auf dem See in der Mitte der Anlage schweben Ruderboote durchs Sonnenglitzern, im Hintergrund der bekannte *Tempel des Äskulap*, an dessen gegenüberliegenden Uferseite der Fremde plötzlich stehenbleibt; als würde er sich für die Sehenswürdigkeit interessieren. Er zieht ein Smartphone aus der Hosentasche und nimmt, wie es scheint, einen Anruf entgegen. Er telefoniert bis zum andere Ende des Giardino.

Hank folgt dem Mann zu einer Tramhaltestelle in der Nähe der Galleria Nazionale d'Arte Moderna und weiter in eine Straße mit Mehrfamilienhäusern. Der Mann betritt ein ockerfarbenes Haus. Es dauert etwa eine halbe Stunde, bis er wieder rauskommt, in Begleitung von zwei weiteren Männern. Sie steigen in einen VW Polo mit römischem Kennzeichen.

*

Die Männer, denen nicht auffällt, dass sie von Hank beobachtet werden, kennen sich gut. Sie arbeiten schon länger in Rom zusammen und werden an diesem Sonntag im Stadtteil Trieste erwartet, eine Fahrt von etwa fünfzehn Minuten.

In einem Geschäftshaus mit Büros einer Versicherung, eines Telefonanbieters und IT-Unternehmens treffen die Männer ihren Auftraggeber, einen gewissen Salvatore Vanni. Dieser möchte wissen, wie es um Chiara und ihre Gruppe steht.

Auch wenn Vanni Grund zur Sorge hat, nimmt er den Lagebericht seiner Leute ruhig entgegen.

«Hoffen wir, es bleibt dabei», sagt er zum Schluss.

Er hätte auch sagen können: keine weiteren Toten. Aber natürlich muss er nicht so deutlich werden. Das mit dem Erzbischof ist aus dem Ruder gelaufen, niemand will eine weitere Eskalation. Schon jetzt macht Brüssel Probleme, aber das sagt Vanni seinen Leuten nicht.

Vanni wartet, bis er wieder alleine im Büro ist, dann öffnet er das Fenster und lauscht dem Verkehr in der Ferne. Es ist kurz vor sechs Uhr abends, als er über sein verschlüsseltes Handy den Anruf aus Brüssel entgegennimmt.

Es ist Dr. Alexander Martens, Vannis Auftraggeber, dem er Bericht erstattet und versichert, dass die Lage wieder unter Kontrolle ist.

8

DER Mann in Brüssel, Dr. Alexander Martens, ist der Leiter eines Instituts, das zu den sogenannten *Global Humanitarian Foundations* gehört. Das ist eine Gruppe von Stiftungen, die von Milliardären aus den USA, Europa und Asien gegründet wurde und sich dafür einsetzt, dass «alle Völker an einer offenen globalen Zivilisation» teilnehmen können. Neben dem Brüsseler Institut werden die *Foundations* koordiniert durch Institute in New York, Budapest, Paris, Washington, London und Johannesburg. Die Zentrale befindet sich in Baltimore und dient als Schaltstelle zwischen weiteren Organisationen in über fünfzig Staaten.

Der Grund, warum Dr. Alexander Martens an diesem Sonntag nicht wie geplant mit seinen Eltern und den Kindern in Antwerpen Zeit verbringt – seine Frau arbeitet gerade in Genf –, ist die Zentrale in Baltimore. Seit dem Tod dieses Erzbischofs in Rom steigt der Druck auf Martens, der im Vorfeld des Konzils alle Kontakte nutzt, um einen Rechtsrutsch in der Universalkirche zu verhindern.

Zwar stimmt es, dass die Zusammenarbeit zwischen dem Institut und liberalen Kirchenkreisen unter dem letzten Papst gut gewesen ist und mehr oder weniger reibungslos verlaufen ist. Doch seit dem neuen Papst Pius XIII. wurden fast alle Projekte eingefroren und Schaltstellen im Vatikan neu besetzt. Baltimore unterschätzt das Ausmaß dieser Entwicklung und erwartet von Martens die gleichen Resultate wie früher, selbstverständlich unter der Bedingung, dass sich dabei niemand die Hände schmutzig macht! Geradeso gut könnte man von der Natur erwarten, dass sich die Evolution in gewaltfreier Harmonie vollziehe. Abgesehen von der Sache mit dem *RR Dossier*.

Ist das der Grund, weshalb ihn gestern überraschend das Sekretariat in Baltimore kontaktiert hat? Geht es um das *RR Dossier?* Hat man Martens deswegen den Besuch eines Mitglieds des Stiftungsrates in Brüssel angekündigt, auf morgen Montag? Normalerweise geht Martens nach Baltimore, um über die Projekte fürs laufende Jahr zu berichten, aber diesmal kommt Baltimore zu ihm – wieso? Denkt man, er sei überfordert? Will man ihm das ‹katholische Projekt› entziehen?

Möglich ist alles, aber es ist doch eher unwahrscheinlich, sagt sich Martens, immerhin hat niemand am Institut so viel Erfahrung mit der katholischen Kirche wie er.

Nichtsdestoweniger liegt Martens in der Nacht lange wach und denkt sich Versionen einer möglichen Verteidigungsrede aus, wälzt sich im Bett hin und her und wartet darauf, dass ihn die Erschöpfung überschwemmt, in die Bewusstlosigkeit spült.

Tatsächlich wird Martens für etwa zwei Stunden erlöst, und als er am nächsten Tag gegen sechs Uhr morgens erwacht, ist er überrascht, wie entspannt er sich fühlt.

Vielleicht ist das ein gutes Zeichen. Schließlich weiß Baltimore, was er in den vergangenen elf Jahren für die *Foundations* geleistet hat, sei es beim Aufbau in Johannesburg und der Koordination von über zwanzig Teams auf dem schwarzen Kontinent; sei es beim Aufbau des europäischen Netzwerks oder beim Team in Washington während der strategischen Neuausrichtung. Martens ist Leiter der Arbeitsgruppe *Humans without Frontiers* und Mitverfasser der Erklärung zum *Internationalen transreligiösen Welthumanismus*, für welchen die Gruppe weltweit jedes Jahr Hunderte von Kampagnen und Initiativen unterstützt, Engagements im Bereich Erziehung und Jugend, Gesundheit, Politik, Kultur.

Martens glaubt fest an die Ziele der Gruppe. Und er weiß, dass diese nicht zu erreichen sind ohne die weltweite Befreiung der benachteiligten Völker, besonders der Frauen. Die Welt wird nicht besser werden ohne den Kampf gegen die primitiven, lähmenden Ausdünstungen der alten Religionen und Gesellschaftssysteme, mit denen man die Frau über Jahrtausende niedergehalten und die Luft ihrer Freiheit verdunkelt hat. Verdunkelt durch den Schatten eines bärtigen Polizistengottes im Himmel, den man erfunden hatte, um die Männerherrschaft über den weiblichen Körper, über die Sexualität und den Nachwuchs abzusichern. Hätte die Menschheit nicht das Licht von Wissenschaft, Aufklärung und Säkularisierung empfangen, um den Religions- und Traditionsgestank zumindest in der westlichen Welt zurückzudrängen – es hätte nie Menschenrechte und Demokratie gegeben, weder eine sexuelle noch eine technische Revolution, weder Selbstbestimmung noch Reproductive Rights.

*

Der großgewachsene Besucher aus der Zentrale in Baltimore, angereist mit dem Nachtflug, heißt Francis Keane, ist 62 Jahre alt und trägt eine runde, randlose Brille.

An den ersten Minuten im Büro von Dr. Martens in Kortenberg klebt eine zähflüssige Freundlichkeit, ganz so, als fürchte nicht nur Martens, sondern auch sein amerikanischer Gast die Gefahr eines falschen Wortes oder einer missverständlichen Geste.

Sie trinken Kaffee; das Sekretariat hat frische Bagels, Waffeln und Fruchtsäfte besorgt.

«Das ist ein schönes Büro», sagt Mister Keane schließlich. Und dann: «Sie wissen, Dr. Martens, wie wenig wir an die Nachhaltigkeit radikaler Maßnahmen glauben.» Der Satz kommt ganz beiläufig, als sei er in keiner Weise bedeutsam, während der amerikanische Gast seine Waffel mit Puderzucker überstäubt.

Ja, die *Foundations* möchten das Leben aller Völker verbessern und sie am Fortschritt teilhaben lassen, doch lehnen sie jede Form von Extremismus oder Gewalt ab. Martens ist sich dessen bewusst. Aber er weiß auch, dass das nur die Theorie ist. Er weiß zum Beispiel einiges über verdeckte Operationen in Afrika, und er weiß, dass Mister Keane es ebenfalls weiß.

«Wir verstehen uns», sagt Martens.

«Nun gut.» Mister Keane räuspert sich. «Erzählen Sie mir von Rom.»

Martens schildert das Lobbying im Vorfeld des Konzils. Seit vielen Jahren versuchen sie über Kongregationen und Kommissionen Einfluss auf die Kirche zu nehmen. Die katholische Kirche hat rund 1,3 Milliarden Mitglieder und wächst jährlich weltweit um etwa 13 Millionen, besonders in Afrika, Südamerika und Asien. Für die *Foundations* ist es wichtig, dass man in diesen Regionen keine katholische Fortschrittsfeindlichkeit in die Herzen der Menschen pflanzt, keine verhütungsfeindliche Sexualmoral und vor allem keine Reduktion der Frau auf die Mutterschaft mit einem patriarchalen Familienbild. Das sind reaktionäre Ansichten, die das Bevölkerungswachstum nur weiter in die Höhe treiben und damit Armut und Elend vermehren.

«Die Religion in diesen Ländern ist einflussreich», erklärt Martens. «Deshalb müssen wir die Kirche von innen heraus verändern.»

Mister Keane scheint zufrieden. Er habe den Bericht vom Januar gelesen. Allerdings sei ihm unklar, wie es trotz der vielen Maßnahmen, die der Bericht aufzähle, zu den «bedauerlichen Zwischenfällen» habe kommen können.

Nun nimmt sich auch Martens eine Waffel mit Puderzucker. Leider nehme der Widerstand der Konservativen in Rom zu. Ein bisher unbekannter Whistleblower habe dafür gesorgt, dass Papstvertraute in den Besitz vertraulicher Daten gekommen seien, welche die Zusammenarbeit kirchlicher Kreise mit Organisationen der *Foundations* beleuchteten. Dann existiere in Rom eine Gruppe radikaler Gläubiger, die nicht nur über Kontakte nach Brüssel verfügten, sondern auch über Informationen, die eine besondere Gefahr darstellten.

«Afrika?», fragt Mister Keane.

Ganz genau, das sogenannte *RR Dossier*. Dieses enthält einen Überblick über die Stiftungsprogramme in Afrika und Indien.

«Sie meinen, man kennt im Vatikan Details?»

«Ich gehe davon aus», nickt Martens. «Das Team in Rom konnte eine Kopie des Dossiers sicherstellen, in der Wohnung des Erzbischofs.»

Mister Keane erhebt sich von seinem Platz, in der Hand die Kaffeetasse, und stellt sich vor das Panoramafenster, das auf die Stadt hinausgeht. In der Ferne blinkt der Flughafen.

«Ich verstehe», sagt er leise.

Martens macht deutlich, dass es nie seine Absicht gewesen sei, das Leben des Erzbischofs zu gefährden, so wie es nie seine Absicht gewesen sei, andere Mitarbeiter des Heiligen Stuhls zu gefährden oder unnötige polizeiliche Ermittlungen auszulösen. Die Sache sei aus dem Ruder gelaufen, inzwischen aber wieder unter Kontrolle.

«Ich verstehe», wiederholt Mister Keane.

Er stellt die Kaffeetasse auf den Tisch und greift nach dem Orangensaft. Er möchte wissen, warum das *RR Dossier* bisher nicht in den Medien aufgetaucht ist, wenn der Vatikan Kenntnis davon hat.

Diese Frage hat sich Martens auch schon gestellt. Klar ist

nur, dass eine Veröffentlichung des Dossiers den *Foundations* großen Schaden zufügen würde, selbst wenn es gelänge, die Echtheit des Dossiers in Zweifel zu ziehen und – immer eine gute Strategie – den Whistleblower zu identifizieren und unglaubwürdig zu machen, indem man ein paar Leichen aus dem Keller seiner Biografie holt.

«Machen Sie sich keine Sorgen», sagt Mister Keane schließlich. «Afrika wird neu organisiert.»

Martens ist überrascht. Plötzlich erzählt Mister Keane – in einem nahezu väterlichen Ton – von seinen ersten Dienstjahren für die *Foundations* in New York und London. Von Problemen, die auch ihn damals belastet und «um den Schlaf gebracht» hätten.

Vor zwanzig Jahren, so Mister Keane, habe man ihn als Spezialist für europäische Geistesgeschichte in eine Arbeitsgruppe gesetzt, die den Auftrag gehabt habe, dem Stiftungsrat eine Analyse der Postmoderne zu liefern, unter besonderer Berücksichtigung der Erfolgsfaktoren für Demokratie und Rechtsstaat. Ihnen sei klar gewesen, dass es die Freiheitsgeschichte in Europa und den USA niemals gegeben hätte, wären Religion und Aberglaube nicht zurückgedrängt worden, um eine aufgeklärte Gesellschaft zu begünstigen. Um diesen Zusammenhang zu sehen, genüge ein Blick in jene Weltregionen, in denen nach wie vor autoritäre Religionen und Machtsysteme das Leben bestimmten, ob in Südamerika, Afrika oder Asien, ob im Namen von Christentum, Islam, Hinduismus oder Buddhismus. Wo immer die herrschende Klasse nicht auf die Freiheit des Einzelnen setze, ernte man millionenfache Unterdrückung, Krieg und Armut. Gewiss seien die Religionen nicht die einzige Geißel der Menschheit, doch aber eine der schlimmsten und beständigsten.

«Natürlich», nickt Martens.

Die Religion sei nicht nur der erste, sondern auch der

letzte Feind der Freiheit, erklärt Mister Keane. Nie wieder dürften religiöse Gruppen eine Hauptrolle in der Menschheitsgeschichte spielen. Sonst würden Aufklärung, Wissenschaft und Säkularisierung zugrunde gehen, noch bevor die westliche Kultur ihre volle Reife erreicht habe und alle Völker dazu bereit seien, aus voller Überzeugung den Fortschritt zuzulassen. Neben dem Christentum und den asiatischen Religionen, welche in die größten Bevölkerungsexplosionen hinein ihre fatalistischen Dummheiten aus Kastenwesen, Sklavenmoral und Frauenverachtung pflanzten, sei auch der Islam ein großes Problem.

«Natürlich», bestätigt Martens erneut.

Wie seltsam, dass Mister Keane im Grunde nur wiederholt, was sie alle in den Berichten der Stiftungsaufsicht nachlesen können. Worauf will Mister Keane hinaus? Und wieso kommt er jetzt wieder auf den Grundsatz der ‹Gewaltlosigkeit› zu sprechen?

Man habe aus der Geschichte gelernt, erklärt Mister Keane. Alle bisherigen Revolutionen und Regimes, die auf Gewalt gesetzt hätten, seien gescheitert. Deswegen müsse man als humanistische Bewegung eine «sanfte und kluge» Umformung der Kulturen anstreben. Das sei nachhaltiger und werde eines Tages den Anschluss auch der rückständigen Völker an die Globalisierung ermöglichen, an die Digitalisierung, das bislang größte Menschheitsprojekt der Geschichte. Einmal in den Genuss dieser Evolution gekommen, konfrontiert mit der Vielfalt weltoffener Gesellschaftsmodelle, würden sich die Menschen automatisch lösen von veralteten religiösen, national-kulturellen oder familiären Bindungen.

«Völlig einverstanden», erwidert Martens.

«Sind Sie das?» fragt Mister Keane.

Plötzlich hat sich die Stimme des amerikanischen Gastes verändert, ist tiefer geworden, und sogar kühler, kann das sein?

Der alte Fuchs legt die Hände auf den Tisch, direkt neben seinen Teller mit den Waffeln. Für einen Moment spiegelt sich in seinen Brillengläsern das weiße Gold des Tageslichts, das durchs Panoramafenster einfällt.

Martens geht zum Büroschrank, wo sich die Steuerung für die Jalousien befindet. Er betätigt die Steuerung, und dann, als er seinem Gast wieder gegenübersitzt, im Schatten der Jalousien, spürt er die Anspannung.

«Sie wissen, dass ich auf Ihrer Seite bin», sagt Mister Keane. «Ich habe im Stiftungsrat der katholischen Frage immer große Bedeutung beigemessen und Ihre Anträge unterstützt.»

Martens nickt, doch Mister Keane insistiert: Es sei alles eine Frage des Vertrauens. «Ich frage Sie direkt», sagt er. «Stimmt es, dass Sie Maßnahmen in Rom planen, die mit unseren Grundsätzen unvereinbar sind?»

Jetzt braucht Martens ein paar Sekunden, um das zu verdauen. Ist es tatsächlich möglich, dass Baltimore etwas über das *Projekt Aula* erfahren hat? Kann das sein? Ist das vielleicht sogar der wahre Grund für Mister Keanes Besuch hier in Kortenberg?

Doch wie soll der Stiftungsrat vom *Projekt Aula* Wind bekommen haben, wenn nicht einmal die engsten Mitarbeiter am Institut etwas davon wissen, ganz zu schweigen vom Observationsteam in Rom?

Wie auch immer: Jetzt muss Martens entscheiden, ob er Mister Keane reinen Wein einschenkt. Sagt er die Wahrheit, muss Keane gemäß den Statuen Baltimore informieren, und Martens wird gestoppt und von seinem Amt entfernt. Entscheidet er sich zu lügen, wird er in Mister Keane für immer einen Gegner haben, und niemand möchte in Mister Keane einen Gegner haben, ganz bestimmt nicht.

Eine schwierige Situation – wenn auch nicht das erste Mal in Martens' Karriere. Er lehnt sich zurück und lässt sich Zeit.

Seine Antwort kommt ruhig: «Ich möchte niemanden dazu bringen, gegen die Richtlinien zu verstoßen, Mister Keane. Eine solche Verantwortungslosigkeit muss vermieden werden, genauso wie der Verlust eines Freundes in Baltimore, eines Vaters im Geiste, wenn ich so sagen darf.»

Mister Keanes Augen bleiben aufmerksam auf ihn gerichtet; irgendwo in einem Raum über ihnen klingeln für einen Moment mehrere Telefonapparate, dann kehrt die Stille zurück.

«Ich übernehme die volle Verantwortung für unsere Initiativen. Der Schutz der Gruppe geht vor, genauso wie der Schutz Ihrer Glaubwürdigkeit und des Respekts, den Sie bei uns genießen, Mister Keane.»

Nun huscht ein Lächeln um die Mundwinkel des amerikanischen Gastes, ein Lächeln, das aber nicht bis in die Augen vordringt.

«Ich nehme an, Sie können mir keine Einzelheiten zu den geplanten Maßnahmen nennen, Doktor Martens? *Zum Schutz der Gruppe?* Ich nehme an, dass Sie uns damit eine glaubhafte Bestreitbarkeit garantieren wollen? Und ich nehme ebenfalls an, dass Sie in jedem Fall die Konsequenzen Ihrer uns unbekannten Aktion tragen werden, wie immer diese aussehen?»

«Selbstverständlich», erwidert Martens schnell. «Wenn ich Erfolg habe und der Gruppe diene, gut. Wenn nicht, fällt es allein auf mich zurück.»

Für einen Moment wirkt Mister Keane reglos, wie hinabgesunken in die eigene Nachdenklichkeit. Dann steht er plötzlich auf und reicht Martens die Hand. «Ich wünsche Ihnen gutes Gelingen, Doktor.»

Bevor sie sich trennen und Mister Keane zum Flughafen zurückchauffiert wird, erklärt er ihm, dass er jetzt noch drei weitere Institute in Europa und Asien besuchen werde, später eine australische Unterorganisation. Fast überall sei die ‹unsichere politische Lage› zwischen den USA, China und Russland zu spüren, kein gutes Klima für ein ‹gesundes Reifen› der westlichen Kultur. In einer solchen Stunde müsse man zusammenhalten und stark bleiben, sonst riskiere man, dass die Chinesen den globalen Wettlauf um die Digitalisierung gewännen. Dies dürfe nicht geschehen, könne doch nur der Westen einen zivilisatorischen Fortschritt garantieren, der die Völker in die Lage versetze, mit dem technischen Fortschritt moralisch mitzuhalten. Nur die USA, um genau zu sein, könnten das Erbe Europas militärisch und wirtschaftlich vor der Dynamik des chinesischen Kollektivismus schützen. Angesichts dieser Herausforderungen dürfe sich der Westen nicht lähmen lassen von rückständigen reaktionären Mächten. Besonders nicht von der unnachgiebigsten aller Kirchen, der römisch-katholischen.

9

WIEDER allein im Büro, überlegt Martens, wie es möglich ist, dass Mister Keane etwas über das *Projekt Aula* erfahren hat. Er fragt sich, ob der alte Fuchs wirklich etwas davon weiß, etwas Konkretes, Substantielles – oder ob er vielleicht nur Gerüchte gehört hat, und ob er diese Gerüchte während des Treffens vielleicht nur deshalb erwähnt hat, um zu sehen, wie Martens darauf reagiert?

Aber auch wenn Mister Keane tatsächlich Einzelheiten kennen sollte: Zu keinem Zeitpunkt hat er durchblicken lassen, dass er *gegen* das Projekt wäre. Nein, im Grunde hat er nur klargestellt, wie wichtig der Widerstand gegen die Religion ist, besonders gegen die katholische Kirche. Wie muss man das interpretieren?

Martens lässt seine Nachmittagstermine canceln und fährt mit dem Wagen ins Wohnquartier beim ‹Bois de la Cambre›, wo sein Haus steht, das um diese Zeit menschenleer ist.

Er genießt die Ruhe, spürt Erleichterung. Selbst die Panne mit dem *RR Dossier* scheint für Baltimore kein Problem zu sein.

Martens genehmigt sich einen Gin und ruft mit dem verschlüsselten Handy eine Frau an, die seit einigen Wochen in seinem Auftrag unterwegs ist.

*

Diese Frau hat – zur gleichen Zeit wie Martens – in London studiert und ein paar Jahre für die britische Regierung gearbeitet. Sie hat Geheimdiensterfahrung und reist im Moment mit falschen Papieren unter dem Namen Samira Malik.

Als der Anruf aus Brüssel kommt, steigt sie gerade in ein Taxi, vor dem Flughafengebäude in Frankfurt.

Sie lauscht der Stimme von Martens, der sie über den aktuellen Stand informiert: Das *Projekt Aula* verläuft gemäß Plan, die Budgeterhöhung für die Zelle in Rom ist genehmigt, die Verbindungsleute in der Türkei sind davon überzeugt, dass das Geld aus dem Iran kommt.

Das Taxi fährt Samira nach Sachsenhausen-Nord. Etwa einen Kilometer vor dem ‹Südfriedhof› bezahlt sie den Fahrer und geht zu Fuß ein Stück zurück, zu einem Park mit Kletterstangen, Schaukeln und einem Sandkasten. Gegenüber dem Park befindet sich ein hellgrün gestrichenes Haus.

Hinter der Eingangstür dieses Hauses stehen zwei Männer. Sie begleiten Samira in den ersten Stock, zu einem dritten Mann.

Samira nennt ihn Falk, aber natürlich ist das nicht sein Name. Er sitzt an einem kleinen runden Tisch.

Sie fragt ihn, wie man in Rom vorankommt, wie es mit dem Wirkstoff aussieht, ob der Chemiker aus der Türkei nützlich ist. Er nickt und erkundigt sich nach der Budgeterhöhung.

«Kein Problem», erwidert Samira. «Aber ich muss zuerst Al-Hasa treffen.»

«Wieso?»

Sie geht nicht darauf ein und sagt ihm, der Flug nach Istanbul sei gebucht, Al-Hasa solle sie erwarten.

Der Mann erhebt sich von seinem Platz. Er wirkt verärgert. Aber dann erinnert er sich wohl, mit welcher Dimension der Macht er es zu tun hat. Genau wie seine ‹Brüder› in Rom geht er davon aus, dass der Iran sie finanziert, um dem Westen einen beispiellosen Schlag zu versetzen, mitten ins Herz der Christenheit.

«Wir alle hoffen auf euren Erfolg», versichert Samira, bevor man sie zum Flughafen zurückbringt.

Mit der Turkish Airline fliegt sie nach Istanbul. In der Luft spürt sie die Müdigkeit und erlaubt sich ein paar Stunden Schlaf.

Als sie kurz vor der Landung wieder zu sich kommt, braucht sie einen Moment, bis die Hände nicht mehr zittern. Das geschieht in letzter Zeit häufiger.

In der Flughalle nimmt sie ein Kopftuch aus der Tasche und zieht es an. Ein bärtiger Mann mit sandfarbenem Anzug erwartet sie.

Ohne ein Wort mit ihr zu wechseln, fährt er sie hinaus in den Bezirk Maslak, etwa eine Stunde vom Flughafen entfernt.

Bevor Samira aus dem Wagen steigt, vor einem Hauseingang mit zwei Säulen, hinter denen schwarz gekleidete Männer stehen, prüft sie noch einmal ihr Kopftuch.

Die Männer führen sie durch einen Innenhof, in dem es nach Staub und Urin riecht. Die Gänge mit dem Steinboden wirken ungepflegt. Im Gegensatz dazu präsentiert sich der Raum, in dem Al-Hasa wartet, angenehm. Die Wände sind bemalt, die Böden mit Teppichen ausgelegt, und obwohl draußen die Dunkelheit hereingebrochen ist und das Brennen der Sonne ausgelöscht hat, strömt die süßliche Wärme des Gartens weiter durch die Fenster.

Als habe er Samira nicht bemerkt, setzt sich Al-Hasa auf ein ledernes Kissen am Boden, neben einem silbernen Teetisch.

Er schließt die Augen und beginnt zu beten: «Subhana rabbija-l-'adsim.» Er wirft sich zu Boden und bittet den Herrn der Zeiten, den König am Tag des Gerichts, um Stärke im Kampf für *Dar as-Salam*, das Haus des Friedens. Stärke gegen die Blendwerke der *Kafir*, der Ungläubigen, Juden und Christen.

63

Samira versteht jedes Wort, lässt sich aber nichts anmerken. Sie wartet das Ende des Gebets ab, für das sich Al-Hasa ungewöhnlich viel Zeit lässt.

Ziemlich sicher fühlt er sich gekränkt, weil man ihn gezwungen hat, eine Frau zu empfangen, die in der Befehlskette auch noch über ihm steht – und möchte nun mit der Langsamkeit seines Gebets eine Machtdemonstration geben. Die Macht eines Laufburschen, die man aber zulassen muss, damit sich der Bursche wieder besser fühlt und weiterfunktioniert.

Nach dem Gebet reicht Samira dem Laufburschen einen arabisch verfassten Brief. Al-Hasa liest den Inhalt, den Samira auswendig kennt: die *Bruderschaft des Islam* wird von den Brüdern in Teheran mit der gewünschten Erhöhung des Betrags unterstützt und erwartet keine weiteren Unregelmäßigkeiten. Nach Beendigung der Operation werden die Glaubensbrüder im Paradies sein und er selber, Al-Hasa, wird das Bekennervideo veröffentlichen.

Was im Brief nicht steht: Al-Hasa wird nach Veröffentlichung des Videos ebenfalls ‹im Paradies› sein, denn die Freunde in Teheran werden es erlauben, dass er getötet wird. Der Türkische Geheimdienst wird nach dem Schlag gegen den Vatikan nämlich unter großem politischem Druck stehen und gegen die *Bruderschaft* vorgehen müssen, um sein Gesicht zu wahren.

Es ist zwar möglich, dass Al-Hasa über einen derartigen Verlauf der Ereignisse, wie er unschwer vorauszusehen ist, auch schon nachgedacht hat, denn Männer wie Al-Hasa sind nicht wirklich dumm. Doch neigen sie dazu, sich als Instrument einer höheren Sache zu betrachten, und ignorieren deswegen alle Bedenken aus den Niederungen des gewöhnlichen Sachverstandes.

Samira hofft, dass es auch in diesem Fall so ist, und beobachtet, wie Al-Hasa den Brief zusammenfaltet, mit einem Streichholz anzündet und auf dem Steinboden brennen lässt.

Er lächelt. Sie lächelt zurück. Er möchte wissen, ob es stimmt, dass Samiras iranische Eltern von Amerikanern getötet wurden.

Samira bestätigt die von den *Foundations* erfundene Geschichte, die man über ein islamisches Netzwerk in Belgien mit Verbindungen in die Türkei verbreitet hat. Sie schildert ihm die Kindheit im Iran, die sie nie erlebt hat, und achtet auf einen leisen, etwas schüchternen Tonfall bei gesenktem Blick, ganz so, wie es diese Männer mögen. Dann bemerkt sie, wie schon vor der Landung im Flugzeug, das Zittern ihrer Hände.

10

DER Abend senkt sich auf die Piazza della Libertà. Hank hat das Gefühl, dass man ihnen folgt, aber er ist nicht sicher.

Vielleicht ist es ein Mann mit schwarzem Hemd und langem, zurückgebundenem Haar, dessen Umrisse im Widerschein eines Schaufensters vorbeischwimmen oder der plötzlich – blasses, angestrengtes Gesicht – neben einem Postkartenstand auftaucht.

Hank und sein Begleiter durchqueren das Geplapper und Gelächter auf der Piazza, im Hintergrund das Aufflattern von Tauben. Sie folgen einer Gruppe junger Frauen, umschwebt von einer Parfümwolke, bis zur Engelsbrücke, wo sie etwa in der Mitte stehenbleiben.

Sie blicken ins schaukelnde abendrote Glitzern des Flusses. Hank wartet, bis sein Begleiter, der sich *Augustinus* nennt, aber natürlich nicht so heißt, zu sprechen beginnt.

Er schätzt ihn um die Sechzig, gut beieinander, braungebrannte Arme; wahrscheinlich ein Ex-Gardist oder Beamter der Vatikanpolizei. In Rossis Unterlagen wird er als Kontaktperson angegeben.

«Rossi war Ihr Freund?»

Hank nickt. «Wir sind zusammen aufgewachsen. Waren Sie sein Informant?»

Der Mann blickt in die Ferne, auf einen Hügelzug mit dunkel in den Abendhimmel ragenden Pinien, weiter drüben die marmorhelle Kuppel des Petersdoms.

«Wann wurde Rossi geboren? Und wann *fühlte* er sich geboren?» Jetzt blickt ihn der Mann direkt an, mit klaren, kühlen Augen.

«Geboren 1992», antwortet Hank. «Aber er hat immer gesagt, dass er 2008 neu auf die Welt kam, dem Tag seiner Priesterweihe.»

Der Mann scheint mit der Antwort auf die Testfrage zufrieden und eröffnet seinem Gast, welche Informationen er Rossi beschafft hat und wer sonst noch über die ‹Vorgänge› Bescheid weiß.

Schön und gut, aber wer ist für Rossis Tod verantwortlich?

Das kann der Mann nicht sagen – oder er tut zumindest so. Irgendwie mag Hank sein schmales, lauerndes Gesicht nicht, das Gesicht eines Mannes, der niemandem über den Weg traut und dem man deswegen ebenfalls nicht über den Weg trauen darf.

Der Mann betrachtet den Fluss, auf dem das Abendglitzern allmählich nachlässt, und für einen Moment droht Hanks Geduld zu explodieren. Am liebsten würde er ihm eine knallen. Weil er Rossi reingezogen hat in seine Vatikangeschichte. Am liebsten würde er –

Der Mann zückt sein Smartphone. Er lauscht der Stimme am anderen Ende der Leitung, sagt ‹Asservo› und steckt das Ding wieder weg.

«Unser Freund mit den langen Haaren, haben Sie ihn bemerkt?»

Der Kerl im schwarzen Hemd auf der Piazza, natürlich hat Hank ihn bemerkt.

«Schauen Sie nicht hin – er wartet auf der anderen Seite der Brücke, bei der Schmuckwarenhändlerin vor der Treppe.»

«Vielleicht gehen wir zu ihm und fragen ihn nach seiner Sozialversicherungsnummer.»

Der Mann wirft einen Blick auf seine Armbanduhr – digitale Anzeige, blaues Gummiband – und schlägt vor, dass sie in entgegengesetzte Richtungen auseinandergehen, um den Verfolger zu zwingen, sich für einen von ihnen zu entscheiden.

«Kein Problem», erwidert Hank. «Ich gehe zu ihm rüber, das macht die Entscheidung einfach. Wer war am Telefon?»

«Niemand, den Sie kennen.»

«Sie können uns ja bekannt machen.»

Der Mann geht nicht darauf ein. «Ich hoffe, ein weiteres Treffen wird nicht nötig sein. Und ich hoffe, dass Sie finden, was Sie suchen.»

Der Mann wendet sich ab und geht stadtauswärts über die Brücke, langsam, wie ein Flaneur, der den Abend genießt.

Hank begibt sich in die andere Richtung und kann, am Ende der Brücke, die Händlerin beim Schmuckwarenstand sehen. Er sieht Leute auf den Treppenstufen, Asiaten vor einem Uhrengeschäft, rauchende, eng taillierte Jugendliche vor einer Pizzeria – nur den Kerl im schwarzen Hemd kann er nicht sehen.

Hank überquert eine von Scootern und Motorrollern umzingelte Kreuzung und erreicht eine Einkaufsstraße. Er geht geradeaus weiter und biegt dann in eine Nebengasse, weil er plötzlich das Gefühl hat, verfolgt zu werden.

Tatsächlich: Ein Fremder folgt ihm in die Gasse.

Hank bleibt stehen. Er dreht sich um und wartet, leicht abgedreht, mit gelockertem Körper, um rasch zuschlagen zu können, während sich der Fremde – schwarze Hose, schwarzes Hemd – nähert.

Ruhig bleiben, *ruhig*. Es ist nicht der Verfolger. Eindeutig kleiner, mit Halbglatze.

Der Fremde grüßt im Vorbeigehen. Hank erwidert den Gruß und geht zurück in die Einkaufsstraße, in den schneller und wieder langsamer werdenden Strom aus Touristen, Bummlern, Händlern.

Der Verfolger ist vielleicht abgetaucht. Du hast ihn verloren, denkt Hank. Gute Arbeit!

Aber dann fallen ihm bei einem Mann auf der anderen

Straßenseite die langen, zurückgebundenen Haare auf. Ja: Der Fremde ist hochgewachsen und schreitet unter der Markise eines Gemüseladens hindurch, mit leicht schaukelnden Armen, langsamer als die anderen. Er bleibt stehen, geht weiter, während Hank ihm folgt.

Wirklich auffällig, wie *langsam* er geht und manchmal zwischen den Passanten stehenbleibt, zwischen telefonierenden Signorine und gestikulierenden, lachenden Teenagern.

Moment: Ist das da vorne nicht die Via Flaminia? Doch. Sie haben sich, ohne dass Hank es realisiert hat, der Straße genähert, an dem sich sein Hotel befindet. Der Kerl sucht *ihn*, ist es das? Und er weiß, wo er wohnt?

Hank wechselt die Straßenseite.

Er will die Sache klären, gleich an Ort und Stelle, und der Gedanke schießt durch seinen Kopf, dass der Kerl damals vielleicht auch *Rossi* beschattet hat, dass er sein Mörder sein könnte.

Hank wird schneller und sieht, fast im selben Augenblick, Chiara. Sie kommt aus einem Buchladen, wenige Meter vor dem Kerl. Sie geht, in der rechten Hand eine Plastiktüte, zur nächsten Kreuzung, während ihr der Mann folgt.

Hank zögert einige Sekunden, ob er auf Distanz bleiben soll, dann rennt er los, rempelt einen Jugendlichen mit Kopfhörern an, stürzt weiter und bemerkt, wie sich Chiaras Verfolger, kurz bevor er ihn erreicht, nach ihm umdreht.

Hank stößt ihn gegen das Schaufenster eines Schuhladens, spürt sofort Fußtritte des Mannes – Schienbein, Oberschenkel –, greift nach den zurückgebundenen Haaren und reißt daran. Er knallt den Kopf des Mannes gegen das Schaufensterglas.

«Ah!»

Der Mann schlägt um sich, will ihm eine verpassen. Hank weicht auf die Seite aus und macht, wie im Karate-Training, einen Sprungtritt nach vorn, *Mae-Tobi-Geri*, in den Bauch des Gegners.

Der Mann landet in der halb geöffneten Tür des Schuhladens, fängt sich wieder, sehr schnell, reißt die Fäuste hoch und schlägt zu, verfehlt Hank knapp.

Hank schafft es, ihm einen weiteren Fußtritt zu verpassen, *Mae-Kekomi*. Der Mann taumelt ins Innere des Ladens.

«No, prego!» schreit eine Verkäuferin.

Der Mann schnappt sich aus einem Gestell an der Seitenwand einen Schuhspanner aus Holz und wirft ihn in Hanks Richtung. Volltreffer, mitten ins Gesicht. Hässliches, grelles Feuerwerk im Kopf.

Hank taumelt, versucht einen Halbkreisfußtritt, *Mawashi--Geri*, trifft ein Regal und lässt Sneakers und Sandalen zu Boden regnen. Der Mann schlingt die Arme um ihn, sie knallen gegen ein Plakat mit langen, schönen Beinen von Gucci, dann gegen eine Vitrine von Dolce & Gabbana, bevor sie zu Boden gehen.

Sie kämpfen sich durch herumliegende Schuhe und Handtaschen, greifen nach Stiefeletten und High Heels mit dünnen, scharfkantigen Absätzen, schlagen zu, schlitzen die Haut auf, hacken sich in Arme und Hände.

«Basta, basta!»

Die brüllende Verkäuferin, während sie weitermachen, schwitzend, stöhnend, nebeneinander in Richtung Ladentisch kriechend, wo sich Hank mit dem Rücken gegen den Boden presst, wo er sich aufbäumt, wo er die Arme hochzieht.

Mit voller Wucht lässt er einen angewinkelten Ellbogen niedersausen, auf die Brust des Gegners, dann dreht er sich weg, um wieder auf die Beine zu kommen. Dreht sich weg und rutscht aus, auf Sandalen, rutscht aus und kippt gegen einen Spiegel, fühlt Übelkeit in sich hochkommen und hört eine Stimme – Chiara? – seinen Namen rufen.

II

Chiara hat sich auf den Weg gemacht, um Hank die Leviten zu lesen, nachdem sie zuerst den ganzen Tag versucht hat, es sein zu lassen, die Sache zu vergessen. Aber sie kann es nicht vergessen! Sie muss es ihm noch heute ins Gesicht sagen, damit er merkt, was er für ein Klotz ist – *un zoticone* –, ein Grobian.

Hoffentlich ist er im Hotel, denkt Chiara unterwegs zur Via Flaminia. Dann kann er nicht ausweichen und muss *zuhören*, nachdem er sie beim letzten Treffen so respektlos behandelt hat.

Natürlich ist Chiara bewusst, dass Hank sie nicht derart hätte verletzen können, wenn sie nicht sowieso ein schlechtes Gewissen hätte, wenn sie sich nicht mitschuldig fühlen würde an Rossis Tod. Mitschuldig, weil sie dabei gewesen ist, als Rossi getötet wurde.

Und noch etwas, *noch etwas* ärgert sie unterwegs zu Hank! Nämlich die Tatsache, dass er jetzt noch, nachdem sein bester Freund tot ist, überhaupt nicht verstehen will, warum es Rossi so wichtig gewesen ist, die Kirche zu verteidigen und dabei sein Leben zu riskieren. Warum es vielen Menschen, die Chiara kennt, wichtig ist, die Kirche zu verteidigen. Nicht nur kann Hank das offenbar nicht verstehen, sondern er hat auch nicht das geringste Interesse daran, dass man es ihm erklärt!

In der Nähe des Hotels, auf einer Einkaufsstraße, fällt Chiara der ‹Anglo American Store› auf, eine Buchhandlung mit englischsprachigen Titeln, und sie sagt sich, dass das unmöglich ein Zufall sein kann.

Tatsächlich findet sie in dem Laden das perfekte Buch für Hank, das heißt, falls er es je lesen wird, falls er jemals glauben kann, dass es sich lohnt, die Empfehlung einer *Katholikin* ernst zu nehmen.

Aber sie muss es versuchen. Das Buch könnte helfen, die vernagelten Türen von Hanks Weltbild zu öffnen, so dass er besser versteht, warum Rossi die Kirche geliebt hat. So dass er auch etwas über das Verhältnis zwischen Christentum und Aufklärung lernt. Hank könnte erfahren, warum es ohne Christentum keine Aufklärung gegeben hätte, warum die Aufklärung nicht vom Himmel gefallen ist und auch nicht aus den Denkern der Antike abgeleitet werden konnte, sondern dass es dazu die biblische Idee des Menschen als Gottes Ebenbild gebraucht hat.

Die Aufklärung als uneheliches Kind des Christentums, was würde Hank wohl dazu sagen? Mit dieser Frage im Kopf verlässt Chiara den ‹Anglo American Store›, in der Hand die Plastiktasche.

Als sie das Geschrei hört, dreht sie sich um und sieht – eine Straße weiter unten – Hank, und zwar vor einem dieser Luxus-Schuhläden, mit einem anderen Mann. Ein Mann, den er, wie es scheint, gegen die Tür stößt, bevor er mit ihm im Inneren verschwindet.

Beim Laden angekommen, sieht Chiara die beiden auf dem Boden kämpfen. Sie eilt ins Geschäft, um die beiden zu stoppen, doch fast im selben Moment kommt Hanks Gegner, ein Mann mit dunklen, zurückgebundenen Haaren, auf die Beine und rennt an ihr vorbei nach draußen.

Große Aufregung unter den Kundinnen und Verkäuferinnen: beschädigte Regale, Glasscherben, verstreut zwischen den herumliegenden Schuhen und Handtaschen. Man will die Polizei rufen, die Carabinieri, natürlich, also packt Chiara Hank am Handgelenk und zieht ihn schnell nach draußen, unter dem vehementen Protest der Damen.

«Zitto!», ruft Chiara und eilt mit Hank davon, wie mit einem Kind, das etwas Schlimmes angestellt hat.

Sie biegen in die nächste Straße, immer noch das Frauengeschrei hinter sich. «Polizia, Polizia!»

Chiara führt Hank in einen Durchgang und von dort über einen Platz. Sie verschwinden durch einen Garten und erreichen am anderen Ende die Via Flaminia und – in wenigen Minuten – das Hotel.

Der Mann an der Rezeption wirft einen Blick in ihre Richtung, erkennt Hank und widmet sich wieder seiner Zeitung.

Oben in Hanks Zimmer – Nummer 31 – verschwindet er im Bad. Chiara muss sich zuerst einmal hinsetzen, um sich zu beruhigen. Nicht zu glauben, was gerade geschehen ist! Was hat sie da getan, was haben sie beide getan?

Hank kommt aus dem Bad. Die Haut an seinem rechten Arm ist aufgerissen, er blutet an der Stirn.

Sie hilft ihm mit den Taschentüchern.

«Wer war der Mann?»

«Er hat dich verfolgt. Ich wollte ihn nach seiner Sozialversicherungsnummer fragen.»

«Verfolgt? Er kennt mich?»

«Ich glaube, jetzt wird er auch mich nicht mehr vergessen.»

Sie reicht ihm neue Taschentücher.

«Die Schuhe in dem Laden kosten bestimmt ein Vermögen.» Er setzt sich auf den Bettrand. Dann schaut er sie an. «Warum warst *du* eigentlich da?»

Sie erklärt es ihm, und es ist das erste Mal, dass sie das Gefühl hat, er höre ihr zu, er wolle wirklich wissen, was sie zu sagen hat.

Sie erwähnt das Buch, das sie für ihn gekauft hat, und gesteht ihm, dass sie sich deswegen dumm vorkommt, weil sie weiß, dass er es nie lesen wird, und weil er es auch gar nicht verdient, weil sie ihm nach seinem Benehmen letztes Mal *un paio di schiaffi* geben sollte, ein paar Ohrfeigen.

«Was habe ich denn getan?»

Ob er es wirklich nicht weiß oder sich nur dumm stellt? Jedenfalls scheint er überhaupt nicht daran interessiert, ihre Antwort abzuwarten, sondern greift nach der Plastiktüte, um sich das Buch anzusehen.

«Aha, ein Professor für Geistesgeschichte. Du willst meinen Horizont erweitern, das kann ich gut verstehen. Rossi hat das auch versucht.» Plötzlich wirkt er müde. Er rutscht auf dem Bettrand nach vorne und legt sich hin, langsam, als bereite ihm jede Bewegung Schmerzen.

«Ich besorge Schmerzmittel», sagt sie.

Aber er meint, er brauche nur etwas Ruhe. Er streckt sich ganz aus. Sie geht zum Fenster und blickt nach draußen in die Nacht, auf die Dächer der Stadt, die sie schon so lange kennt, die sie liebt und manchmal doch nicht wiedererkennt aus den Erinnerungen der Kindheit, als hätte diese Kindheit des glücklichen Lärms am Sonntagnachmittag, der ofenheißen Sommer und der Langeweile in der Schule anderswo stattgefunden.

Sie denkt an ihren Vater, der bis zur Pensionierung – und bis zum Knochenkrebs der Mutter – als Vizeinspekteur im Vatikanischen Gendarmeriekorps gedient hat. Sie denkt ans Gesicht ihrer Mutter, das sie wie verrückt geliebt hat und bis heute jeden Tag vermisst.

Sie dreht sich um, sieht Hank auf dem Bett liegen.

«Ich danke dir, dass du den Mann aufgehalten hast. Du hast viel riskiert, du hast –»

«Vergiss es, der Kerl ist abgehauen.»

Sie bleibt am Fuß des Bettes stehen. «Danke», wiederholt sie. Diesmal scheint er es ernst zu nehmen. Er deutet ein Nicken an.

Sie fragt ihn, ob ihm klar ist, warum das alles passiert, um was es geht. Er gibt keine Antwort.

«Komm am Freitag zu unserem Treffen. Wir haben Dokumente, die alles belegen.»

«Die was belegen?»

«Warum man uns beschattet, warum Rossi getötet wurde.» Für einen Moment spürt sie den überwältigenden Impuls, ihm alles zu sagen, ihm zu sagen, dass sie dabei gewesen ist, als Rossi gestorben ist, aber dann verlässt sie der Mut. Sie bringt es nicht übers Herz.

«Am Freitag», sagt Hank. «Ich werde kommen.» Dann grinst er. «Hast du gewusst, dass man mich zur Totenmesse von Erzbischof Algermissen eingeladen hat?»

Interessant. Das hat sie nicht erwartet, es ist ungewöhnlich. Aber ein gutes Zeichen. Es bedeutet, dass man Hank in der Kommission vertraut, und es ist eine gute Gelegenheit, hohe Mitglieder der Kurie zu treffen, etwa Kardinal Feuerbach oder Kardinal Settaviani. Leider nicht den Papst, der ist noch nicht aus Brasilien zurückgekehrt.

«Beobachte die Leute», sagt sie. «Achte darauf, mit wem sie reden, wie sie sich verhalten. Und pass auf dich auf.»

Er schließt die Augen. «Ich muss mir eine Waffe besorgen. Eine Waffe für eine Totenmesse, gar nicht schlecht, was?»

12

GIACOMO Benvenuto Corelli, seit dreißig Jahren im Kampf gegen den Teufel und seit fünf Tagen auf den Spuren des Todes im Vatikan, kniet vor dem Bett in seinem Zimmer neben dem Haus der Schweizer Garde.

Es ist Montagmorgen, sechs Uhr, eine Woche vor Eröffnung des Konzils. Mit geschlossenen Augen betet Corelli den Rosenkranz und lässt seine Finger über die Perlen wandern, über denen der Flüsterklang seiner Stimme schwebt, wenn er das Glaubensbekenntnis spricht und die fünf freudenreichen Geheimnisse. In den vergangenen Tagen hat er die fünf lichtreichen, die fünf schmerzhaften, die fünf glorreichen Geheimnisse gebetet und dabei immer das Kreuz geküsst, wie man es beim Rosenkranz eigentlich nicht macht, wie er es sich aber bereits als junger Mann angewöhnt hat, weil man den Herrn nicht oft genug küssen kann. *Bitte für uns Sünder, jetzt und in der Stunde unseres Todes.*

Nach dem Gebet sucht Corelli die Kantine der Gardisten auf, wo man den altgedienten Exorzisten kennt und grüßt.

Corelli nimmt das Frühstück ein – nur Tee und eine Scheibe Toast, aber in der warmen Lebendigkeit des Raums –, bevor er zurück ins Zimmer geht, um sich umzuziehen: schwarzer Talar mit violetten Knöpfen und violettem Zingulum. Die Kleidung des *Päpstlichen Ehrenprälaten*, die er nur selten trägt.

Corelli verlässt das Haus in Richtung Piazza del Forno und begibt sich zum Gärtnerhaus. Dort wartet er auf Schwester Gabriela, die ihn zu der Totenmesse begleiten wird, in der Kapelle des Governatorato.

Corelli raucht eine *Gitanes* und betrachtet den Himmel über der Stadt, der ihm besser gefällt als vergangene Woche, als die Tage sich vollgesogen hatten mit dem Zwielicht einer drückenden Stimmung. Nun schwimmen am Horizont die wasserblauen Farben des Spätsommers, die den Morgen frisch machen.

Als Schwester Gabriela kommt, im schwarzen Habit der Salesianerinnen, informiert sie ihn, dass der Papst in vier Tagen aus Brasilien zurückkehren wird.

*

Kardinal Johannes Feuerbach, Erzbischof von Köln und Vorsitzender der Deutschen Bischofskonferenz, ist ebenfalls unterwegs zur Totenmesse für Erzbischof Algermissen, ein Studienfreund aus der Zeit in Tübingen.

Der Morgenverkehr in Richtung Via della Conciliazione steckt unter einer dumpfen Glocke aus Gehupe und Abgas, was den Chauffeur, der Seine Eminenz am Flughafen abgeholt hat, dazu bringt, nicht nur Flüche, sondern auch fuchtelnde Hände gegen die Frontscheibe zu schleudern. Für die Flüche entschuldigt er sich sogleich bei Seiner Eminenz dem Kardinal, der still auf dem Rücksitz ausharrt, den Blick nach draußen auf das Chaos gerichtet.

Feuerbach wäre jetzt lieber in Köln, bei der Arbeitsgruppe, die ihm so viel bedeutet. Natürlich war es keine Frage, dass er an der Totenmesse für den alten Freund teilnimmt, aber *so kurz vor dem Konzil*, bei allem, was auf dem Spiel steht?

Feuerbach beobachtet, wie zwei Motorradfahrer zwischen den Autos hindurchrasen und auf den knatternden Schwingen ihres Lärms beinahe einen Polizisten über den Haufen fahren, der mit seiner Trillerpfeife versucht, die Verkehrsverstopfung zu lösen. Doch die römische Blechlawine bleibt reglos auf dem Asphalt kleben.

Das Einzige, was sich zunehmend regt, ist der Geduldsfaden des Kardinals. Und als der Faden schließlich reißt, steigt Feuerbach, ohne ein Wort zu sagen, aus dem Wagen und macht sich davon, noch bevor der Chauffeur reagieren kann.

Bereits nach wenigen Metern erblickt der Kardinal zwischen den Häusern die Via della Conciliazione, die zum Petersplatz führt. Der Petersplatz mit den Kolonnaden und dem bekannten, von Michelangelo in den Himmel hinein gebauten Dom.

Alles sieht aus wie immer, denkt Feuerbach. Überall Touristen, Geschäftsleute und Schulklassen. Prächtig, zugegeben, und doch für viele Menschen *schwer zu erreichen* – wegen Verstopfung und Verdunkelung. Genau wie die Wahrheit und Schönheit des Evangeliums, die von der Kirche immer wieder verstopft und verdunkelt worden sind im Laufe der Jahrhunderte.

Verstopft vom Vatikan, überlegt Feuerbach, während er versucht, gegen das Gewicht seiner 68 Jahre voranzukommen, im mehrsprachigen Gedränge vor den *Chioschi*, den Buchläden und Souvenirgeschäften.

Wieder muss er an sein Kölner Team denken, das in den letzten Monaten fast rund um die Uhr gearbeitet hat, um Dokumente für das Konzil vorzubereiten; Dokumente im Namen des Deutschen, Belgischen und Österreichischen Episkopats; Dokumente mit den Stimmen vieler Menschen aus Europa. Einschätzungen von Wissenschaftlern, Ethikern, Unternehmern, Politikern, die eine wichtige Rolle spielen, wenn das Konzil nächste Woche beginnt und die vom Heiligen Vater festgelegten ‹Arbeitsschemata› besprochen werden. Schemata, mit denen niemand in Köln warm geworden ist und die wenig Gutes verheißen, ganz offen gesagt; ganz *ein-*

deutig gesagt überhaupt nichts Gutes, denkt Feuerbach auf der Via della Conciliazione.

«Der Verlust des Heiligen» und «Der Verlust der menschlichen Person» – was, um Himmels Willen, sollen sie denn mit *diesen* Schemata anfangen, mit einer derart negativen Themensetzung?

Seit wann, überlegt Feuerbach, kreist ein Konzil um den *Verlust* von etwas statt um Gott? Seit wann gilt als Ausgangspunkt katholischer Überlegungen und Gedankenbrücken in die Gegenwart hinein nicht das Evangelium, die Kunde von der *Liebe des Schöpfers*, die alles zusammenhält und die jedem uneingeschränkt gilt? Was soll es bringen, mit einer solchen Themensetzung den Schatten einer *Negativbilanz* über den Köpfen der Konzilsväter schweben zu lassen? Wie sollen sie, die Verantwortlichen in der Kirche, bei solchen Themen nicht einer pessimistischen Kirche zuarbeiten? Sind solche Themen nicht typisch für eine Kirche der Weltangst, in der man offene Fenster und das Leben draußen in der Gesellschaft *verachtet* und in der man diese Verachtung seit Jahrhunderten als Frömmigkeit verkauft, als heilige Pflicht?

Natürlich, denkt Feuerbach, ist diese Frömmigkeit immer nur eine Flucht gewesen, Flucht vor der Liebe zur Welt und zum real existierenden Menschen. Ja, vor dem *Dasein* selbst, denkt Feuerbach auf der Via della Conciliazione.

Dieser Papst, dieser Gasperri, ist nicht zu brauchen! Der will nichts wissen vom Dienst am Leben, vom Staunen über die Welt mit ihren immer neuen Explosionen und Evolutionen aus der Kraft Gottes. *Davon* wird man am Konzil wenig hören, denkt Feuerbach, nur sehr wenig!

Dieser Papst! Zwei Mal hat Feuerbach ihn schon getroffen. Zwei Mal hat er den Widerstand des Papstes gegen die Welt gespürt, eine tiefe Entschiedenheit gegen alles, was ihm, Feuerbach, lieb ist und was die Kirche dringend verändern muss. Diese jahrtausendschwere, bewegungsscheue Kirche. Der Verlust des Heiligen und der menschlichen Person? Unmöglich, *einfach unmöglich!*

Verschwitzt und außer Atem erreicht Feuerbach das Ende der Straße und steht vor dem Petersplatz.

Er braucht einige Sekunden, bevor er weitergehen kann, zu den Kolonnaden auf der linken Seite, in Richtung Campo Santo Teutonico.

Er sagt sich, dass der Papst es sich zum Glück nicht leisten kann, die Stimme der Deutschen, Belgischen und Österreichischen Bischofskonferenz zu missachten und mit ihnen Millionen von Menschen in Europa, die sich eine Modernisierung wünschen. Natürlich werden andere Episkopate, wenn das Konzil beginnt, gegen moraltheologische oder ökumenische Öffnungen Stellung beziehen und die alleinseligmachende Wagenburg der Reaktionären verteidigen; Stimmen aus den USA oder Osteuropa.

Aber es sind nicht *alle* gegen uns, denkt Feuerbach, denn das Zweite Vatikanische Konzil hat Aufbrüche ermöglicht, und die Menschen haben es gespürt und wollen mehr davon. Liturgie und Seelsorge auf Augenhöhe, Freundschaft mit den anderen Religionen. Dezentralisierung der Macht, Kampf gegen die grauenhaften sexuellen Missbräuche und Synodalität! Mitsprache der Länder und nicht-klerikaler Expertengremien: Vieles wurde erreicht, das darf man sich nicht nehmen lassen, denkt Feuerbach. Das gehört verteidigt gegen die Schriftgelehrten, die sich hinter dem Buchstaben des Gesetzes verstecken, unempfindlich für das Lazarett der Welt.

Angekommen beim Campo Santo Teutonico, stellt sich Feuerbach in die Reihe der Priester, die vor dem Kontrollposten gegenüber dem Palast der Glaubenskongregation warten.

Feuerbach wirft einen Blick auf die Fenster des Heiligen Offiziums und versucht, sich das Gesicht von Kardinal Settaviani vorzustellen, wenn sie sich jetzt gleich wiedersehen werden.

Settaviani, Präfekt der Glaubenskongregation und Vertrauter des Papstes: Feuerbach kennt den Mann gut. Settaviani ist elf Jahre lang Bischof von Mailand gewesen, in der Zeit davor Dogmatikprofessor an der Päpstlichen Lateranuniversität, wo Feuerbach ihn kennengelernt hat. Ein gescheiter, schneller Kopf, keine Frage, doch leider befallen von einer unheilbaren dogmatischen Verstopfung.

Wann hat der Deutsche Feuerbach diesen durch und durch italienischen Kleriker je *frei denkend* erlebt? Wie oft hat sich Settavianis unbestreitbare Intelligenz selber beschnitten und ist, statt ins Unentdeckte vorzustoßen, um die immer gleichen Grundsätze der Tradition gekreist? Wie oft hat sich diese Intelligenz mit wohlformulierten Vorträgen und Büchern den Anschein des Erkenntnishungers gegeben – und ist in Wahrheit doch nur im längst Proklamierten und Kanonisierten steckengeblieben?

Wie kann man nur so *leben?*, fragt sich Feuerbach.

Er steht jetzt vor dem Beamten beim Kontrollposten, und dieser möchte von ihm Ausweispapiere sehen.

Natürlich könnte Feuerbach ein Betrüger sein, wie es hier nicht selten vorkommt, dass falsche Bischöfe und Kardinäle auftauchen, woher soll der Beamte den Unterschied wissen? Und warum trägt Feuerbach keine Papiere bei sich, wenn er wirklich ist, wer er behauptet zu sein?

Gott sei Dank erscheint bald Feuerbachs Chauffeur, der die Angelegenheit klären kann.

*

Ein paar Hundert Meter vom Kontrollposten entfernt, in den Vatikanischen Gärten, schreitet Settaviani, der Präfekt der Glaubenskongregation, über das Gras.

Etwa zehn Minuten hat er vor der Kapelle im Governatorato gewartet und die Exzellenzen und Eminenzen begrüßt, die der Totenmesse beiwohnen werden, bevor ihn die Unruhe ergriffen und hinausgedrängt hat.

Nun, im Garten, spürt Settaviani, wie der Schatten seiner Sorgen neben ihm übers Gras streift und ihn begleitet; der Schatten, in dem seit Tagen auch die Trauer um den Freund Algermissen mitwandert. Der arme Freund, den man tot in seiner Wohnung gefunden hat! Der arme Freund, an den Settaviani in den letzten Tagen fast ununterbrochen denken muss.

Algermissens Gesicht ist dem Kardinal vergangene Nacht sogar als Geist erschienen, in der Dunkelheit des Schlafzimmers. Das Gesicht einer stummen, vom Tod ausgetrockneten Blässe und Einsamkeit.

Settaviani ist sicher: Der Geist des toten Freundes wollte ihm gestern Nacht etwas Wichtiges mitteilen, über die Gefahr, in der sie hier im Vatikan alle schweben – ist es nicht so?

Langsam schreitet Settaviani vorbei am Französischen Garten, ohne seine Schönheit genießen zu können. Der Kardinal versucht sich abzulenken, indem er sich die Mitbrüder vorstellt, die an der Messe erwartet werden, etwa Kardinal Feuerbach.

Ja, natürlich wird Feuerbach da sein, und natürlich wird es einmal mehr unangenehm werden.

Feuerbachs *böser Blick*, denkt Settaviani. Er wird ihn auf mich schleudern, wie immer. Der böse Blick, den alle Kurienmitarbeiter kennen, die Feuerbach jemals begegnet sind und die sich dabei die Freiheit genommen haben, anderer Meinung zu sein als Feuerbach. Der böse Blick, den Feuerbach als Prophet des Fortschritts schon seit vielen Jahren besitzt.

Schon früh, denkt Settaviani, muss dieser selbstbewusste Deutsche vor dem großzügigen Parlament seines Gewissens entschieden haben, was Gott von der Kirche erwartet. Schon früh muss das Licht der Privatoffenbarung Feuerbach gezeigt haben, was sich alles ändern muss, damit das Schiff Petri wieder von der Welt akzeptiert und geliebt wird. Als wäre die Kirche jemals von der Welt akzeptiert und geliebt worden! Als wäre Jesus Christus, der die Ordnung der Menschen erschütterte, jemals dafür akzeptiert und geliebt worden! Vielmehr hat man ihn mit Hass bespuckt und gefoltert, gekreuzigt und hinabgeschickt in das Reich des Todes.

Der böse Blick des Fortschritts, denkt Settaviani und bleibt einen Moment vor dem Gärtnerhaus mit den Kirschbäumen stehen. Dann schlägt der Kardinal den Rückweg ein.

Settaviani kann sich gut vorstellen, wie ungehalten die Liberalen in diesen Wochen sein müssen, nachdem die Zentralkommission die vorbereitenden Dokumente an die Episkopate verschickt hat, an die Ordensoberen und die Universitäten. Die ‹Arbeitsschemata›, die Feuerbach unmöglich gefallen haben können.

Der Verlust des Heiligen und der Verlust der menschlichen Person: mit diesen Themen möchte der Papst, dass die Konzilsväter, bevor sie Maßnahmen zur Verbesserung der Kirche vorschlagen, sich zunächst um eine Bestandsaufnahme der Zeit bemühen, in der die Menschen heute leben. Eine ‹Situationsanalyse›, wie der Papst es genannt hat. Das kann Feuerbach nur schon deshalb nicht gefallen, weil er doch längst weiß, was Sache ist.

Mein Freund, ich brauche dich jetzt, denkt Settaviani und sieht wieder das blasse, vom Tod ausgetrocknete Gesicht im Dunkel des Schlafzimmers vor sich.

Ja, vielleicht wollte ihn Algermissens Geist *warnen*. Nicht nur vor einer Gefahr im Vatikan, sondern vor außenstehenden Mächten, die das Konzil instrumentalisieren wollen, um die Kirche zu schwächen, damit sie keinen Widerstand leistet gegen die herrschende Massenkultur. Damit die Kirche der Globalisierung und Digitalisierung nicht mehr im Weg steht, welche die Welt als Plattform für Wohlstand und Erlebniskonsum erscheinen lassen. Globalisierung und Digitalisierung, die den Menschen nicht befreien, sondern in die Unterwerfung unter den Optimierungskult der Reichen führen, in die Selbstausbeutung im Namen der ‹Selbstverwirklichung›.

Diese Gefahr der Entmenschlichung spürt Settaviani schon seit Jahren wie einen kalten Atem im Nacken; in den letzten Monaten fast bei jeder Begegnung in Rom und in anderen Städten, wo die Menschen über das zunehmende Tempo von Produktion und Konsum klagen, über die Verzweckung der Beziehungen.

Settaviani ist überzeugt, dass jemand wie Feuerbach kein großes Interesse an diesen weltlichen Problemen hat, dass der böse Blick des Fortschritts blind dafür ist. Weil Feuerbach nur *nach innen* schaut, in das Regelwerk der Kirche selbst, das er verändern will. Schon lange, denkt Settaviani, haben die Liberalen vorgegeben, im Namen der Menschen zu handeln, und haben dabei doch nur das Regelwerk der Kirche im Blick und möchten dieses an den Zeitgeist anpassen.

Die Liberalen verwechseln die Infragestellung der katholischen Tradition mit Menschenliebe. Als wäre die 2000-jährige Tradition nicht tiefer, weiser und letztlich *menschlicher* als eine Momentaufnahme aus den Lehrerzimmern der Gegenwart. Noch dazu rein westeuropäische, mit guten Staatslöhnen ausgestattete Lehrerzimmer!

Was für ein Irrsinn, denkt Settaviani. Wie kann man die Wahrheit des Glaubens, die der Kirche anvertraut ist, ernsthaft *umtauschen* wollen gegen die herrschende Kultur? Wie kann man die Kathedrale der Überlieferung, gebaut auf der Hingabe gottergebener Generationen, für den neumodischen Wohlstands-Individualismus preisgeben, mit dem sich geistlich gesehen höchstens eine Hundehütte bauen lässt?

13

BEVOR Hank das Requiem für den Erzbischof besucht, geht er zur Gepäckaufbewahrung am Campo de' Fiori. Er öffnet das Schließfach, nimmt die Sporttasche mit der *Glock G30* und bringt sie ins Hotel. Er packt die Waffe aus, montiert den Schalldämpfer und legt alles in den Aktenkoffer, den er sich besorgt hat.

Anschließend sucht er den Palast des Governatorato auf. Die Kapelle ist voll besetzt. Pannola vom Staatssekretariat hat ihm einen Platz freigehalten und deutet, als Hank neben ihm sitzt, auf die hohen Gäste, etwa die Kardinäle Settaviani und Feuerbach, die ganz vorne sitzen, mit der wächsernen Reglosigkeit ihres Alters.

Auf der linken Seite, jünger und mit dichtem Bart, sitzt Hausmann, der Präfekt der Kleruskongregation, neben Fabian Rohrer, dem Kommandanten der Schweizergarde; ein breitschultriger Mann mit grauen Augen. Hank fragt sich, wie gut diese Leute den Toten gekannt haben, und ob sie auch Rossi gekannt haben.

Als die Messe beginnt, muss er an Rossis Beerdigung in der Schweiz denken. Er erinnert sich an den Nieselregen an jenem Tag, an die Hände, die er schütteln musste. Er erinnert sich an die Umarmung von Rossis Mutter im nassen schwarzen Kleid mit dem zu großen Hut. Er erinnert sich an die halb erstickten, in die Fassungslosigkeit hinuntergeschluckten Seufzer.

Hank hat einige Begräbnisse erlebt, und geblieben ist stets der Eindruck, die Anwesenden seien heillos *überfordert*, wenn sie mit sentimentalen Phrasen versucht haben, sich über den

Totalverlust eines Menschen hinwegzutrösten, wenn sie versucht haben, den Skandal des Todes wegzusingen und wegzubeten. Den Skandal, der doch in Wahrheit unablässig um sie herum durch die Risse und Unebenheiten der Friedhofserde strömte.

Doch diesmal, in Rom, erlebt Hank etwas anderes. Diesmal schafft er es irgendwie, sich auf den langsamen, dunklen Strom der Orgel und der sich wiederholenden lateinischen Verse einzulassen. Hank hört die Psalmen und Strophen, die murmelnd durch die Kapelle ziehen, ohne jeden Beigeschmack der Verdrängung, sondern mit einer nüchternen, ruhigen Klarheit in Richtung des Verstorbenen – nicht in Richtung der Trauernden, die sich damit nur trösten wollen. Gabengebet, Antiphon, Gesang; alles wirkt wie ein Dienst am Toten, der die Welt zwar für immer verlassen hat, auf dessen Schicksal man hier aber dennoch einwirken zu können meint.

«Quia in te speravit et credidit – an dich hat er geglaubt, auf dich hat er gehofft.»

Hank versteht nicht alles, aber er schließt die Augen und sieht für einen Moment Rossis Gesicht vor sich.

Auferstehung. Dieses Wort hat er lange nicht gehört, konnte nie etwas damit anfangen. Trotzdem erhebt er sich mit den anderen in der Kapelle und wiederholt einige der Worte, lauscht der Orgel.

«Libera me, Domine.» Alle zusammen. Und noch einmal: «Libera me.»

Dann begibt sich Kardinal Settaviani zum Altar und hält eine Predigt. Er ruft die Versammelten dazu auf, nicht so zu trauern wie jene Menschen, ‹die keine Hoffnung haben›, sondern vielmehr zu trauern wie jene, die für die entschlafene Seele um eine sichere Reise bitten.

«Fürchtet euch nicht vor denen, die den Leib töten, die

Seele aber nicht töten können», zitiert der Kardinal aus der Bibel. «Fürchtet euch vor dem, der Seele und Leib ins Verderben der Hölle stürzen kann.»

Erst draußen vor der Kapelle, als die Trauergemeinde in langsame, stille Grüppchen auseinandertropft und sich die Würdenträger entfernen, stellt sich Hank die Frage, an wen der Kardinal seine Predigt eigentlich gerichtet hat. Wollte er damit wirklich zur ganzen Trauergemeinde sprechen? Oder wollte er in Wahrheit nur gewisse Mitbrüder adressieren? Mitbrüder, die er verdächtigt, etwas mit Algermissens Tod zu tun zu haben?

*

Zur gleichen Zeit, sechs Kilometer von der Vatikanischen Kapelle entfernt, überquert Samira Malik, die Frau mit dem falschen Namen, die Straße und verschwindet im Schatten einer Gasse.

Samira Malik ist die Frau mit Geheimdiensterfahrung aus England. Die Frau, die im Auftrag von Alexander Martens und den *Global Humanitarian Foundations* unterwegs ist. In den letzten Tagen war sie in Brüssel, Frankfurt und Istanbul, wo sie Al-Hasa von der *Bruderschaft des Islam* getroffen hat.

Nun ist Samira nach Rom gekommen, ins Viertel Borgata, um die ‹Operation› zu überwachen, die eine regionale Gruppe der *Bruderschaft* ausführen wird – fünf junge, gut ausgebildete Italiener. Männer, die Samira nicht sehen dürfen, wie überhaupt niemand wissen soll, dass sie in der Stadt ist. Abgesehen vom Chemiker aus der Türkei, der den Italienern bei den Vorbereitungen hilft.

Samira hat den Chemiker gerade in einem Museum in der Nähe getroffen und kurz mit ihm gesprochen, dann hat sie ihm, versteckt im Museumsflyer, einen Zettel mit Anweisungen aus Istanbul überreicht, und sie haben sich wieder getrennt.

Es läuft alles nach Plan, hat ihr der Chemiker versichert, doch warum hat Samira jetzt ein ungutes Gefühl? Warum bleibt sie – obwohl sie viel zu tun hat – den ganzen Vormittag im Borgata-Quartier?

Sie beobachtet, von einem kleinen, sonnigen Straßencafé aus, den Verkehr auf der Via Prenestina, wo sich die jungen Männer in einem Mehrfamilienhaus aufhalten, um den Anschlag vorzubereiten.

Immer wieder lässt sie, während sie Tee trinkt, den Blick über die Fassade gleiten, über Markisen, Fenster, Balkone – fast eine Stunde lang. Dann hält sie die Sonne nicht mehr aus. Sie verlässt das Café, überquert die Straße und sucht den Schatten einer Gasse.

Angenehm kühl, genau das Richtige.

Was ist mir ihr *los?* Warum schwitzt sie?

Hör auf, denkt sie.

Normalerweise funktioniert das, normalerweise kann sie ihren Körper und ihre Gedanken gut steuern. Manchmal braucht sie dazu die Pillen, die ein befreundeter Arzt in London ihr besorgt, Pillen, die sie inzwischen auch gern zu Wein oder Champagner am Abend einnimmt, wie sie es von englischen Kollegen aus der Regierung kennt.

Warum hilft ihr das jetzt nicht? Sie fühlt sich schwach und muss sich abstützen, an der Wand in der Gasse, muss warten.

Langsam, denkt sie, *langsam.*

Und dann zittern die Hände wieder. Wie vorgestern im Flugzeug nach Istanbul. Wie bei Al-Hasa. Wie schon in den Wochen zuvor.

«Tutto a posto, Signorina?»

Es ist ein älterer Herr, an der Leine einen müde blickenden

Schäferhund. Der Mann trägt eine braune, karierte Tweed-Jacke, eine blaue Krawatte und eine Sonnenbrille. Er wirkt freundlich, harmlos.

Samira versichert ihm, dass es ihr gut geht, dass sie nur etwas Schlechtes gegessen hat. Dann verlässt sie die Gasse.

Am Ende der Straße bemerkt sie Arkadengänge und geht in diese Richtung. Die Hände zittern immer noch. Als sie im Schatten der Arkadengänge vor einem Schaufenster stehenbleibt, erblickt sie auf dem Glas ihr Spiegelbild, das Gesicht eine teigfarbene Maske. Sie muss an die Worte des Chemikers aus der Türkei denken. Was hat er gesagt? Alles läuft nach Plan, ohne Probleme.

Sie werden alle *sterben*, denkt Samira, als wäre das ein überraschender, neuer Gedanke.

Sie betrachtet die Maske ihres Gesichts im Schaufensterglas, mit den dunklen Höhlen an der Stelle, wo die Augen sein müssen, wo jedoch keine Augen zu sehen sind.

Erneut denkt sie an den Chemiker. Dann stellt sie sich vor, wie die Menschen in jenem Raum sterben. Vielleicht werden einige versuchen zu entkommen, werden gegen die verriegelte Tür schlagen, werden rufen, schreien, röcheln. Aber sie haben keine Chance, weder der Papst noch die Kardinäle.

Wir werden sie *töten*, denkt sie und schließt die Augen, stellt sich das Schreien und Röcheln vor.

14

Nebeneinander stehen sie am See, während ihnen Frauen, die am Ufer entlanggehen, ein Lächeln zuwerfen. Rossi lächelt zurück.

Er wäre ein guter Familienvater geworden, überlegt Hank. Dann beobachtet er den See, die Wasseroberfläche, auf der für einen Moment – plötzlich – menschliche Körper treiben und wieder versinken.

Die Toten, denkt Hank.

Er erinnert sich an die Messe für den Erzbischof in Rom. Er möchte Rossi davon erzählen, doch der Freund entfernt sich vom Ufer.

Hank folgt ihm. Sie überqueren eine Wiese und erreichen eine Straße auf der anderen Seite. Eine Straße, die zu einem Spielplatz mit Schaukeln und Kletterstangen führt, auf dem Kinder lärmen und Mütter im Schatten der Bäume warten.

Rossi setzt sich auf den Kopf einer großen, bunt bemalten Steinschlange, auf der zwei Mädchen balancieren.

«Willst du sie benutzen?»

Hank versteht nicht. *Was* benutzen?

Dann fällt ihm die Aktentasche auf, die neben der Steinschlange steht; die Tasche mit der *Glock G30.*

Hank nimmt die Waffe heraus. Er spürt das kühle Gewicht mit der stählernen Oberfläche, unter der die Gewalt schläft.

Rossi springt hoch, als eines der Mädchen auf der Schlange das Gleichgewicht verliert; er fängt sie auf.

«Du weißt, dass alles gut ist, dass alles Liebe ist?»

Ja, Hank ist klar, worauf Rossi hinauswill, aber er hat jetzt keine Lust auf eine Diskussion. Hank hat keine Lust auf eine Moralpredigt. Was denkt Rossi eigentlich, was hier los ist? Was denkt er, was mit ihm *geschehen* ist, was diese Leute, diese Tiere, ihm angetan haben?

«Was denkst du!», ruft Hank.

Er spürt, wie die Wut in ihm heranwächst, je länger Rossi nicht auf ihn reagiert, je länger er so tut, als verstehe er nicht. Hank spürt, wie sich die Wut nach allen Seiten hin ausstreckt, bis rüber zu den Kletterstangen und Bäumen.

Über dem Platz gleiten Wolken ins Tageslicht, werfen Schatten auf den Sandkasten und die Rutschbahn, während Hank denkt, dass Rossi endlich einsehen muss, dass er tot ist und für immer abgeschnitten bleibt, allein im Loch der Verwesung. Dass Rossi nicht so tun soll, als sei das *gut* und als müsse Hank das ebenfalls glauben und vergessen, wie es wirklich ist. Wie die Welt wirklich ist, wie die Menschen wirklich sind hinter dem Vorhang ihrer Gesellschaftsrituale.

Das ist es, was er Rossi schon lange erklären und beibringen will, doch er bringt kein Wort heraus. Und dann kann Hank das Fahrzeug sehen. Ein schwarzes Auto, das sich dem Spielplatz nähert.

Hank entsichert die Waffe, die er immer noch in der Hand hält. Er wartet, bis der Wagen bremst und der Fahrer aussteigt. Es ist der Mann mit den dunklen, zurückgebundenen Haaren.

Sein Gesicht wirkt ruhig, während er, ohne von den Kindern beachtet zu werden, auf Hank zukommt. Hank zielt und drückt ab. Nichts. Keine Kugeln im Magazin, Hank hat sie vergessen.

Als der Mann vor ihm steht, schleudert ihm Hank die Pistole entgegen und trifft ihn ins Gesicht. Die Nase des Mannes beginnt zu bluten, ohne dass er einen Ton von sich gibt. Hank greift nach seinem Arm und will wissen, wer Rossi getötet hat, ob *er* es gewesen ist, doch er kann den weichen, öligen Arm nicht festhalten.

Er möchte den Mann zu Boden stoßen, gerät selber ins Wanken und hat das Gefühl, der Himmel über ihnen drehe sich mit.

Dann bemerkt er die Kinder, die ebenfalls zu Boden fallen, und Rossi, der in die Mitte des Platzes rennt, verfolgt von Rissen, die hinter ihm durch den Boden jagen und teerfarbene Splitter in die Luft spucken. Ein Beben?

Hank sieht, wie neben dem Sandkasten ein Loch aufgeht und den Mann mit dem schwarzen Hemd verschluckt, während Rossi versucht, die Kinder festzuhalten, damit sie nicht ins Loch fallen.

Hank springt ihnen entgegen und landet bäuchlings auf dem Boden, direkt vor dem Abgrund. Er will Rossi festhalten, die Zeit und die Erinnerungen festhalten, die in die Tiefe stürzen werden, sobald die Kraft nachlässt.

*

Als er im Hotelzimmer aus dem Traum erwacht, für einen Moment mit dem Gefühl, dass die Wände zittern – als wirke das Beben aus dem Traum nach –, ist Hank durchgeschwitzt. Er nimmt eine kalte Dusche.

In einem Café auf dem Borgo Pio überfliegt er die aktuelle Ausgabe der *Repubblica* und prüft Seite 9, bevor er das Staatssekretariat aufsucht. Es ist Donnerstag, vier Tage vor dem Konzil.

Sekretär Pannola teilt seinem Team mit, dass der Papst gestern Abend aus Brasilien zurückgekehrt ist. Und Prälat Tardelli verteilt die vorbereiteten Medienmappen zur Eröffnung des Konzils, in Italienisch, Englisch, Spanisch und Chinesisch.

Hank, den das alles langweilt, horcht erst auf, als von «zu-sätzlichen Maßnahmen» der Carabinieri die Rede ist; nicht, weil man Proteste oder Anschläge befürchtet, sondern wegen «unsicheren Straßen». Das Konzil bringt über 3000 Teilneh-mende in die Stadt, verteilt auf 22 Konferenzgebäude und ein weiteres Dutzend Hotels; die Verkehrswege zwischen all die-sen Gebäuden müssen sicher sein.

Hat Hank richtig gehört? In der Millionenstadt Rom, je-den Tag hunderttausendfach bereist von Touristen aus aller Welt, gibt es *unsichere Straßen?*

Tardelli erklärt es ihm: Im Stadtteil Balduina ist kürzlich eine Straße um zehn Meter abgesackt und hat eine Reihe parkender Autos verschluckt, ausgelöst von einer Baustelle. Manchmal geschieht es durch Erschütterungen des Schwer-verkehrs, dann stürzen Asphaltdecken oder Pflastersteinplät-ze ein, unter denen sich Hohlräume befinden. Seit 1960 gab es in Rom jährlich etwa 16 Zwischenfälle, inzwischen sind es über 100 pro Jahr. Das Fundament der Stadt, erklärt Tardelli, sei instabil, weil Rom auf dem Boden der Jahrtausende ste-he, auf den von der Zeit zugeschütteten Mauern, Kanälen, Gebäuden und Straßen. Mit dem «Hinabsinken der Antike in die Vergangenheit» und durch die Umwälzungen des Mit-telalters habe sich, so Tardelli, auf dem alten Rom immer wie-der ein neues Rom gebildet. Schicht um Schicht seien die Straßen und Gebäude alter Jahrhunderte überbaut worden von den Straßen und Gebäuden neuer Jahrhunderte; 10 Jahr-hunderte, 20 Jahrhunderte, 25 Jahrhunderte. Schicht um Schicht seien die Lebensräume von gestern abgesunken und hätten Hohlräume zurückgelassen, Löcher der Vergessenheit. *La Città Eterna*, die Ewige Stadt, erbaut auf Ruinen.

Das leuchtet ein, natürlich. Hank muss daran denken, wie er heute früh erwacht ist mit dem Gefühl, dass die Wände zit-tern: War das doch keine Einbildung?

Sekretär Pannola lässt Papiere der Vorbereitungskommission verteilen. Sie besprechen die Zeittafel für die Medienkonferenz und debattieren in der Kaffeepause – wie schon gestern – über das liberalere und traditionalistische Lager in der Kirche.

Man trinkt Cappuccino zu gezuckerten Cornetti und Mandelkuchen, wobei Tardelli und Pannola über die *Liturgiereform* des Zweiten Vatikanischen Konzils in den 1960er-Jahren streiten. Pannola hält die Reform für einen Fortschritt – weg mit dem Latein als Hauptsprache, moderne Lieder, Mitwirkung der Laien –, während Tardelli vom Zerfall der Messe spricht, von der «Infantilisierung des Christentums mit Panflöte und Gitarre».

In diesem Zusammenhang scheint sich Tardelli wirklich zu enervieren und schimpft über das «innerkirchliche Gerede vom Dialog», das zu einem Ersatz für Verkündigung und Mission geworden sei. «Überall nur noch Anbiederung an die Dekadenz der Zeit!»

«Nun gut», erwidert Pannola nach einigen Sekunden des Schweigens und erklärt die Kaffeepause für beendet.

Zurück im Sitzungsraum fragt sich Hank, wann einer dieser Deppen wohl endlich auf die Idee kommt, einen Blick in den aktuellen Medienspiegel zu werfen. Schließlich betritt gegen 11 Uhr eine Dame mit grauer Hochfrisur – Signora Dalissi – den Raum, flüstert Pannola etwas ins Ohr und geht mit ihm nach draußen.

Als Pannola zurückkommt, bittet er Hank, ihm zu folgen. Sie begeben sich in den dritten Stock, wo sich Pannolas Ufficio befindet.

Der Sekretär lässt sich in einen roten Ledersitz in der Mitte des Büros fallen und wartet, bis auch Hank Platz genommen hat.

«Warum haben Sie das getan? Warum sind Sie zu den Medien gegangen, hinter meinem Rücken? Seit heute Morgen laufen die Telefone im Presseamt heiß. Man hat mit «No comment» geblockt. Die wollten zuerst die Quelle finden. Die wollten *Sie* finden und haben gerade realisiert, dass Sie hier sind, in meinem Team.»

«Schlafmützen», erwidert Hank.

Pannola scheint wirklich verwirrt zu sein. Hank bittet ihn, es nicht persönlich zu nehmen. Er versichert ihm, dass er ihn schätze, dass aber auch er, Pannola, offensichtlich nichts tun könne gegen das *Theater* an diesem Ort. Seit seiner Ankunft im Vatikan habe er, Hank, versucht, die Wahrheit über die Umstände von Rossis Tod herauszufinden und Verbündete zu finden. Er sei jedoch überall nur auf Mauern gestoßen; Mauern des Schweigens und der Gleichgültigkeit, Mauern der Trägheit und Heuchelei.

Jetzt hat sich Pannola, wie unter einem Stromschlag, in seinem Sessel aufgerichtet. «Ich bitte Sie! Deshalb gehen Sie zu den Medien? Deshalb füttern Sie die *Repubblica* mit der Geschichte, dass Padre Rossi und Erzbischof Algermissen ermordet wurden? Deshalb bringen Sie uns alle in Verruf? Nur wegen Ihrer persönlichen *Enttäuschung?*»

«Ich habe nur durchsickern lassen, dass die beiden Todesfälle möglicherweise keine Unfälle waren, dass aber niemand daran interessiert ist, tiefer zu graben. Auch wenn wir beide wissen, dass es *ganz bestimmt* keine Unfälle waren, ist es nicht so?»

Pannola schaut, wie um Hanks Blick auszuweichen, hinüber zum Schreibtisch, auf die Stapel aus Akten, Zeitschriften und Bücher, die fast die ganze Fläche bedecken.

«Kollaboration mit den Behörden», sagt er leise, nachdenklich vor sich hin. «Unabhängige Untersuchungskommission.»

«Natürlich.» Hank lächelt. «Sie werden versuchen, die Geschichte zu kontrollieren und Spekulationen über Rossi und den Erzbischof einzuschläfern. Dazu werden Sie die Einsetzung einer unabhängigen Untersuchungskommission ankündigen und mit den Behörden zusammenarbeiten. Sie setzen eine Fachidioten-Gruppe ein, die in ein paar Monaten einen langatmigen Bericht präsentiert, der niemanden interessiert, weil in der Zwischenzeit alle über das Konzil berichten.»

Pannola blickt ihm wieder in die Augen. Er sagt nichts, aber es ist klar, dass sie Schadensbegrenzung betreiben müssen. Was sollen sie sonst tun?

Pannolas Smartphone piepst.

Es ist der Sprecher des Papstes, John Harris, der inzwischen wohl eine Erklärung für die Medien vorbereitet hat.

«Wir kommunizieren in den nächsten Minuten», erklärt Pannola nach dem Anruf. «Sie sind für uns jetzt untragbar, das dürfte Ihnen klar sein.»

Hank hat sich bereits von seinem Platz erhoben. «Ich werde sofort das Haus verlassen. Wir werden uns nicht wiedersehen, Monsignore. Es sei denn, Sie haben etwas mit Rossis Tod zu tun, dann *werden* wir uns wiedersehen, das verspreche ich Ihnen.»

Pannola scheint immer noch irritiert. «Warum haben Sie mit den Medien gesprochen? Warum auf diese Weise?»

Hank reicht ihm die Hand. «Auf den Busch klopfen, um die Schlangen aufzuscheuchen.»

«Wie bitte?»

Hank erklärt es ihm. Es ist eine chinesische Kriegsstrategie: Wenn man nicht weiß, wo sich die Schlangen verstecken, wer zu den Feinden und wer zu den Freunden gehört, versucht man, die Ruhe zu stören. Man bringt Unruhe in die Sache und hofft, dass die Schlangen nervös werden, dass jemand einen Fehler macht und sein wahres Gesicht zeigt.

*

Natürlich ist das nur die halbe Wahrheit. Hank hatte einfach keine Lust mehr, seine Zeit im Staatssekretariat zu verschwenden. Am Nachmittag holt er den Aktenkoffer aus dem Hotel, in dem sich die *Glock G30* befindet, und macht sich auf den Weg zur Villa Borghese.

Er durchquert den Giardino del Lago und erreicht auf der anderen Seite die Tramhaltestelle vor der Galleria Nazionale. Nicht weit davon entfernt befindet sich die Straße mit dem ockerfarbenen Haus, in dem der Baseballmützen-Typ die anderen Männer getroffen hat. Die Männer, die mit ihm in einen VW Polo mit römischem Kennzeichen gestiegen sind.

Inzwischen hat Hank das Kennzeichen an einen Kontakt in der Schweiz weitergegeben, um den Besitzer des Polo ausfindig zu machen. Er ist auf eine Versicherungsgesellschaft namens ‹Sancorp› zugelassen; das kann alles Mögliche bedeuten.

15

GIACOMO Benvenuto Corelli, seit zehn Tagen auf den Spuren des Todes im Vatikan, betet den Rosenkranz.

Noch vierzig Minuten, bis er im Apostolischen Palast den Heiligen Vater treffen wird: Francesco Gasperri, den Freund aus alten Tagen, den er darüber informieren möchte, was er herausgefunden hat, aus welcher Quelle der unsichtbaren Welt Verrat und Mord über die Kurie gekommen sind.

Ja, die *unsichtbare Welt*, die für Corelli ganz selbstverständlich existiert. Die unsichtbare Welt, die allen betenden und meditierenden Menschen offensteht. Die unsichtbare Welt, die unter dem Kleid der Natur existiert und in der sich jedes Hoffen und Fallen, jede Liebe und jeder Hass sammelt, ohne dass es vom körperlichen Tod ausgelöscht wird. Denn der Mensch ist, wie Corelli weiß, nicht nur verbunden mit der physikalischen Zeit, die sich vorwärts bewegt – im Laufgitter der Tage und Jahre –, sondern der Mensch ist auch verbunden mit dem geistigen Strom der Erinnerung, der über Raum und Zeit hinaus fließt.

Nichts geht verloren in diesem Strom. Ein Wort der Nähe, ein Geruch aus glücklichen Tagen, der Gedanke an eine geliebte tote Person, von der man abgeschnitten scheint, an die Musik, die man früher zusammen gehört hat – und es genügt die Berührung des Augenblicks, ein Lidschlag der Erinnerung, und alles ist wieder da.

Nach dem Gebet legt Corelli den Rosenkranz zurück in die Silberschatulle, bevor er das Zimmer verlässt. Draußen vor dem Gebäude grüßen ihn zwei Gardisten.

Er grüßt zurück und wirft einen Blick auf die Uhr. Zwanzig Minuten. Corelli spaziert zum Platz der Heiligen Martha, im schwarzen Talar mit dem violetten Zingulum. Der Papst soll ihn in bester Verfassung empfangen, nicht im verwaschenen Hemd mit Römerkragen, das ihm Schwester Gabriela verboten hat.

Zehn Minuten. Er wirft einen Blick auf den Turm der Winde mit den spitz zulaufenden Glasdächern, über denen kleine wattenfarbene Wolken treiben.

Herr, hilf uns, denkt Corelli.

Als er sich im Palast meldet, wird er in den obersten Stock begleitet, wo ihn Pius XIII. in der weißen Soutane mit dem weißen Pileolus und dem Pektorale erwartet; in der Mitte eines großen Raumes mit Rokokostühlen, an der Wand Seidengobelins, so dass die Männer beinahe ertrinken in der Pracht, verloren im Licht, das durch die hohen Fenster über dem Petersplatz einfällt.

Corelli kniet vor dem Heiligen Vater, um den Ring zu küssen, den Ring des Fischermanns, den Ring des Képhas, des Felsen, auf dem Gott Seine Kirche gebaut hat, auf dass die Pforten der Unterwelt sie nicht überwältigen. Er hält den Kopf gesenkt, bis er die Hand des Papstes auf den Schultern spürt. Die Hand, die ihn nach oben zieht, damit er bitte wieder auf die Beine komme, damit er den alten Freund unter der weißen Kleidung nicht länger beschäme.

Als Corelli dem Pontifex gegenübersteht, sucht er die vertrauten Gesichtszüge, die Eindringlichkeit des jungen *Summa-cum-laude*-Studenten von damals, den man nach Afrika entsandt hatte, damit er geerdet werde von der Demut des Dienstes. Aber natürlich findet Corelli nicht das Gesicht jener Tage, denn auch Gasperri zeigt die Spuren der Ernüchterung und des täglichen Verbrauchs.

Der Papst lächelt. «Mein Freund», sagt er.

Gemeinsam treten sie vor die hohen Fenster und blicken

nach draußen auf den Petersplatz mit den halbkreisförmigen Kolonnaden, in der Mitte der ägyptische, dunkel aufragende Obelisk.

Sie blicken nach draußen, als wären sie überrascht, jetzt wirklich *hier* zu sein, an dieses Fenster der höchsten Verantwortung verschlagen worden zu sein, von der Vorsehung oder den Launen des Paraklet, jenes Geistes, der nach dem Evangelisten Johannes weht, wo er will.

Der Papst öffnet das Fenster und scheint den Moment, allein mit dem Freund, zu genießen.

In der Ferne, auf der Via della Conciliazione bis hinüber zum Castel Sant'Angelo, erblickt Corelli die Menschen; erblickt die Autos, Fußgängerschlangen und Kinderwagen, eingeschlossen in die Elektrizität der Stadt, in die Straßen und Plätze der Erledigungen und Termine, die das Land dominieren, die den ganzen Westen dominieren.

Manchmal stellt sich Corelli das tägliche Leben dieser Millionen von Menschen vor und möchte wissen, wie viel Einsamkeit, wie viel Sehnsucht nach wahrer Verbindung unter der Oberfläche all ihrer Tätigkeiten wartet; wie viel Angst vor der Stille des Sonntags, vor dem Stillstand einer plötzlichen Erschöpfung oder einer schlagartig ins Bewusstsein tretenden Abwesenheit Gottes.

«Komm!», sagt der Papst.

Er führt seinen Gast zum Schreibtisch auf der linken Seite des Raums, neben einer Bücherwand. Corelli fallen die Namen einiger Lieblingsautoren des alten Freundes auf, nicht nur bekannte Theologen, sondern auch bekannte Atheisten und Literaten.

«Der Heilige Vater liest weiterhin Atheisten?»

«Nur die besten, mein Freund. Die geistliche Not in ihren Schriften spiegelt die Not der Zeit. Und du rauchst noch deine filterlosen Sargnägel?» Der Papst schüttelt den Kopf.

«Erinnerst du dich an Laura Tessotto aus der Schweiz?»

Laura Tessotto, ja: eine ETH-Studentin aus Zürich, die ihnen während des Austauschprogramms damals geholfen hatte, ein Wasserprojekt zu realisieren. Sauberes Trinkwasser und Hygiene, bis heute ein tägliches Problem in Regionen wie Guinea. Unter der Leitung von Laura Tessotto ließ das Missionswerk sanitäre Anlagen und einen Wasserturm mit elektrischer Pumpe bauen. Dann wurden die Einheimischen darin geschult, mit den Anlagen umzugehen, weil die meisten Menschen dort nicht wissen, wie man eine Toilette richtig benutzt, und wenn man es ihnen nicht zeigt, ist die Anlage nach wenigen Wochen unbrauchbar.

«Frau Tessotto hat mir einen Brief geschrieben, sie ist verheiratet und lebt in Conakry», sagt der Papst.

Corelli denkt an die «Schwestern Unserer Lieben Frau von Guinea», die in der Regel ebenfalls nicht mehr nach Europa zurückkehren.

«Schwester Gabriela, ich habe sie gestern getroffen», sagt der Papst, als habe er die Gedanken seines Freundes gelesen. Dann beugt er sich vor, für einen Moment mit dem alten Brennen in den Augen. «Nun, was hast du für mich herausgefunden?»

Für Corelli ist die Sache klar: Erzbischof Algermissen und drei weitere Mitarbeiter sind vor dem Hintergrund einer Intrige getötet worden, einer Intrige gegen die Lehre der Kirche, um die Widerstandskraft gegen den Geist der Welt zu brechen und Petrus in die Knie zu zwingen.

«In die Knie», wiederholt der Papst. «Kein schlechter Ort für uns, nicht wahr?»

«Nein», bestätigt Corelli und fährt fort.

Er erwähnt die *Global Humanitarian Foundations*, eine milliardenschwere Stiftungsgruppe, die eine leistungsstarke Welt des Wohlstands anstrebt ohne nationale, kulturelle oder religiöse Grenzen. Diese Stiftung finanziert durch Suborganisationen in Afrika und Indien «Entwicklungsprogramme». Kirchenkreise rund um Kardinal Feuerbach, die das Lehramt ebenfalls verändern wollen, machen – direkt oder indirekt – mit diesen Geldgebern gemeinsame Sache.

Der Papst nickt beim Zuhören, wobei Corelli das Gefühl hat, er wisse bereits alles, er habe ihn in Wahrheit gar nicht herkommen lassen, um etwas Neues zu erfahren, sondern nur um zu sehen, ob der alte Freund bestätigen wird, was ihm längst klar ist.

Der Heilige Vater holt ein Dokument aus der Schreibtischschublade und legt es auf den Tisch. Es sind vier maschinengetippte Seiten; aufgrund des sachlich-zurückhaltenden Tons wahrscheinlich aus diplomatischen Quellen; eine Zusammenschau aus Berichten der einen oder anderen Nuntiatur, einer Verwaltungsbehörde oder eines ausländischen Nachrichtendienstes. Erwähnt werden Projekte der *Global Humanitarian Foundations*, Programme, die grob umrissen, aber nicht näher erläutert werden. Am Schluss des Berichts wird lediglich ein weiteres Dokument erwähnt – ‹incartamento confidenziale› – mit dem Namen *RR Dossier*.

Der Papst erklärt, dass er im Besitz dieses Dossiers sei und dass darin Dinge stünden, die den *Foundations* schaden würden.

«Darf ich es lesen?»

«Später.»

Corelli überlegt.

«Geht es um Sterilisierungsprogramme? Wollen sie die Armut in Afrika und Indien bekämpfen, indem man Frauen unfruchtbar macht? Indem sie internationale Hilfsgelder an die Umsetzung westlicher Genderprogramme knüpfen, mit Pille und Abtreibung?»

Der Papst antwortet nicht. Aber der Kirche sind einige

Kreise bekannt, die den Kampf gegen die Armut mit einem Kampf gegen die Armen verwechseln. Kreise, die der Meinung sind, besonders Afrika würde zu viele für den Weltmarkt unbrauchbare, Massenmigration verursachende Menschen hervorbringen. Dass es sozialer wäre, nur noch Humankapital zu fördern, das zu Fortschritt und Wohlstand führt, also Menschen, die in einem globalisierten Markt bestehen können.

Das *RR Dossier* wurde dem Papst von Erzbischof Algermissen zugespielt, und er ist überzeugt, dass dies auch der Grund ist für den Tod der anderen Kurienmitglieder.

Das Dossier dokumentiere nicht nur die Selektionsprogramme, so der Papst, sondern weitere «Machenschaften». Etwa Zusammenstöße zwischen den von den *Foundations* gekauften Polizisten und Soldaten mit Einheimischen und christlichen Organisationen, die sich öffentlich gegen die Programme wehrten und versuchten, die Bevölkerung aufzuklären. Zusammenstöße, bei denen es zu Gruppenhinrichtungen gekommen sei.

«Je mehr die Einheimischen verstehen, was gespielt wird», erklärt der Papst, «desto schlimmer die Zusammenstöße.»

Corelli ist nicht überrascht, er kennt solche Geschichten seit Jahren. Und wenn man es genau nimmt, was hat sich eigentlich geändert seit ihrer Jugend? Vielleicht das Gesicht der Bedrohungen und Feindschaften gegen die Liebe, die Richtung, aus der diese Feindschaften kommen, oder die Ideologie, mit der sie gerechtfertigt werden – aber ist es am Ende nicht die Wiederholung des immer Gleichen? Und warum zögert der Heilige Vater in diesem Fall, die Sache öffentlich zu machen?

«Später», erklärt der Papst. «Zuerst will ich den Namen jedes Kardinals, den Namen jedes Bischofs, der darin verwickelt ist und von den Stiftungen Geld nimmt. Wenn das Dossier publik wird, sind sie vorgewarnt. Ich will, dass sie sich in

Sicherheit wiegen und weiter ihre Treue vortäuschen. Sie sollen mich nicht kommen sehen, wenn ich sie entlarve und aus dem Haus Gottes jage!»

Er schlägt die Hand auf den Schreibtisch. «Noch am Konzil, wenn die Augen der Medien auf uns gerichtet sind, werden wir sehen, wer zu den Verrätern gehört! Hilfst du mir, Corelli?»

«Natürlich», erwidert Corelli, ohne zu zögern.

Dabei fühlt er sich plötzlich schwer. Vielleicht liegt es daran, dass er die Müdigkeit im Gesicht des Papstes bemerkt hat, die in Kontrast steht zum Ton seiner Stimme und dem Schlag auf den Tisch. Die Müdigkeit, die er gut kennt. Die Müdigkeit, die in die Tiefe der Seele greift, ohne dass man darüber sprechen könnte.

«Wie alt sind wir geworden», sagt Corelli.

Der Papst beginnt zu lachen. Er lacht so sehr, dass ihm Tränen kommen.

Corelli denkt an den Teufel. Er denkt daran, wie seltsam es ist, dass man als junger Seminarist zwar vom Teufel hört, dann aber schnell zur Tagesordnung übergeht und in die Gewohnheit verfällt, für sämtliche Dunkelheiten in der Welt alle möglichen Ursachen verantwortlich zu machen, nur nicht den Teufel. Die Gewohnheit, ganz einfach zu *vergessen*, dass unter der Oberfläche des Weltlärms und des unaufhaltsamen Wandels der immer gleiche Feind lauert, um die Beziehungen zwischen den Menschen abzuschneiden, ihre Verbindung zu Gott zu stören; der immer gleiche Durcheinanderbringer, Herzenstöter und Verderber; der immer gleiche Ohrenschmeichler des Hochmuts und Illusionist der Selbsterlösung.

«Es gibt nur einen Feind», sagt Corelli.

Im selben Moment erhebt sich der Papst von seinem Platz und geht zurück zum Fenster.

Corelli folgt ihm, und als er neben ihm steht, sagt der Papst: «Ein letztes Mal, mein Freund.»

Corelli hat es geahnt, seit er in Rom angekommen ist; im Grunde schon seit dem Tag, da man ihm mitgeteilt hat, sein Freund Gasperri sei zum Papst gewählt worden.

Ein letztes Mal: Besser kann man es nicht zusammenfassen. Ja, ein letztes Mal sind sie gerufen zu handeln. Ein letztes Mal müssen sie gemeinsam antreten gegen den Feind des Lebens und der Liebe. Ein letztes Mal hineingehen in die Verdunkelungen des Widersachers, der nie schläft und seine Giftbecher auf der ganzen Welt als Fortschritt und Humanismus verkauft. Der Feind, der auch hier, im Vatikan, seine Käufer findet und der ihnen dieses letzte Mal – Corelli ahnt auch das – alles abverlangen wird.

16

SELTEN kommt es vor, dass der Papst in Ruhe essen kann. In der Regel sind Mitarbeitende oder Gäste dabei, und es wird viel geredet. Doch einen Tag nach dem Treffen mit seinem Freund Corelli warten auf den Papst allein am Vormittag ein Dutzend 15-Minuten-Audienzen. Diese ermüden ihn derart, dass er die Küche anweist, ihm das Mittagessen in den Privatgemächern bereitzustellen.

So kann er eine Stunde allein in der luxuriösen Stille seines Wohnzimmers verbringen. Er genießt jede Minute und bemerkt den kunstvoll gefertigten Salzstreuer auf dem Tisch.

Die Bediensteten meinen es gut. Sie haben Angst, dass der Papst zu wenig Salz isst. Das ist so, seit er vor ein paar Monaten die Bemerkung gewagt hat, das Essen sei ihm zu salzig. Die vatikanischen Köche sind erstklassig, keine Frage, und es muss schwer für sie sein, eine solche Kritik hinzunehmen und beim Kochen weniger Salz zu verwenden. Als Folge davon stehen jetzt überall im Apostolischen Palast, wo gegessen wird, diese kleinen Salzstreuer.

Dem Papst ist bewusst, dass die meisten Leute hier gern mehr Salz essen. Schon als Kind auf dem Monte Argentario, einer Halbinsel im Süden der Toskana, wo er 1953 geboren wurde, hat ihn die Mutter, eine Näherin, an wenig Salz gewöhnt.

Wie die meisten Arbeiter in der Provinz Cannatelli – Bauern, Handwerker, Gewerbetreibende – kannte Francescos Mutter, Angela Gasperri, verheiratet mit einem Mechaniker namens Antonio, den Wert des Salzes. Die Gegend um Grosseto, 46 Kilometer entfernt am italienischen Festland, verfügte im Mittelalter über große Salzvorkommen und wurde reich, war doch Salz die einzige Möglichkeit, Speisen zu konservieren und haltbar zu machen. Auch auf dem Argentario galt Salz als ‹Oro bianco›, weißes Gold.

Einige Jahre schon ist der Papst nicht mehr in jener Gegend gewesen, eigentlich seit die Eltern gestorben sind – der Vater Antonio vor zehn, Angela vor sechs Jahren. Nachdem Gott ihnen während ihrer 44-jährigen Ehe ein Kind geschenkt und die anderen zwei kurz nach der Geburt wieder in die Ewigkeit zurückgeholt hatte, führten die Gasperris auf dem Argentario ein ruhiges, hartes Arbeiterleben.

Sie blickten, nach dem Kindstod ihrer anderen Sprösslinge, mit umso größerem Stolz auf den gesunden Francesco, der sie zuerst mit ungewöhnlichen schulischen Leistungen überraschte, dann mit der Berufung zum Priester, schließlich mit seinem Aufstieg zum Bischof von Livorno und sogar in den Vatikan, in die Glaubenskongregation. Eine für den Argentario beispiellose Karriere. Leider haben die Eltern Francescos Ernennung zum Kardinal nie miterlebt – so wenig wie das Konklave vorletztes Jahr, aus dem ihr Sohn als Papst Pius XIII. hervorgegangen ist.

Francesco erinnert sich an die abgezehrten Katzen im felsigen Vorgebirge des Argentario und an Porto Santo Stefano, den Hauptort, benannt nach dem Heiligen der Seefahrt.

Als Jugendlicher hat sich Francesco dort gern mit Freunden herumgetrieben, in den namenlosen Buchten, am langen Kai mit den Fischerbooten, an dem später Luxusjachten aufgetaucht sind. In den 1960er-Jahren ließ Susanna Agnelli, Enkelin des bekannten Turiner Autoherstellers und ‹Fiat›-Gründers, in Santo Stefano ihre Sommerresidenz bauen, womit sich der Ort zu einem Refugium für italienische Industrielle und Großverdiener entwickelte.

Francesco erinnert sich an die steil abfallende Küste und

die kleinen, rund um den Argentario verstreuten Inseln, damals ein wildes, nach sonnengebleichten Steinen und Meerschaum riechendes Paradies. Er erinnert sich, wie ihm eines Tages, er muss Dreizehn oder Vierzehn gewesen sein, beim Beobachten junger Frauen in einer sichelmondförmigen Bucht plötzlich die Größe Gottes aufgegangen ist. Die Schönheit der Schöpfung war ihm im Religionsunterricht von Padre Bearzot erklärt worden. Der Lehrer hatte den Jungs eingetrichtert, dass die Betrachtung der Vollkommenheit der Natur notgedrungen auf die Spuren Gottes führe. Ein Gedanke, den einige Schützlinge nach der nächsten schweren Krankheit eines Verwandten oder einem familiären Todesfall entschieden in Zweifel zogen. Doch Francesco glaubte es, denn er hatte sich längst in den Geruch des Meeres verliebt und diese Liebe automatisch als Echo der Herrlichkeit des Schöpfers empfunden.

An jenem Tag in der Bucht, während die Kollegen wahrscheinlich nichts anderes bestaunten als die normalerweise gut versteckte Jugend der Frauen – sie mussten sich ganz unbeobachtet fühlen –, konnte Francesco die Augen nicht vom Bauch der einen, etwas reiferen Frau lassen, die in der Mädchengruppe zu sehen war. Er konnte die Augen nicht von ihr lassen, denn sie war schwanger, ihr karamellfarbener Bauch so gerundet, als würde sie demnächst einen schönen, teuren Fußball auf die Welt bringen.

Francesco war wie vom Donner gerührt und dachte an seine beiden vom Kindstod heimgesuchten Geschwister. Während die Kollegen auf dem Rückweg ins Fischerdorf über alle möglichen Geheimnisse der weiblichen Scham sprachen, die sie angeblich aus der halben Stunde jener Bucht herausgelesen hatten, konnte Francesco immer nur an die Rundung jenes Bauchs denken, an das Baby, das dort heranwuchs und es hoffentlich schaffen würde zu überleben – und er dachte zum ersten Mal über das Wunder der Schwangerschaft nach.

In der Schule nicht nur ein heller Kopf, sondern von einer zunehmend bohrenden geistigen Ungeduld, die seine Lehrer ermüdete, wagte es Francesco nicht, über die Eingebung zu sprechen. War es überhaupt eine Eingebung oder doch nur ein Streifschuss der Laune? Und spielte das eine Rolle? Nein, er *musste verstehen*, warum ihn der runde Bauch beschäftigte, was ihm Gott damit sagen wollte! Er musste dem nachgehen, ganz nach Art der Mutter, die jedem, der es nicht hören wollte, gern darlegte, dass man immer zuerst Gott fragen muss, wenn im Leben etwas Wichtiges passiert, dass man nichts auf der Welt verstehen kann, wenn einem der Herr nicht das nötige Licht dazu schenkt.

Bei Francesco war es schon während seiner Zeit als Ministrant in der Kirche von Santo Stefano so, dass er ohne inneren Plan seine scheinbar spontanen und doch weitreichenden Entscheide traf: Lateinstunden statt zusätzliche Mathematikstunden. Privatstunden von Padre Bearzot im Hinblick auf Kirchenmusik und Liturgie statt Fußballklub. Philosophische Konzentration auf bekannte atheistische Werke statt fromme Autoren.

Um welches Thema es auch ging, Francesco machte stets die Erfahrung: Je weniger er versuchte, eine genaue Vorstellung seiner persönlichen oder beruflichen Zukunft zu entwickeln und dieser Vorstellung zu folgen, desto mehr hatte er das Gefühl, dass Gott mit ihm arbeitete.

Der Papst erinnert sich, wie lange er über die schwangere Frau nachgedacht hat, wobei er der Mutter natürlich nichts erzählte. In der Region war sie bekannt als die unduldsame, mit dem Rosenkranz bewaffnete Angela, in der Handtasche die Heiligenbildchen, passend zu allen Lebenslagen, Gegengift gegen alle Ausreden.

Francesco konnte auch dem Vater nichts erzählen, diesem wortkargen, oft mürrischen Mann, der den Sohn jede Woche in die Beichte schleppte. Aber natürlich: *die Beichte!* Das war die Lösung.

Und tatsächlich hat Francesco dem Padre am kommenden Sonntagmorgen nicht nur seine neusten Erlebnisse und Gedanken mitgeteilt, sondern auch gleich die Tatsache – einmal mehr ungeplant –, dass er sich zum Priester berufen fühle. Auf die Nachfrage des Geistlichen, wie er darauf komme, antwortete er, er wolle allen schwangeren Frauen dabei helfen, Heilige auf die Welt zu bringen.

Der Papst erinnert sich, wie er Bearzot, dem er viel Einsicht in die Bibel und in die kirchliche Tradition verdankte, Jahre später wiedergetroffen hat, in Rom, nicht weit vom Priesterseminar an der Piazza San Giovanni entfernt, in der Zwischenzeit ein alter Mann am Stock. Bearzot hat sich sehr über das Treffen gefreut und mit ihm über Thomas von Aquin, Augustinus und die vielfältigen Leiden des Alters gesprochen.

Der Papst erinnert sich an diese Begegnung, als hätte sie gestern erst stattgefunden. Und er weiß auch, wie lange es gedauert hat, bis ihm schließlich aufgegangen ist, was es mit der Eingebung aus der Frauenbucht auf sich hatte. Dazu musste er nach dem Priesterseminar zuerst seine Studien in Theologie und Philosophie abschließen. Er wurde im Auftrag Roms nach Afrika in die Diözese Bissau geschickt, wo er Gabriela von den ‹Schwestern Unserer Lieben Frau von Guinea› kennengelernt hat. Dort hat er auch Giacomo Corelli kennengelernt. Noch nie hatte Francesco einen solchen Priester erlebt! Corelli, der später ein erfahrener Exorzist wurde, liebte die Kirchenväter und konnte sie während eines Gesprächs über irgendein Thema stets mit der passenden Stelle zitieren. Außerdem besaß er die Gabe, den Heiligen Geist im Vorübergehen riechen zu können, an der Türschwelle eines beliebigen Hauses, *wenn* der Heilige Geist anwesend war

– und falls nicht, hat Corelli es sofort gemerkt, hat die Mitbrüder vor der ungesunden Abwesenheit des Heiligen gewarnt und den Herrn darum gebeten, er möge so schnell wie möglich gnadenhaft eingreifen.

Ja, es hat die Freundschaft mit Corelli gebraucht, damit Francesco die Sache mit der Frauenbucht damals auf dem Argentario verstehen konnte.

«Es ist gut, dass du mir aufgetragen hast, mehr zur Mutter Gottes zu beten», hat er zu Corelli gesagt. «Jetzt verstehe ich es.»

«Jetzt verstehst du was?»

Francesco hat es ihm erklärt: Nicht nur *schwangere* Frauen können sein wie die Heilige Maria, sondern überhaupt alle Frauen. Und noch mehr: Es können auch alle *Männer* sein wie die Heilige Maria! Denn Maria, das ist nicht einfach die Mutter Jesu, sondern auch die personifizierte Bereitschaft, geistig schwanger zu werden von Gott, um dann in die vom Menschen korrumpierte Welt etwas hinein zu gebären, das jedes menschliche Maß übersteigt.

«Schön, dass du das verstanden hast», hat Corelli geantwortet. «Das ist nun einmal die katholische Art, die Sache zu sehen. Der Mensch ist entweder schwanger von Gott, von sich selbst oder vom Dreck, den der Teufel ihm in die Seele kippt. Gegen die letzten beiden Varianten müssen wir jeden Tag kämpfen.»

Wie gern hätte Francesco seiner Mutter von seiner Einsicht erzählt und sie getröstet! Wie gern hätte er ihr gesagt, dass sie im Laufe ihres Lebens viele Wunder geboren hat, dass sie nicht nur an Francescos tote Geschwister denken soll, sondern dass für Gott *alles* zählt, was sie als Christin in die Welt gebracht hat, sämtliche Kinder ihrer guten Werke.

*

An diesem Tag fühlt sich der Papst auch in den Nachmittagsstunden außerstande, den vatikanischen Verbindlichkeiten zu folgen, die ihm das Protokoll auferlegt.

Er braucht mehr Zeit für sich, genauer gesagt braucht er ein paar ungestörte Stunden in seinem Arbeitszimmer, denn er muss die Eröffnungsrede für das Konzil überarbeiten.

Während seiner Reise in Brasilien hat der Papst den ersten Entwurf verfasst und auf dem Rückflug Korrekturen vorgenommen, ohne dass er mit dem Resultat zufrieden ist. Wie könnte er auch damit zufrieden sein? Das Schreiben und die theologische Meditation sind Francesco nie leicht gefallen. Es war immer wie ein Ringkampf, ein geistiger Schützengraben, in dem die Kugeln in alle Himmelsrichtungen zischen.

Auch diesmal kocht die Unruhe in ihm hoch und lässt den Papst im Arbeitszimmer hin- und hergehen, hinüber zum Regal mit den Büchern, zurück zum Schreibtisch, zu den handbeschriebenen Blättern der Rede, zum Fenster und erneut zum Regal.

Herrgott im Himmel, kann er diese Rede so, wie er sie im Kopf hat, wirklich *halten?* Werden die Konzilsväter nicht verärgert sein? Werden sie überhaupt verstehen, was er ihnen sagen will? Und was ist es eigentlich, was er ihnen sagen will? Soll er das *RR Dossier* erwähnen, wie wird das ankommen? Oder soll er lieber erst später, während den Konzilssitzungen, darauf zu sprechen kommen, soll er den Überraschungsmoment nutzen?

Der Papst streicht einen Abschnitt seiner Rede durch, streicht zwei Abschnitte, schreibt einen neuen, schreibt zwei neue Abschnitte und streicht schließlich die ganze Seite durch. Dann kämpft er mit der Frage, ob er zur Eröffnung eines Konzils überhaupt *persönliche Gedanken* äußern soll, und auch noch so geradeheraus? Muss er als Oberhaupt der Weltkirche nicht diplomatischer sein, die Sache gut austarieren und politisch glätten?

Schließlich wächst der Druck in der Kurie täglich. Er weiß um das Gerücht, dass der unberechenbare, reaktionäre Papst – wie ihn nicht wenige nennen – eine schlimme, eine *ganz schlimme* Rede vorbereite. Wie soll der Papst diesen Kreisen klarmachen, dass er nichts anderes will, als der Kirche zu dienen? Wie könnte er ihnen klarmachen, dass es heute ein Christentum auf der Höhe der Herausforderungen einer globalisierten Welt braucht, und dass so ein Christentum nur aus einem starken, sakramental begründeten Selbstbewusstsein kommen kann?

Auf einmal, von einer Sekunde auf die andere, hört der Papst auf, zwischen Schreibtisch und Fenster hin- und herzugehen. Er bleibt in der Mitte des Raums stehen, getroffen von einer Eingebung: *alles streichen*, was er bisher geschrieben hat, kein Wort übrig lassen!

Er geht zum Schreibtisch und zerreißt die handbeschriebenen Blätter. Dann denkt er an Livorno, an seine Zeit als Bischof, an die vielen Firmungen, die er gespendet hat. Der Papst denkt an die Kinder und Jugendlichen, die er damals kennengelernt hat, insbesondere an die kranken Kinder. Einige von ihnen wirkten sehr empfindlich und lichtscheu, wie verwickelt in eine psychische Blockade, die von außen kaum zu durchdringen war. Es schien, als hätten sie sich aus Angst vor der Schule, der Familie oder der Welt in sich selber verkrochen, in das komplizierte Labyrinth ihrer Befindlichkeit.

Das ist es!, denkt der Papst.

Gesunde Kinder verkriechen sich nicht in sich selbst. Sie wollen die Welt erkunden und schauen nach draußen, hungrig nach Erfahrung. Aber ungesunde Kinder kommen nicht dazu, die Welt zu erkunden, weil die Selbstbeschäftigung sie blockiert.

Das ist die Kirche, denkt der Papst. Ein krankes Kind, das nach innen schaut statt nach draußen in die Welt, und das um die eigene Befindlichkeit kreist. Das ist die Kirche, denkt der Papst und beginnt eine neue Rede zu schreiben.

17

«Nur damit ich es richtig verstehe», sagt Hank. «Rossi wurde getötet, weil er das *RR Dossier* kannte?»

Chiara nickt. Wie es scheint, haben sie zum ersten Mal vor etwa einem Jahr von der ganzen Sache gehört, durch Erzbischof Algermissen, einen Bekannten von Chiaras Vater.

«Der Erzbischof brauchte unsere Hilfe», erklärt Chiara.

Hank überlegt. Es ist ein länglicher Wohnraum mit Sofas und Sesseln, in dem sie sich seit knapp einer Stunde befinden, die Privatwohnung eines Mitglieds der Gruppe.

Auf dem Sofa neben Chiara sitzt der Mann mit den kurzen Haaren und der Lederjacke, der ihn damals an der Piazza Venezia abgeholt hat. Ihm gegenüber zwei ältere Herren in Anzügen, ein Banker und ein Anwalt, wie man ihm gesagt hat. Dann zwei Frauen, etwa im gleichen Alter wie Chiara, aber nicht so hübsch, und ein Mann mit weißem Römerkragen, von der Priesterbruderschaft Sankt Petrus.

«Ihr seid also die Ritter der Kokosnuss? Ihr deckt Verschwörungen gegen die Kirche auf und opfert dabei eure Freunde?»

Einer der älteren Herren – ohne auf die Bemerkung einzugehen – möchte von Hank wissen, ob er hinter der Geschichte in der *Repubblica* vom vergangenen Dienstag stecke? Er meint den Artikel, der einen Zusammenhang zwischen dem Erzbischof und Rossis Tod herstellt.

Hank gibt keine Antwort.

Man erklärt ihm, dass die Geschichte – wer auch immer sie gestreut habe – bisher keine hohen Wellen werfe. Man erklärt ihm, dass Rossi den italienischen Medien grundsätzlich misstraut und kurz vor seinem Tod die Absicht geäußert habe, Informationen in die Schweiz zu senden.

«Er hat mir Informationen geschickt», bestätigt Hank. «Aber ich kann nichts damit anfangen, ohne Beweise ist es nichts wert.» Er lächelt. «Die Beweise waren alle in diesem *RR Dossier*, das ihr dem Erzbischof übergeben habt, sehe ich das richtig?»

«Wir nehmen an, die Mörder haben es in der Wohnung des Erzbischofs gefunden. Aber wir wissen, dass Seine Exzellenz Kopien gemacht hat, und dass der Papst informiert wurde.»

«Der Papst?» Hank ist überrascht. «Warum geht der Papst dann nicht mit der Geschichte an die Öffentlichkeit?»

«Das wissen wir nicht», erwidert der Mann mit Lederjacke. «Sobald uns mitgeteilt wird, wie der Papst vorgehen will, werden wir ihm folgen.»

Sie warten auf den Papst, um zu wissen, wie sie handeln müssen: Ist das nicht wunderbar? Ist das nicht eine *rührende kleine Truppe?*

Hank beobachtet, wie der Petrusbruder Chiara eine hellgraue Mappe überreicht. Sie legt die Mappe auf den Tisch. Darin enthalten sind Notizblätter, Dokumente, Fotos. Eine Aufnahme zeigt den Baseballmützen-Typ, dem Hank vorletzten Sonntag durch die Straßen gefolgt ist. Zu sehen sind auch der Mann mit den langen, zurückgebundenen Haaren und die Männer, die an jenem Tag in den VW Polo gestiegen sind. Außerdem das Gesicht eines älteren Herrn mit Glatze.

Wie man Hank erklärt, heißt dieser Mann Salvatore Vanni und ist der Niederlassungsleiter von ‹Sancorp›, einer internationalen Versicherungsgesellschaft, die in Italien lokale Unternehmen besitzt, unter anderem eine Getränkefirma. Vannis Büro befindet sich im Quartier Trieste.

«Vanni leitet das ‹Sancorp›-Büro, das nur eine Sekretärin und einen Teilzeitmitarbeiter beschäftigt. In Wahrheit ist ‹Sancorp› Tarnung und Vanni der Chef der Männer auf dem Foto», fasst der Banker die Fakten zusammen. «Salvatore Vanni handelt im Auftrag einer Stiftung der *Global Humanitarian Foundations*. Wir glauben, sie stecken hinter dem Komplott.»

Komplott, schon wieder dieses Wort. Abgesehen davon, dass diese Truppe nicht nur rührend ist, sondern auch an Paranoia leidet, leuchtet es Hank nicht ein, warum die *Foundations*, die er aus den Medien kennt und die – wenn er es richtig im Kopf hat – für einen universellen Humanismus stehen, das Ziel haben sollen, Geistliche umzubringen und religiöse Identitäten ‹aufzulösen›. Offene Grenzen für den freien Verkehr von Finanz- und Humankapital, und in den Entwicklungsländern Frauen gegen Krankheiten impfen und ihnen dabei Wirkstoffe zuführen, die sie unfruchtbar machen? Soll *das* die Verschwörung sein?

«Die katholische Kirche ist weltweit die größte Verteidigerin der Armen und der klassischen, kinderreichen Familie», erklärt der Petrusbruder. «Deshalb bekämpft man uns.»

«Wenn ihr das wirklich glaubt, weshalb geht ihr nicht zur Polizei?»

«Wir wissen nicht, wem wir trauen können.»

Natürlich, das musste ja kommen. Hank erhebt sich von seinem Platz. Er ist müde geworden. Er bittet Chiara um ein Gespräch unter vier Augen.

Sie gehen in den Raum nebenan.

Er ist zu diesem Treffen gekommen, wie sie es gewünscht hat. Er hat sich alles angehört und die Fotos von Salvatore Vanni gesehen. «Das ist gut», sagt er. «Aber wir haben verschiedene Ziele, das musst du einsehen, Chiara. Ich möchte nur wissen, wer Rossis Tod zu verantworten hat, mehr nicht.»

Sie nickt, und er empfindet, zumindest für einen Augenblick, ein Gefühl des Bedauerns. Absurd. Er möchte sie zum Abschied umarmen.

«Warte», sagt sie. «Ich muss dir etwas zeigen.»

*

Der Abend – kurz nach 22 Uhr – ist mild. Während sie im Schein der Laternen und Schaufenster die Straße entlanggehen, gefolgt von Chiaras Aufpasser, dem Kerl in der Lederjacke, denkt Hank ans Foto von Salvatore Vanni. Ja, er wird diesen Vanni gleich morgen aufsuchen.

Sie überqueren eine Kreuzung und erreichen die *Gaius Augustus* Bar, mit himmelblau über dem Gehsteig leuchtender Schrift.

Die Einrichtung, gehalten im antiken Stil, befindet sich in einem unterirdischen Gewölbe, erleuchtet von orangen und pinken Lichtstreifen entlang den Steinmauern.

Sie setzen sich an einen Tisch zwischen Vitrinen, in denen goldene Kelche und Teller zu sehen sind. Chiaras Aufpasser wartet draußen, und sie bestellt zwei Michelangelo-Cocktails.

«Campari, Martini Bianco, Zitronensaft und Prosecco», erklärt sie. «Rossis Lieblingsgetränk.»

Hank bemerkt die Spiegelwand hinter dem Tresen, die langen und dicken Flaschen. Vor dem hantierenden Barista sitzen zwei Frauen, die Handtaschen auf den Hockern nebenan, und beim Eingang eine Gruppe Männer, alle mit weißem Hemd und dunklen Anzügen. Hank versucht sich Rossi in diesem Ambiente vorzustellen und spürt wieder seine Müdigkeit.

Nein, die Cocktails schmecken nicht schlecht, aber ihm wäre jetzt ein Bier lieber.

Er beobachtet, wie Chiara an ihrem Glas nippt, und fragt sich, warum sie ihn hergeschleppt hat.

«Habe ich dir schon gesagt, dass mein Vater von Rossi begeistert war?» Chiara macht große Augen, als wäre das eine sensationelle Nachricht. «Mein Vater ist misstrauisch, wenn es um die Kurie geht.»

Hank weiß, dass ihr Vater für die Vatikanpolizei gearbeitet hat. Er weiß auch, dass Chiaras Mutter vor zwei Jahren an Krebs gestorben ist.

«Tut mir leid wegen deiner Mutter», sagt er und denkt an seine eigene Mutter im Altersheim in der Ostschweiz.

Chiara streicht sich die Haare aus dem Gesicht, wie einen kleinen, nachtfarbenen Vorhang, dann umfasst sie mit der rechten Hand ihr Glas, aber ohne es anzuheben.

Sie erzählt von der Jugend ihrer Mutter, in den 1950er-Jahren in Randazzo, einem armen Dorf auf Sizilien. Die Mutter hatte das Dorf verlassen, um in die Ewige Stadt zu kommen, wo sie an einem Tanzwettbewerb Chiaras Vater kennengelernt hat; den gebürtigen Römer in Polizeiuniform, der ihr schon nach dem ersten Date einen Antrag gemacht und lebenslange Treue geschworen hat. Sie haben sich, so lange Chiara zurückdenken kann, zu Hause gestritten, über Politik, Italien, die Kirche, sich aber immer versöhnt, spätestens am Sonntagmorgen vor der Messe.

Hank lauscht ihrer Stimme und denkt, als Chiara einen weiteren Michelangelo bestellt – für ihn ein Bier –, dass sie wahrscheinlich selten die Gelegenheit hat, so zu sprechen, gegenüber einem Außenstehenden, der ihre Verwandten nicht kennt und nichts ausplaudern wird.

Plötzlich bemerkt er in ihrem Blick eine Veränderung. Es ist, als suche sie nach den richtigen Worten. «Du weißt, dass ich Rossi geliebt habe. Du weißt –»

Er greift über den Tisch nach ihren Händen, um zu versuchen, sie irgendwie zu trösten. Das scheint sie zu erschrecken oder zu verunsichern. Sie zieht die Hand zurück, und nach einigen Sekunden: «Rossi hat mir gesagt, dass du seine Kindheit und Jugend gerettet hast.»

«Hat er das?»

Sie blickt auf den Tisch, auf die Drinks, auf die Schalen mit den Chips und Erdnüssen.

«Hast du eine Waffe?» fragt sie plötzlich.

«Ja», erwidert er, als wäre es das Natürlichste der Welt.

18

DOKTOR Alexander Martens, Leiter des *Foundations*-Instituts Brüssel, sitzt im Flugzeug nach Rom-Fiumicino, in Gedanken bei seiner Frau und den Kindern, die den Rest der Woche bei den Großeltern in Antwerpen verbringen. Eigentlich denkt er vor allem an die Kinder, denn seit zwei Jahren leistet sich seine Frau in Genf einen Liebhaber.

Martens macht ihr keine Vorwürfe. Auch er hat eine Liebhaberin, zu der er gerade unterwegs ist; ausgerechnet jetzt, vor dem Abschluss des *Projekts Aula?* Ja, sie hat ihn angerufen, und er kann es kaum erwarten, sie zu sehen. Samira Malik: Längst hat er sich an den falschen Namen gewöhnt und freut sich immer wieder, sie irgendwo auf der Welt in einer heimlichen Suite zu treffen.

Nach der Landung, kurz vor 23 Uhr, nimmt er ein Taxi in Richtung des Quartiers Collatino, in dem sich das Grand Hotel Eden befindet. Während der etwa vierzigminütigen Fahrt denkt er an den französischen Kardinal, den er gestern in Kortenberg getroffen hat.

Der Kardinal gehört zu den liberalen Klerikern, die Martens normalerweise zuvorkommend begegnen und wertvoll sind für die Ziele des Instituts. Doch diesmal hat ihm der Kardinal die ‹unmenschliche Afrikapolitik› vorgeworfen. So weltoffen diese Geistlichen sich über die Jahre auch geben, so sehr sie von Reform und Modernisierung reden – am Ende bleiben sie handzahm und wirklichkeitsfern, wenn es darum geht zu handeln. Was denken die eigentlich, wie man in Afrika die Armut bekämpft, oder die Unterdrückung der Frau? Auf *friedlichem* Weg? Durch einen Dialog auf Augenhöhe mit den Machthabern?

Sind diese Kirchenleute nach all den Missionsprojekten und Schulen, den Krankenhäusern und Einsätzen in Kriegsgebieten, den Priestern und Nonnen im Kreuzfeuer korrupter Regierungen nicht schlauer geworden? Wissen sie nicht, dass in Afrika in erster Linie die Tribes und Clans herrschen, die niemals aufgeben und immer weitermachen werden, unter der Oberfläche der vom Westen ins Land gepumpten Milliarden? Die Tribes und Clans, die nichts anderes sind als Machtkartelle im Namen der Tradition und die fast alle Gruppen, Parteien und Familien im Griff haben. In diesen Ländern gibt es eine Menge Väter und Mütter, die mit der üblichen Mischung aus Herdentrieb und Dummheit wirkliche Modernisierungen blockieren und selbst für die eigene Tochter, wenn sie nicht spurt und zu hoch hinaus will, eine Gruppenvergewaltigung in Auftrag geben. Und wenn das nicht genügt: Tötung durch Erdrosseln, Erstechen, Verbrennen.

Oh ja, so ist das! Martens kennt seit seiner Zeit in Johannesburg viele tragische Geschichten, seit damals, als er mit gerade einmal 25 Jahren angefangen hatte, für die *Foundations* zu arbeiten. Zwei Dutzend Teams hat er auf dem schwarzen Kontinent koordiniert und miterlebt, wie ihre Arbeit Jahr für Jahr wirkungslos versandet ist, wie Elend und Armut nur immer größer geworden sind unter dem Druck der Bevölkerungsexplosion. Bis heute werden jährlich Millionen von Kindern auf den selbstverschuldeten Misthaufen dieser Länder geboren, ohne jede Perspektive. Und mit ihnen wachsen die Migrationsströme in Richtung Westen jährlich an und erreichen ein Ausmaß, das durch keine vernünftige Politik aufgefangen werden kann. Der Migrationsdruck wird dem Westen große soziale Unruhen bescheren, Bildungsverluste und radikale anti-globalistische Nationalismen. Am Ende bleiben als einzig wirksames Gegenmittel in Afrika nur noch

Gratis-Abtreibungen und verdeckte Sterilisationsprogramme, davon ist Martens überzeugt.

Vor dem Grand Hotel Eden angekommen, gibt er dem Taxifahrer ein großzügiges Trinkgeld.

Wie mit Samira vereinbart, wird er am Eingang vom Hotelpagen erwartet, dem ‹Facchino› in bordeauxroter Uniform mit goldenen Knöpfen. Der Page wird annehmen, bei dem späten Besuch handle es sich um einen Liebhaber der Signora Malik, den er diskret in den dritten Stock zu schmuggeln hat.

Im dritten Stock wartet Signora Malik in einer schönen Suite, finanziert über ein Konto aus Teheran, mit Geld, das in Wahrheit aus anonymen Quellen der *Foundations* stammt. Später sollen die Ermittlungsbehörden ohne viel Aufwand auf den Namen Malik stoßen und das Geld mit dem Iran in Verbindung bringen – gehört alles zum Plan.

Martens freut sich, endlich hier zu sein. Samira öffnet die Tür in Jeans und einem weißen, zugeknöpften Hemd.

Sie wartet, bis der Page gegangen ist, dann reicht sie ihm die Hand. «Guten Abend, Doktor Martens.»

Sie mag dieses Spiel, das sie manchmal miteinander spielen. Eine Art Rollenspiel zwischen Auftraggeber und Auftragnehmer. In letzter Zeit hat Samira es zwar nicht mehr so oft angestoßen, aber Martens merkt sofort, dass sie heute beschwipst ist und vermutlich ihre Pillen genommen hat. Er versucht seit Jahren, ihr die Dinger auszureden, aber sie hat schon immer getan, was sie wollte.

«Ich darf Ihnen mitteilen, dass alles nach Plan läuft, Doktor Martens.»

Sie führt ihn in den im Art-Deco-Stil gehaltenen Wohnraum. Dort setzt sie sich auf einen eleganten, lederbezogenen Diwan, die Beine übereinandergeschlagen.

Sie berichtet von ihrer Reise nach Istanbul, von der Begegnung mit Al-Hasa, der ihr alles geglaubt hat; die gefälschte Kindheit in Teheran, den Hass auf den Westen, besonders auf die Amerikaner.

Stehend hört er ihr zu, einige Meter vor dem Diwan, mit verschränkten Armen, und blickt auf ihr zugeknöpftes Hemd, auf das blonde, zurückgebundene Haar.

«Al-Hasa hat seine Leute gut ausgewählt.» Sie legt die Hände mit den rot lackierten Fingernägeln auf ihren Schoß. «Die Informationen aus dem Vatikan sind zuverlässig. Die Versammlung in der Aula des Belvedere-Palasts findet am dritten Tag des Konzils statt, mit dem Papst.»

«Der Chemiker aus der Türkei?»

«Er ist gut. Sie können mit mir zufrieden sein, Doktor Martens.» Sie betont das mit der gespielten Erwartung einer verliebten Schülerin. «Signore Vanni von ‹Sancorp› hat sich zuerst geziert. Aber ich habe ihn überzeugt. Er gewährt uns Zugriff.»

Damit meint sie den Zugriff auf die römische Getränkefirma, die zu ‹Sancorp› gehört und, zusammen mit anderen Lieferanten, während des Konzils verantwortlich ist für die Getränkeautomaten und Erfrischungen an den Tagungsorten.

«Gut», sagt er und fordert sie auf, sich zu erheben.

Sie gehorcht und steht dann vor ihm, den Kopf leicht gesenkt. Er hat große Lust, ihre Haare zu öffnen und das Hemd aufzuknöpfen, aber dann hebt sie den Kopf. «Vanni wollte mehr Geld. Er hat sich beklagt.»

«Ich weiß. Er hat mich angerufen. Ich habe ihm gesagt, dass ich nach Rom komme. Das schien ihn zu erschrecken. Hast du eine Ahnung, wieso ihn das erschreckt?»

«Weil er Angst vor dir hat.» Sie seufzt. «Er ist unzuverlässig. Ich will, dass er verschwindet.»

Das überrascht ihn. Normalerweise überlässt sie ihm sämtliche Personalentscheide.

Samira lockt ihn zur Hausbar, die sich gegenüber dem

Schlafzimmer befindet, mit halbrunder Theke und samtbeschlagenen Hockern. Sie mixt sich einen Wodka-Martini, während er die Champagnerflasche im Eiskübel öffnet.

Nachdem sie angestoßen haben, fragt sie: «Wie war das Treffen mit Mister Francis Keane aus Baltimore? Ist er ein Maverick?»

Maverick – diesen Ausdruck haben sie während ihrer Studienzeit in London gebraucht, um Kommilitonen zu bezeichnen, von denen sie annahmen, dass sie später nicht mit dem Strom schwimmen, sondern versuchen würden, neue Wege zu beschreiten.

«Mister Keane hat es kapiert.» Martens trinkt sein Glas in einem Zug leer und schenkt sich nach. «Mister Keane ist ein Mann, den wir nicht zum Feind haben wollen. Mister Keane ist ein Mann –», aber Samira unterbricht ihn mit einem Kuss.

In der Ungeduld ihres Atems schmeckt er den Wodka-Martini, und sie lassen sich zu Boden sinken, auf den nachtblauen, von Silberlinien durchglänzten Teppich.

Sie trinken weiter und reden über die erwünschten politischen Nachwehen der Operation: über die weltweite Verurteilung des ‹islamistischen› Anschlags, über die Zusicherung führender Politiker und Nicht-Regierungsorganisationen, auch der *Foundations*, dem Vatikan in der schweren Stunde beizustehen, und über die Wahl eines neuen, liberalen Papstes.

Nebeneinander liegen sie in der konspirativen Weichheit des Teppichs. «Schade, dass Samira Malik sterben muss», flüstert er und hat für einen Moment das Gefühl, sie befänden sich wieder auf dem Campus in London. Es fehlen jetzt nur die Joints, es fehlen die Musik der *Talking Heads* und die im Dunkeln glühende Stimme von David Bowie.

«Öffne die Haare», sagt er und schaut zu, wie sie es macht, langsam, ohne Eile.

Die arme Samira, schon morgen wird sie das Land verlassen, und ihre Spur wird sich für die ermittelnden Behörden irgendwo in der Türkei verlieren, wobei es Hinweise geben wird – äußerst *glaubwürdige* Hinweise –, dass sie wenige Tage nach dem Anschlag getötet wurde, um die Spuren zu verwischen, die Spuren, die unter anderem zu Al-Hasa führen und zu seinen Kontaktleuten im Iran. Samira Malik, die es nie gegeben hat und die dennoch offiziell zu den Hauptverdächtigen zählen wird; Samira Malik, die auch er, Martens, nie mehr wiedersehen wird.

«Ich werde dich vermissen», sagt er.

Obwohl ihm klar ist, dass sie sich in Wahrheit wiedersehen *werden*, wenn alles klappt in Kalifornien – sie mit ihrem echten Pass, unter ihrem echten Namen –, so erfasst ihn jetzt doch Angst.

*

Später, nachdem Samira eingeschlafen ist, liegt er im Bett und starrt zur Decke. Er fragt sich, woher die Angst kommt. Die Angst, die ihn seit Tagen immer wieder streift und die jetzt zunimmt, wie ein Fieber. Angst *wovor* genau? Hat es mit seinen Zweifeln zu tun, in Bezug auf den Anschlag? Sind diese Zweifel vielleicht sogar der wahre Grund dafür, dass Martens nach Rom gekommen ist? Fürchtet er, der Anschlag könnte am Ende ein Fehler sein?

Samira und er haben das Projekt gemeinsam entwickelt, und sie haben gute Gründe dafür gehabt. Es geht nicht nur um die Geschichte mit dem *RR Dossier*, in dem die Sterilisationsprogramme der *Foundations* dokumentiert werden. Es geht auch um Beweise über Zusammenstöße und Hinrichtungen in Afrika; um ermordete Missionare, Ärzte, Politiker und einheimische Christen, die gegen die Programme Widerstand geleistet haben. Beweise, die der Vatikan angeblich schon länger sammelt, um aufzuzeigen, dass es eine direkte Beteiligung des Brüsseler Instituts an der Finanzierung dieser Verbrechen gibt, wie auch an der Finanzierung radikaler Islamisten. Das Institut als mörderische Geldspritze auf dem schwarzen Kontinent: Natürlich muss der Vatikan daran gehindert werden, das öffentlich zu machen.

Und doch zweifelt Martens. Ein Anschlag *in dieser Größenordnung*, am dritten Tag des Konzils? Ein toter Papst im Namen des Islam, eine aufgewühlte Weltöffentlichkeit – wer kann die Folgen einer solchen Aktion ernsthaft abschätzen? Schießen sie hier nicht übers Ziel hinaus?

Muss sich Martens nicht eingestehen, dass sie eine unkontrollierbare Gefahr heraufbeschwören, die sie alle in den Abgrund reißen kann? Muss er das Ganze nicht stoppen? *Kann* er es überhaupt stoppen? Und soll er es Samira sagen, soll er sie jetzt wecken und ihr alles anvertrauen, ihr, der er immer alles anvertraut hat? Aber was wird sie denken, wenn sie ihn so reden hört? Wenn er sich ausgerechnet jetzt, kurz vor ihrem größten Schlag gegen die Religion, als Feigling outet, als Fahnenflüchtiger der letzten Minute?

19

AN der Via Prenestina im Borgata-Quartier befindet sich das mehrstöckige Haus, in dem Al-Hasas Männer ihre Unterkunft bezogen haben. In den ersten Minuten der Dämmerung auf den Straßen und Plätzen dieses Morgens, der Himmel nieselgrau, verrichten die fünf Männer in der Wohnung im ersten Stock ihr Gebet.

In der Tiefgarage wartet der blaue Van, den sie aus Sicherheitsgründen nicht mehr benutzen, sondern erst übermorgen – am dritten Tag des Konzils – noch einmal fahren werden.

Die achtzig Kilogramm schwere Holzkiste, die vergangene Woche aus Bönen, Nordrhein-Westfalen, eingetroffen ist, wurde im Arbeitsraum ausgepackt, zusammen mit dem restlichen Material.

Der Chemiker aus der Türkei, der bereits wieder abgereist ist, hat ihnen präzise Anweisungen gegeben. Die meisten Bestandteile und Substanzen, die nötig gewesen sind, um die Getränkeautomaten umzubauen, haben sie in Italien bekommen; aus Deutschland Ersatzteile für die Ventilatoren und Tiefkühlbehälter. Inzwischen befinden sich die Automaten vor Ort im Belvedere-Palast. Die Fernbedienung zum Auslösen der Ventilatoren und der Lüftungsklappe haben sie getestet; die auf minus 80 Grad gehaltenen Behälter mit dem Kohlenstoffdioxid stehen bereit.

Nach dem Gebet frühstücken die fünf Männer in der Küche, trinken Tee und Kaffee, essen Cornetti.

Wie die meisten Römer haben auch sie in der Stadt Freundinnen, die sie vermissen werden; in der Stadt, in der sie Jahre verbracht und sich weitergebildet haben, in der man sie angestellt hat als Fahrer, Getränkelieferanten und Mitarbeiter einer Agenzia di Sicurezza, einer Sicherheitsfirma. Und natürlich haben sie das italienische Leben der milden Abende auf den Piazzas genossen, doch das hindert sie jetzt nicht daran, ihre Pflicht zu erfüllen. Allah ist der einzige wahre Gott mit der einzigen wahren Macht, Italien und die anderen Länder des Westens vor der seelenzerstörenden Gottvergessenheit des Materialismus zu bewahren. Der Islam ist die einzige Weltreligion, die noch die Kraft zum Widerstand aufbringt, nachdem sich die Juden und Christen längst zu Huren des Kapitals gemacht haben.

Die Männer wissen: Sowohl in Europa wie auch in den USA hat die Leugnung Gottes zu einer nie dagewesenen Anbetung von Geld, Konsum und Hurerei geführt, zur totalen moralischen Degeneration. Abhängigkeit von Geltung und Besitz, um die perversen Begierden zu stillen, die der große Satan jeden Tag in die Herzen der Ungläubigen pflanzt. Deswegen muss sich der Islam mit allen Mitteln wehren, wenn der Westen seine kapitalistischen Seelengeschwüre und seinen kranken Lebensstil in den Rest der Welt exportiert und alle Völker zu beherrschen sucht: über Konzerne, ferngelenkte Regierungswechsel, Revolutionen und Konterrevolutionen, über UNO-Beschlüsse und Luftschläge. Der Westen muss den Preis für seine Arroganz bezahlen, und es ist eine Ehre, an der Operation in Rom teilzunehmen.

Nach dem Frühstück warten die Männer in der Wohnstube, in der noch Kabel am Boden liegen, auf dem Tisch die Anleitung für das Kohlenstoffdioxid, dazu Handfeuerwaffen mit zwei Dutzend Schachteln Munition.

Gegen Mittag, während der TV-Übertragung des Eröffnungsgottesdienstes zum Konzil, nimmt Samad, der Leiter der Gruppe, über ein verschlüsseltes Smartphone Kontakt mit

Al-Hasa auf. Dieser teilt ihm mit, dass das Bekennervideo fertiggestellt ist. Alles verläuft nach Plan.

Natürlich ist Samad bewusst, dass immer etwas Unerwartetes geschehen kann und sie in der Lage sein müssen, schnell zu reagieren. Aber sie haben das nötige Training.

Die Schwierigkeit in den nächsten 48 Stunden wird in erster Linie das Warten sein; die zunehmende Anspannung, die Sorge, dass sie vielleicht etwas *übersehen* haben, oder dass die Behörden ihnen auf der Spur sind. Aber das werden sie, so Gott will, durchstehen.

Am Tag des Anschlags werden Samad und ein zweiter Mann aus dem Team früh losfahren. Offiziell arbeiten sie als Getränkelieferanten und beliefern in diesen Wochen – zusammen mit einer Catering-Firma – die Räume, in denen die Konzilsarbeiten stattfinden, unter anderem den Belvedere-Palast.

Mit dem Van werden sie die auf minus 80 Grad gehaltenen Behälter zu den Getränkeautomaten in der Aula fahren. Es sind zwei Automaten: in den oberen Fächern befinden sich Trinkflaschen mit San Pellegrino, Aranciata und Chinotto, im unteren Fach werden sie die dreißig Zentimeter hohen Behälter einbauen, in denen sich das Kohlenstoffdioxid befindet. Pro Automat 200 Liter gefrorenes Kohlenstoffdioxid.

Nach den Berechnungen des Türken genügt das, um die Konzilsväter in der Aula innerhalb weniger Minuten zu töten. Sobald das Kohlenstoffdioxid nicht mehr gekühlt wird, beginnt es, wie der Chemiker gesagt hat, zu ‹sublimieren›, das bedeutet: Es geht, ohne flüssig zu werden, direkt in die sogenannte *Gasphase* über. In geschlossenen Räumen kann das geruchlose Gas wegen seiner höheren Dichte die Luft am Boden verdrängen und sich ausdehnen, auf das 800-fache seines ursprünglichen Volumens. Gemessen an der Größe der Aula – 25 mal 15 Meter – hat der Türke 400 Kilogramm Trockeneis empfohlen, zerhackt in kleine Würfel, verteilt auf die Automaten. In dieser Menge wirkt das Gas umso schneller, je besser die eingebauten Ventilatoren in den Getränkeautomaten arbeiten und das CO_2 in den Raum blasen. Um sicher zu gehen, dass sich keinerlei Trockeneis-Nebel entwickelt, den man sehen könnte, wird der Behälter beim Einschalten der Ventilatoren automatisch beheizt und auf Raumtemperatur gebracht. Die Leute in der Aula werden nichts davon wahrnehmen. Sie werden nur müde werden, einige mit Kopfschmerzen oder Schwindelgefühlen, bevor sie das Bewusstsein verlieren und im Schlaf ersticken.

Am entsprechenden Morgen müssen Samad und sein Kollege um 8 Uhr in der Aula sein und alles installieren, so dass spätestens ab 10 Uhr, wenn die Sitzung mit den Kardinälen und Bischöfen beginnt, die Gasphase eingesetzt hat.

Zu diesem Zeitpunkt werden sich Samad und sein Kollege mit den anderen Brüdern treffen, in der Nähe des Borgo Pio. Sie werden bis 10.30 Uhr warten und dann mit dem Van zur Porta Sant'Anna fahren, den Kontrollposten durchbrechen und zum Palast vorstoßen. Sie werden mit der Fernbedienung die Ventilatoren in den Getränkeautomaten aktivieren, um die Lüftungsklappen zu öffnen. Die Gruppe wird sich vor dem Gebäude mit den Smartphones filmen und die Bilder live ins Internet streamen. Sie werden möglichst alle Vatikanmitarbeiter, die ihnen begegnen, mit den Handfeuerwaffen töten und dafür sorgen, dass kein Konzilsteilnehmer, insbesondere der Papst, aus der Aula entkommt.

20

Das Dritte Vatikanische Konzil, einberufen von Papst Pius XIII., Nachfolger des Heiligen Petrus, Stellvertreter Christi auf Erden, wird an diesem bewölkten Vormittag um 10.30 Uhr eröffnet – das 22. Ökumenische Konzil in der Geschichte der katholischen Kirche.

Bereits eine Stunde vor der Zeremonie, übertragen vom italienischen Staatsfernsehen, live gestreamt ins Internet, sammeln sich Zehntausende Frauen und Männer, um die Prozession der Konzilsväter zu verfolgen. Die Prozession, die beim Bronzetor des Vatikanischen Palastes beginnt und in schräger Linie den Petersplatz überquert, wo die Würdenträger die Stufen zur Basilika Sankt Peter erklimmen und sich feierlich ins Innere des überfüllten Petersdoms begeben.

Es sind 3112 Konzilsväter, an der Spitze des Zugs die Oberen der religiösen Orden, die Generaläbte und Prälaten nullius; gefolgt von den Bischöfen und Erzbischöfen, den Patriarchen, den Kardinälen und zuletzt, unter dem Applaus der Menge, belagert von Kameras und Leibwächtern, der Papst in seiner weißen Soutane mit Zingulum, mit weißem Pileolus und, weil es kühl ist, mit rotem Umhang.

Beim Eintritt in die Petersbasilika nimmt jeder Würdenträger seine Mitra ab und schreitet zum Hochaltar, um sich vor dem Kreuz zu verneigen, während die Sänger das *Credo* und das *Magnificat* intonieren und sich der Zug durch die Mitte des Doms bewegt, bis alle ihre Plätze eingenommen haben.

Unter den Teilnehmern befinden sich Kardinal Andrea Maria Settaviani, Präfekt der Glaubenskongregation, Kardinal Johannes Feuerbach, Vorsitzender der Deutschen Bischofskonferenz, Kardinal Hausmann, Präfekt der Kleruskongregation und Erzbischof Antonio Pannola vom Staatssekretariat. Eine Reihe hinter den Kurienkardinälen sitzt, kurzfristig zum Sonderberater des Papstes ernannt, Monsignore Giacomo Benvenuto Corelli. Der jüngste anwesende Konzilsvater ist 34 Jahre alt, Erzbischof Medrano aus Peru, und der älteste feiert bald seinen 96. Geburtstag, Kardinal Nandi Zhao aus Hong Kong.

Obwohl sich in den 14 Kommissionen, die das Konzil vorbereitet haben, viele Italiener, Spanier und Portugiesen befinden, wie auch in den Kongregationen, päpstlichen Räten und Universitäten, machen unter den jetzt Versammelten die europäischen Bischöfe lediglich ein Drittel aus: die Mehrheit stammt aus Afrika, Asien und Lateinamerika.

Für das Konzil sind insgesamt drei Sitzungsperioden geplant, verteilt auf drei Jahre. In diesen Perioden werden sich die Väter auf 22 Konferenzgebäude verteilen und in zusätzlich angemieteten Hotelräumlichkeiten treffen, um an den Debatten, Konsultationen und Abstimmungen teilzunehmen.

Die nun beginnende Heilige Messe im Petersdom bildet den Höhepunkt der Eröffnungszeremonie, feierlich und weihrauchdurchsetzt, mit Orgel und gregorianischem Gesang. Und mit einer Liturgie, die bereits in den ersten Minuten dieser Messe für Irritationen sorgt.

Denn der Papst lässt die Predigt ersatzlos streichen und Elemente des mittelalterlichen tridentinischen Ritus einfügen; ein Ritus, bei dem der Priester einst mit dem Rücken zu den Gläubigen gestanden ist, mit weißen Handschuhen, um sich angesichts des Heiligen nicht mit der Welt zu beschmutzen.

Für viele ist diese Abänderung des Eröffnungsgottesdienstes eine Bestätigung dafür, dass Pius XIII. ein Traditionalist

ist. Und als wäre das nicht genug, folgt gleich die nächste Provokation.

Nach Beendigung der Messe macht der Papst keinerlei Anstalten, die Gemeinde zu entlassen, was eigentlich seine Aufgabe wäre. Er müsste den anwesenden Medien und TV-Zuschauern signalisieren, dass nun der öffentliche Teil der Feierlichkeiten vorbei sei, dass nun der kircheninterne, für die Konzilsväter reservierte Teil beginne, die Arbeiten hinter verschlossener Tür. Aber nein: Der Papst tritt im vollbesetzten Petersdom sogleich ans Rednerpult und beginnt – vor laufenden Kameras – mit seiner Ansprache an die Konzilsväter.

*

Christus Jesus sei die Mitte der Geschichte, so der Papst mit tiefer, klarer Stimme. Und die Menschen hängten entweder Christus und Seiner Kirche an, dann hätten sie Licht und Güte, dann hätten sie die Früchte der rechten Ordnung und des Friedens. Oder aber die Menschen – hier in Italien wie überall auf der Welt – lebten lieber ohne Christus, lebten *gegen Gott* und *gegen* die Kirche, dann herrsche Verwirrung! Dann herrsche die Verbitterung der Beziehungen. Dann herrsche das Austrocknen und Verdorren der Liebe, durch den Krieg der Wünsche und der gegenseitigen Interessen. Dann herrsche die Zerrüttung der Seele durch Untreue und Verrat.

Verrat bis ins Innerste der Kirche, *Verrat der Bischöfe und Kardinäle!*, ruft der Papst plötzlich aus, wobei seine Augen im Licht der TV-Scheinwerfer aufblitzen.

Nein, sagt der Papst, es sei jetzt nicht die Zeit, sich etwas vorzumachen! Es sei nicht die Zeit für Kuschelreden und den faulen Frieden der Heuchler. Zu drängend seien die Mächte der Gegenwart, mit denen sich die Menschen weltweit konfrontiert sähen. Zu groß die Wucht des globalisierten, digitalisierten Wettbewerbs, der Familien und Völker auseinanderreiße, der die Natur aussauge und die Würde des Lebens mit den Füßen der Gier zertrete.

Die Wucht eines *atheistisch-technizistischen Humanismus*, der einen nie erlebten Hochmut erzeuge, um nach dem Baum des Lebens zu greifen, so der Papst. Ein *Kult der Optimierung*, der das unerwünschte Leben schon am Anfang im Labor aussortiere und der den leistungsschwachen, kranken Menschen am Ende des Lebens in die chemische Selbsttötung treibe. Sekundiert von einer globalistischen Elite, die in den armen Ländern Gott spiele und die Gezeiten des Lebens, die Geburtenraten, zu beherrschen trachte. Eine Elite, die den Menschen auf Humankapital reduziere, auf eine Funktion zwischen Konsum und Fitness, zwischen Halbgott und Ameise. Ein neuer, digitaler Turmbau zu Babel, gegen den die Kirche Widerstand leisten müsse. Genau wie gegen die Christenverfolgung in Diktaturen nach Art der Chinesen oder der islamischen Welt sowie nach Art des Westens mit seinen medial-kulturellen Formen der Verfolgung.

Alle diese Gefahren, so der Papst, benötigten eine klare, entschlossene Antwort. Eine Antwort, die nur von einer ebenso klaren, entschlossenen Kirche kommen könne.

Daher dürfe die Kirche nicht länger Mission und Verkündigung mit unverbindlichen Kuschelreden und einer Diplomatie der Anpassung verwechseln, dürfe nicht länger der eigenen Verfolgung und Selbst-Infantilisierung durch Feigheit und Weltflucht zuarbeiten. Dürfe nicht länger, besonders in Europa, *widerstandsfeige Hirten* der politischen Korrektheit hervorbringen. Wer, so der Papst, brauche solche Hirten? Und wer, wenn nicht die eine heilige, katholische und apostolische Kirche, wäre in der Lage, dem globalisierten Zeitgeist die Stirn zu bieten? Wer könne den Menschen die nötige Nahrung schenken, welche die Seele gegen den Jahrmarkt der Gegenwart stärke, gegen den abstumpfenden Bazar der Parteien und Wirtschaftsinteressen?

In dieser Stunde, so der Papst, erwarte er von den Konzilsvätern eine *selbstbewusste Begegnung* mit der herrschenden Kultur, eine Auseinandersetzung mit ihrem Guten und Wahren, und eine Auseinandersetzung mit ihren Gefahren und Lügen, mit ihrer Zerstörung der Umwelt und der Würde des Menschen, mit ihren Wahnbildern der Selbsterlösung. Mit dem Hochmut, mit dem der Mensch stets darauf geachtet habe, dass der Weg in die Hölle breit bleibe und viele auf ihm gingen.

Um das alles zu verstehen, so der Papst, müssten die Väter in den kommenden Wochen zuerst einmal *in sich gehen*, damit sie ihr bisheriges Versagen erkennen könnten. Sie müssten sich eingestehen, dass sie zu bequem gewesen seien, dass sie, statt sich in der Welt zu riskieren für Gott und den Herrn, sich im schützenden Bauch der Kirche verkrochen hätten, um interne Sonderprobleme zu wälzen. Sie müssten sich eingestehen, dass sie die Kirche über Jahrzehnte durch Selbstbeschäftigung lahmgelegt hätten.

Gewiss höre man oft, so der Papst, dass die *Liberalen* mit ihren Reformideen viel verändern könnten, dass sie dafür sorgen könnten, die Kirche näher ans 21. Jahrhundert heranzurücken. Doch das stimme nicht, denn die Liberalen verstünden nichts vom 21. Jahrhundert und formulierten seit Jahrzehnten im Grunde nur Probleme, die sie selber mit der kirchlichen Lehre hätten. Sie seien weder mit dem Kopf noch mit dem Herzen jemals in der Gegenwart angekommen, sondern vielmehr in der sexuellen Revolution des letzten Jahrhunderts steckengeblieben, die heute kein Mensch mehr brauche. Und auch die *Traditionalisten*, die sich gern als Verteidiger der Wahrheit darstellten und die technische Zivilisation von heute angeblich mit neuer Gottesfurcht bekehren wollten, seien dazu, aufgrund ihrer Weltfremdheit, nicht in der Lage. Vielmehr seien sie im Schock der Französischen Revolution steckengeblieben und unfähig, den *Vorrang der Person als Ebenbild Gottes* vor jeder religiös-politischen Macht zu verstehen.

Dies alles, so der Papst, müsse sich heute, an diesem feierlichen Tage zu Rom, ändern!

Es gelte dringend zu verstehen, dass die heutigen Architekten des digitalen Turmbaus zu Babel den Eckstein der Erbsünde verworfen hätten, so der Papst. Es gelte zu verstehen, dass die heutigen Weltmächte von einer *falschen Vorstellung des Menschen* ausgingen, nämlich von einem starken, sich selbst reinigenden, zur Hochkultur emporschwingenden Menschen. Statt mit dem *wahren Menschen* zu rechnen, dem Menschen, der stets ins schwache Fleisch der Bedürftigkeit gehüllt bleibe; dem Menschen der Niedrigkeit und Größe eines Geschöpfes, in dem immer zugleich die Lust des Tieres wie die Lust des Engels wohne.

Vor diesem Hintergrund müsse sich die Kirche neu ins Bewusstsein rufen, dass gerade eine technisch hoch entwickelte Gesellschaft in der besonderen Gefahr schwebe, sich selber genügen zu wollen, in Gleichgültigkeit oder Hochmut gegen Gott. Gleichgültigkeit oder Hochmut zum Schaden des Seelenheils – während doch die Welt dringend ein neues Verlangen nach Gottes Liebe brauche, ein neues Verlangen nach Christus Jesus, Mitte der Geschichte und des Lebens.

21

ETWA eine halbe Stunde vor Beginn der Eröffnungszeremonie wartet Hank mit der *Glock* im Aktenkoffer auf Salvatore Vanni. Es dauert eine Weile, bis ihm auffällt, dass Vannis Büro – die Firma ‹Sancorp› im Quartier Trieste – geschlossen sein muss, weil auf dem Parkplatz vor dem Gebäude viel zu wenig los ist.

Ganz anders als auf dem Weg zurück ins Zentrum. Da stockt nach wenigen Minuten der Verkehr und kriecht mühsam dahin, offensichtlich im Zusammenhang mit der Eröffnungszeremonie.

Als Hank gegen elf Uhr die Via San Conca erreicht, kommt ihm Chiara entgegen. Sie wirkt nervös und folgt ihm ins Hotelzimmer.

Einer von Vannis Männern – der mit der Baseballmütze – ist ihr gefolgt, wie sie meint, bis zur Piazza del Popolo.

«Ich glaube, ich habe ihn abgehängt», sagt Chiara.

Hank möchte, dass sie im Zimmer bleibt.

Er geht mit seinem Aktenkoffer nach draußen. Ihm fallen keine Männer besonders auf, nur zwei ältere Herren mit Gehstock und eine Gruppe von Frauen. Er geht in die Trattoria gegenüber und besorgt Panini und Getränke.

Zurück im Hotelzimmer schaltet er das Fernsehgerät ein und lenkt Chiara mit dem Vorschlag ab, gemeinsam die päpstliche Ansprache zu verfolgen.

Chiara hört während der Übertragung aufmerksam zu und wirkt dann, nach der Ansprache, enttäuscht.

«Ich verstehe nicht, warum der Heilige Vater nichts zu den *Foundations* gesagt hat.»

Er nickt, das war ihm gar nicht aufgefallen. «Vielleicht glaubt er nicht an eine Verschwörung dieser Stiftung.»

«Glaubst du es auch nicht?»

Hank gibt keine Antwort.

Sie macht große Augen. «Du glaubst nicht, dass Rossi wegen den *Foundations* getötet wurde? Warum sollen sie ihn sonst getötet haben, Vanni und seine Leute?»

«Ich weiß nicht, ob Vanni und seine Leute dahinterstecken. Ich weiß nur, dass ich genau das überprüfen werde.»

Chiara sinkt in ihrem Stuhl zurück. Er fragt sie, wann sie zuletzt geschlafen hat, doch sie geht nicht darauf ein und blickt zum Tisch, wo er den Aktenkoffer hingelegt hat.

Sie möchte wissen, ob sich darin die Pistole befindet.

Er zeigt ihr die Waffe und ist überrascht, dass sie die Pistole in die Hand nimmt. Sie dreht sie herum wie ein fremdes, etwas zu schweres Spielzeug.

«Hast du sie schon benutzt?»

«Nein.»

Er muss an die Schweiz denken, an die Leute im Club ‹Cheyenne›, mit denen er auf Bierdosen und Melonen geschossen hat.

Sie möchte wissen, ob er schon einmal «einen Menschen getötet» hat. Er schüttelt den Kopf. Wahrscheinlich möchte sie ihm, als gute Katholikin, sein Vorhaben ausreden.

Es sei vielleicht gar nicht Vanni, der hinter Rossis Tod stecke, erklärt sie. Es sei vielleicht der Leiter der Agentur in Brüssel, ein Mann namens Alexander Martens, oder jemand weiter oben in der Hierarchie.

«Wir werden sehen», erwidert Hank.

Chiara legt die *Glock* zurück auf den Tisch und nimmt plötzlich seine Hände, hält sie fest, für einige Sekunden.

Dann geht sie zum Fenster und schaut hinaus. Sie zieht die Vorhänge zu und legt sich aufs Bett.

Hank nimmt im Sessel neben dem Fenster Platz. Sie sagen nichts, lassen die Fernsehgeräusche über sich hinwegrieseln. Noch immer sprechen die Kommentatoren über das Konzil, bereits seit zwei Stunden, doch es ist jetzt ein Hintergrundgeplapper.

Chiara ist so müde, dass ihr die Augen zufallen. Hank wartet, bis er sicher ist, dass sie schläft. Dann packt er die *Glock* wieder in den Aktenkoffer.

Er holt sich aus der Minibar ein Bier, setzt sich zurück in den Sessel und beobachtet Chiara. Sie hat sich im Schlaf abgedreht, den rechten Arm angewinkelt unter dem Kissen.

Das Bild erinnert ihn an Fermina Diaz. Meine Güte! Wie lange ist es her, seit er Fermina das letzte Mal gesehen hat? 20, 25 Jahre?

Die verrückte Schöne aus Madrid, die es damals ins Ausländerviertel nach Sankt Gallen verschlagen hatte: ja, im Schlaf hat sie genauso ausgesehen, seitwärts abgedreht, den Arm unter dem Kissen.

Fermina *war* verrückt, keine Frage. Verrückt nach Liebe und verrückt nach den Rolling Stones. Und leider auch verheiratet, nämlich mit einem Neandertaler namens José, ebenfalls aus Madrid. Das war ein Kerl, der in Hanks Erinnerung immer eine große Klappe hat und nach Öl, Zigaretten oder Schnaps riecht. Ein Kerl, der drei Mädchen in die Welt setzte, sich aber nachher zu Hause kaum sehen ließ. Wenn ihn die Arbeitskollegen suchten, oder Padre Santoro, der Quartierseelsorger, fanden sie ihn entweder in der Autogarage im Westen der Stadt, wo er als Hilfsmechaniker arbeitete, oder in einem der Ausländerklubs, in denen es San Miguel, Veterano und Kartenspiele gab. Vielleicht war José tief im Herzen ein guter Mann, nur muss er es *sehr tief* in sich vergraben haben, denn seine Frau Fermina und die Töchter haben nicht viel davon bekommen.

Fermina hat Hank einmal gesagt, zu Hause komme sie sich vor wie das Sofa in der Stube, oder das Bett im Schlafzimmer, das ihr Mann manchmal brauchen und dann für den Rest der Zeit wieder vergessen würde.

Hank war damals gerade einundzwanzig geworden, Fermina muss irgendwo zwischen Dreißig und Vierzig gewesen sein, sie hat ihm ihr Geburtsdatum nie verraten. Sie war die erste Frau, in die Hank verliebt war. Er kann nicht mehr sagen, wie die Affäre begonnen hat, ob es Fermina war, die den ersten Schritt gemacht hat, an einer Geburtstagsfeier in Rossis Nachbarschaft, aber der großmäulige José hat nichts von der Affäre gemerkt, die immerhin über ein Jahr dauerte. Wenn der Neandertaler mal vor Mitternacht zu Hause auftauchte, war er meist betrunken, und als Fermina schließlich versucht hat, ihm zu erklären, dass sie unglücklich war, ist er aggressiv geworden. Dann wurde ihm von Nachbarn eines Tages das Gerücht zugetragen, seine Frau habe einen jungen Liebhaber, einen Schweizer.

An diesem Tag tauchte José pünktlich zum Abendessen auf, setzte sich an den Küchentisch, begann mit den drei Töchtern und Fermina zu essen, wobei er seiner Frau plötzlich, ohne ein Wort zu sagen, mit der Faust ins Gesicht schlug, so fest, dass sie vom Stuhl fiel.

Fermina kam ins Krankenhaus, José in Untersuchungshaft, und Padre Santoro tat alles, um mit den Behörden eine «friedliche» Lösung für die Familie zu finden.

Einige Zeit nach dem Vorfall, als José wieder draußen war – Fermina wollte ihn, warum auch immer, «auf keinen Fall» anzeigen – und der blau-violette Bluterguss in ihrem Gesicht verblasste, fand an einem Sonntag im Spanischen Klubhaus eine Erstkommunions-Feier statt. Mit dabei, neben Ferminas Familie: Rossi und seine Verwandten, dazu eine Handvoll Nachbarn. Aber natürlich nicht Hank, der war nicht eingeladen. Trotzdem ist er mit Kollegen vom ‹Cheyenne› an der Feier aufgetaucht, und zwar, um den Neandertaler aufzufordern, vor die Türe zu kommen. Als das Großmaul nicht reagierte, hat man ihn an die frische Luft gezerrt. Rossi, damals kurz vor der Priesterweihe und der einzige anwesende Kirchenmann – Padre Santoro mit Grippe im Bett –, versuchte, die Wogen zu glätten. Aber Hank hat den Neandertaler auf dem Parkplatz vor dem Klubhaus vermöbelt, und zwar so lange, bis die Polizei auftauchte.

José, aus der gebrochenen Nase blutend, flennend wie das feige, frauenschlagende Würstchen, das er nun einmal war, hat sich den Bullen praktisch in die Arme geworfen. Es gab Protokolle und Einvernahmen auf dem Revier, und ein juristisches Nachspiel, das sich über Monate hinzog. Auch Rossi wurde vernommen.

Hank erinnert sich, wie ihm die Behörden am Ende überraschend mitteilten, es werde gegen ihn *kein* Strafantrag gestellt. Nach der Einvernahme aller Zeugen und dem Verzicht «des Geschädigten» auf eine Anzeige gebe es dazu «keine Grundlage».

Hinter diesem sogenannten Verzicht auf eine Anzeige musste einmal mehr Padre Santoro stecken, der es irgendwie geschafft hatte, José und seine gebrochene Nase zu bändigen. Möglicherweise mit dem Hinweis darauf, dass bei einem offiziellen Gerichtsverfahren sämtliche Einzelheiten zum Hergang der Schlägerei Eingang ins Protokoll finden würden, und vielleicht sogar in die Lokalmedien, einschließlich aller Details zur Affäre zwischen Fermina und Hank, ebenso Einzelheiten zu Josés früherem Übergriff auf seine Frau.

Aber genügte das wirklich, um das Ende des Verfahrens zu erklären? War es nicht zur Einvernahme mehrerer Augenzeugen im Klubhaus gekommen, und was hatten die ausgesagt? Vielleicht hatten nicht alle *alles* gesehen, vielleicht waren einige erst auf den Parkplatz gekommen, als die Schlägerei bereits begonnen hatte. Aber nicht Rossi. Nein, Rossi wusste, dass nicht José, sondern Hank den Kampf gesucht hatte, und Rossi war ebenfalls vernommen worden.

Hank wollte es genau wissen. Er konnte Rossi zuerst nicht fragen, weil er auf seine Anrufe plötzlich nicht mehr reagierte, da er angeblich viel für das Bistum unterwegs war. Hank dachte, Rossi gehe ihm aus dem Weg, bis sich der Freund schließlich doch meldete. Er schlug ein Treffen nach Feierabend vor, in einer Bar außerhalb der Stadt.

Hank war gespannt. Sie tranken an diesem Abend Bier und Schnaps, sprachen über die Ausbildung zum Journalisten, die Hank plante, sprachen über die Familie und Neuigkeiten aus der Nachbarschaft, als würden sie die ganze Zeit dem eigentlichen Thema ausweichen.

Dann, es ging bereits gegen Mitternacht, fragte Hank: «Was hast du der Polizei erzählt?»

Verstohlen schaute Rossi um sich, als würden ihnen alle in der Bar zuhören, obwohl sie praktisch allein waren; an einem der hinteren Tische saßen zwei Männer in Jogginganzügen, vorne am Tresen eine in die Jahre gekommene Dame mit Lederrock, die trotz Verbot Zigaretten rauchte und mit dem Kellner flirtete.

«Padre Santoro», begann Rossi mit leiser Stimme. «Er sagt, wir sollen uns eine Weile nicht sehen. Soweit ist es gekommen wegen deiner Lust, dich mit anderen zu prügeln. Am besten treffen wir uns nur noch hier, was meinst du?» Rossi schüttelte den Kopf. «Ich gehe bis zum Sommer nach Rom, Vorlesungen an der Santa Croce. Wir brauchen mehr Schnaps.»

Hank freute sich für Rossi, es war gut, wenn er endlich aus diesem Kaff rauskam, und Rom musste eine tolle Stadt sein, von der alle schwärmten. Aber freute sich auch Rossi?

Nein, es machte nicht den Eindruck. Plötzlich verdüsterte sich sogar Rossis Blick, als sei ihm gerade ein dunkler Pfeil ins Herz geschossen worden.

«Du willst es wissen? Du willst wissen, was ich der Polizei gesagt habe? Ich habe für dich gelogen.»

«Gelogen?»

«Ich habe denen gesagt, dass Ferminas Mann auf dich losgegangen ist. Aber wir wissen, wie es wirklich war. Die Polizei anlügen. Wirklich gut für einen angehenden Priester, großartig, was meinst du?»

Hank deutete mit dem Schnapsglas in der Hand auf seinen Freund. «Du hast gegen das Gesetz verstoßen, mein Lieber. Das ist nicht lügen. Lügen ist, wenn man nicht die Wahrheit sagt. Aber die Gesetze in dieser beschissenen Stadt sind nicht die Wahrheit, sondern gemacht von den Mächtigen.»

«Es tut mir leid, Hank.»

«Hör auf! Der Neandertaler hat seine Frau geschlagen, mit der Faust ins Gesicht. Der Kerl ist ein Säufer und verspielt seinen Lohn. Er hat es verdient, dass man ihm endlich einmal die Fresse poliert, *das* ist die Wahrheit.»

«Gelogen ist gelogen.» Rossi senkte für einen Moment den Kopf, als falle es ihm schwer, das Gewicht seiner Stimmung zu halten.

«Du hast mich geschützt. Du liebst mich eben», Hank grinste. «Kein Grund, deswegen deprimiert zu sein, mein Freund.»

Rossi schien auf den Tisch zu starren, auf die Bierflaschen und zerrissenen Erdnuss-Verpackungen, dann hob er seinen Kopf und blickte Hank in die Augen. «Verstehst du denn nicht?»

«Verstehe ich was nicht?»

Aber vielleicht war das keine Frage. Vielleicht wusste Hank, um was es in Wirklichkeit ging. Vielleicht wusste er, dass Rossi nicht deswegen deprimiert war, weil er gelogen hatte, nicht deswegen, weil ihn seine Schuld, die er als guter Katholik natürlich für besonders groß hielt, plagte. Nein, vielleicht litt Rossi gar nicht an sich selber, sondern an ihm, Hank.

«Du sorgst dich um meine kleine, kaputte Seele?»

Rossis Augen blieben reglos auf ihn gerichtet. «Du verstehst es wirklich nicht, oder?»

«Nein.»

«Schau dir die Frau da drüben am Tresen an. Siehst du, wie sie mit dem Kellner flirtet, der ihr Sohn sein könnte? Siehst du ihre Einsamkeit? Würdest du ihr einen Drink spendieren, auch wenn sie schon zu viel getrunken hat? Würdest du ihren Schnaps bezahlen, der ihr schadet?»

«Nein, wahrscheinlich nicht.»

«Dann tu es auch sonst nicht.»

Hank runzelte die Stirn. «Ich habe wirklich nicht den blassesten Schimmer, wovon du redest.»

«Wir sind alle wie diese Frau. Was meinst du denn? Wir sind alle auf unsere Weise verloren und trinken, weil wir es nicht besser wissen, weil wir denken, die Welt ist nüchtern nicht auszuhalten.»

«Nein, ich trage niemals solche Lederröcke.»

«Unsinn!» Rossi trank seinen Schnaps in einem Zug leer. «Ich bin auch schon besoffen. Jeder auf seine Weise. José ist besoffen von der Verzweiflung, die ihm die Familie kaputt macht. Fermina von der Hoffnung auf einen neuen Mann. Und du? Du willst zuerst die Gesellschaft verbessern, bevor du dich selber verbesserst.»

«Und wovon bist *du* besoffen?»

Rossi machte große Augen, ein bisschen wie einer dieser verrückten James-Bond-Bösewichte, bevor sie mit ihren genialen Welteroberungs-Plänen herausrücken. «Ich glaube, wir sind alle …, wir sind *verloren*, ich meine ohne Gott. Wir machen die Einsamkeit umso größer, je mehr Schnaps wir uns spendieren oder … aufeinander losgehen. Statt die Verbindung zu suchen.»

Für einen Moment war Hank sprachlos.

«Noch nicht mal Priester», sagte er dann, «und schon die große Predigt.»

Rossi reagierte nicht, und Hank versuchte das Thema zu wechseln, versuchte wieder von Rom zu sprechen, versuchte Rossi zu überzeugen, sich auf seine Reise nach Italien zu freuen, aber der Freund saß nur da, den Kopf gesenkt.

Als er später doch von seinem Platz aufstand, kam er um den Tisch herum und umarmte Hank.

Jahre später, als Rossi bereits tot war, hat sich Hank immer wieder an diesen Moment erinnert. Über Wochen träumte er von der Umarmung in der Bar.

Aber anders als in der Realität hat Hank seinen Freund im Traum richtig *festgehalten*. Ja, er hat Rossi festgehalten und sich gewünscht, der Moment werde nie aufhören. Er hat sich entschuldigt, für seine Sturheit, für seine Unempfänglichkeit.

«Ich weiß, was du gemeint hast», hat er gesagt. «Ich konnte es damals nicht zugeben.»

Schweigend hat Rossi ihn im Traum angesehen, und Hank ist in diesem Schweigen versunken, um noch einmal, unterwegs in die Tiefe, die Wärme zu spüren, die schöne, unfassbare Wärme.

22

Am nächsten Morgen, Chiara schläft noch, legt ihr Hank eine Notiz aufs Kopfkissen. Dann verlässt er das Hotelzimmer.

Über die Via Flaminia, in der rechten Hand die Aktentasche, erreicht er die Kreuzung vor der Piazza del Popolo. Dort nimmt er den Bus der Linie 11 ins Quartier Trieste.

Aus dem Radio des Chauffeurs sprudelt eine hektische Moderatorenstimme. Soviel Hank versteht, geht es noch immer um die Ansprache des Papstes, die das Radio «anti-modernista» nennt.

Am Ziel angekommen, setzt sich Hank in ein Straßencafé in der Nähe des Parkplatzes vor dem Bürogebäude.

Gegen halb neun Uhr beginnt sich der Parkplatz zu füllen, und etwa zwanzig Minuten später steigt ein älterer Mann aus einem VW Polo, mit Anzug und zugeklapptem Schirm. Es ist der Mann auf dem Foto von Chiaras Leuten: Salvatore Vanni.

*

Um diese Zeit machen sich die ersten Konzilsväter auf den Weg zum Petersdom.

Im Zentrum gelten besondere Sicherheitsvorkehrungen, bis hin zur Sperrung einiger Straßenabschnitte, unter denen man instabile Hohlräume vermutet.

Ein weiterer Grund für die Absperrungen sind Protestgruppen vor den Gebäuden, in denen die Konzilssitzungen stattfinden. Mehrheitlich aus dem Ausland angereiste Gruppen, die von verschiedenen TV-Sendern gefilmt werden, während sie Spruchbänder und Schilder hochhalten:

»Jesus Gender!«

»Not my Pope!«

«Humanism now!»

Die Proteste sorgen für zusätzlich verstopfte Straßen, so dass einige Würdenträger im Verkehr nur langsam vorankommen. Unter ihnen Kardinal Johannes Feuerbach, Erzbischof von Köln und Vorsitzender der Deutschen Bischofskonferenz.

Der Kardinal hat eine lange Nacht hinter sich, voller Sorgen und Anrufe. Anrufe aus Köln, Brüssel und Wien.

Nach der gestrigen Ansprache des Papstes, die ein einziger Angriff auf eine weltoffene Kirche gewesen ist, gibt es *allen Grund* zur Sorge! Die Lage ist schlimmer als erwartet, so dass nicht einmal Feuerbach sagen kann, er habe es – bei aller Erfahrung mit dieser verknöcherten Amtskirche – voraussehen können.

Geplagt von Kopfschmerzen, sitzt der Kardinal auf dem Rücksitz des Wagens unterwegs zur Porta Sant'Anna, schaut aus dem Seitenfenster und beobachtet die vorbeiziehende Menschenansammlung.

Er denkt an seine Freunde im Ausland. An die Freunde, die ihre Hoffnung auf ihn, Feuerbach, setzen. Freunde, die ihn nicht nur als Anführer der Opposition sehen, sondern als ihre *beste Chance*, doch noch etwas zu erreichen. Dabei ist ihnen klar, dass sie nicht nur den Papst, sondern große Teile der römischen Kurie gegen sich haben, in jedem Fall die Präfekten der Kongregationen wie auch die Schlüsselpersonen im Staatssekretariat, die den Kurs des Papstes mittragen.

Den Kurs wohin? Den Kurs in die *Vergangenheit*, was sonst? Den Kurs zurück zum Anti-Modernismus von Pius IX., zurück zum katholischen Bollwerk der Weltangst und Menschenfeindlichkeit! Wenn es tatsächlich das ist, was dieser verrückte Papst will, und alles deutet darauf hin – dann wird es ein harter Kampf.

Und Feuerbach fragt sich: Soll ich gleich heute, vor der ganzen Versammlung, den Papst angreifen? Was spricht dagegen? Wir haben keine Zeit zu verlieren, und was riskiere ich denn? Meinen Ruf? Alle wissen längst, wie ich denke, und allen muss klar sein, dass unter diesem Pontifikat eine Theologie des Gehorsams dominieren wird, eine Diktatur des Ewiggestrigen.

Mehr als vier Jahrzehnte des Widerstands hat Feuerbach gegen diese Diktatur hinter sich, nahezu ein *halbes Jahrhundert*. Ohne nennenswerte Erfolge. Denn immer ist das Bollwerk undurchdringlich geblieben, immer haben die Ewiggestrigen den Ton angegeben und versucht, Gottes Weite und Größe in die Enge ihrer Gesetzestexte einzusperren, und immer hat sich der Kardinal gesagt: «Nicht aufgeben!»

Feuerbach hat weitergekämpft für Weltoffenheit, für die Gleichstellung von Mann und Frau in der Kirche, für die Wertschätzung von Andersdenkenden, Andersglaubenden, Anderslebenden – für eine Rückkehr zur vorbehaltlosen, unendlichen Liebe von Jesus, Kern des Christentums. So, wie es in der Ur-Kirche der ersten Jünger gelebt worden ist. Da gab es noch nicht diese *Sklavenmoral* der Schriftgelehrten, die später immer wieder ihre Macht missbraucht und die Herzen der Menschen gegen das Christentum und die Kirche aufgebracht haben.

Vierzig, fünfundvierzig Jahre des Widerstands – in der Tat, was könnte er jetzt noch verlieren? Den Papst gleich heute Vormittag frontal angreifen, das würde sich jedenfalls gut anfühlen. Mindestens so gut wie ein Angriff auf Settaviani, diesen römischen Schäferhund mit dem immer gleichen Gebelle und Gegeifer.

Ich könnte sie *alle* in Bedrängnis bringen, denkt Feuerbach, ich könnte ihnen das Gegenfeuer der Freiheit bieten, das sie verdienen. Und sei es nur für Pater Bergmann und seine Freunde.

Pater Bergmann, ein Bekannter des Kardinals aus Köln. Er gehört zu einem Netzwerk homosexueller Seelsorger in Deutschland und Österreich. Ein Netzwerk, das mit Gruppen aus anderen europäischen Ländern und den USA die Akzeptanz der Homosexualität in der Kirche fordert, und noch mehr: Es soll die «sexuelle Vielfalt» auf Ebene des kirchlichen Lehramts endlich vollständig anerkannt werden.

Zwar gehört Feuerbach nicht zum Netzwerk und ist selber nicht homosexuell, aber das ändert nichts, der Kardinal hält die Forderungen für absolut richtig.

Seit dem Priesterseminar hat er Mühe mit der kirchlichen Sexualmoral, so wie ihm die Diskriminierung der Frau in der Seele brennt. Aber vielleicht ist ihm die Homosexualität inzwischen sogar zur entscheidenden Frage geworden. Denn die Kirche ist nicht zu reformieren und schon gar nicht zu modernisieren ohne eine grundsätzliche theologische Neubestimmung der menschlichen Sexualität. Seit 2000 Jahren hat man die Sexualität – eine gottgewollte Feier des Leibes und der Schöpfung in all ihrem Reichtum – mit der Macht des Lehramts auf eine einzige Lebensform eingeengt und versucht, alles andere von der Kanzel herab zu kastrieren und abzutöten. Lust und Leidenschaft im Laufgitter abstrakter Theorien. Lust und Leidenschaft, wenn sie denn sein müssen, allein zwischen einem katholisch verheirateten Mann und seiner Frau zur Zeugung von Nachkommenschaft, damit die Schäfchen nicht ausgehen.

Und was ist mit der Liebe zwischen zwei Männern, zwei Frauen, ja zwischen freien Menschen in allen möglichen Varianten? Sind die weniger wert?

Feuerbach hat einige dieser Menschen getroffen über die Jahre, mit ihnen Geburtstage gefeiert, heimliche Beziehungszeremonien gestaltet und sie persönlich erlebt. Menschen, die füreinander da sind, einander mittragen, sich einander schenken und nichts anderes wollen, als akzeptiert zu werden für das, was sie sind.

Wir sollten uns *schämen*, denkt Feuerbach unterwegs in den Petersdom und sieht für einen Moment das Gesicht von Pater Bergmann vor sich, das Gesicht mit der randlosen Brille und den etwas zu kleinen, verträumten Augen.

Eigentlich abstrus, wie lange die Kirche schon ihren sexuellen Rassismus gegen solche Menschen predigt! Gegen alle, die anders leben als das Lehramt vorsieht. Unfassbar, wie lange man schon die Liebesbotschaft Jesu pervertiert, wie lange die Amtsträger schon blind sind gegen die Anliegen jener, die gleiche Rechte für gleiche Liebe verlangen, gleiche Würde. Und, historisch gesehen, was für eine Anmaßung! Die Homosexualität ist viel älter als die Kirche, älter als das Judentum und die Antike. Es hat sie schon immer gegeben, in nahezu allen Kulturen, und diese Herren im Vatikan erlauben sich, ihre pergamentfarbenen Knochenfinger der Schriftgelehrten zu erheben und «Sünde!» zu rufen, nur weil jemand anders lebt als in der Buchhaltung ihrer Moral vorgesehen ist?

Aber das ist nicht einmal das Schlimmste, denkt Feuerbach. Das Schlimmste ist, dass diese Leute oft selber homosexuell sind, dass sie mit ihren Verdammungen im Grunde gegen sich selber kämpfen. Dass die Kardinäle und Bischöfe *wissen*, wie viele Homosexuelle es bis in die obersten Etagen der Kirche gibt. Und dass sie das unter dem Deckel halten und ihre Heuchelei zum System erheben, im Dienst des eigenen Machterhalts.

Feuerbach erinnert sich, was ihm Pater Bergmann gestern am Telefon gesagt hat: «Sie werden uns nicht akzeptieren, solange sie selber in ihrer Lüge leben. Wer sich kastriert, kastriert auch andere.»

«Ich verspreche dir», hat Feuerbach geantwortet, «wir werden für euch kämpfen, bis zur letzten Patrone. Denk daran, wir sind nicht allein, das Konzil hat gerade erst begonnen.»

Natürlich wollte er damit nicht nur Bergmann beruhigen und trösten, sondern auch sich selber. Wenn er ehrlich ist, *vor allem* sich selber, denn er hat große Zweifel an den Erfolgschancen des liberalen Flügels. Sicher: Neben der Deutschen Konferenz kämpfen an ihrer Seite etwa ein halbes Dutzend europäischer Konferenzen. Zusammen mit Gruppen aus den USA und Südamerika macht das vielleicht ein Drittel der Versammlung aus. Doch was können sie damit gegen die Mehrheit ausrichten?

Es wird nötig sein, dass Feuerbach *alles* gibt. Und ja, er muss so schnell wie möglich den Papst angreifen. Damit die anderen Oppositionskräfte Mut bekommen, ebenfalls aufzustehen.

Wer weiß, vielleicht ergibt sich diesmal eine echte Debatte, die dazu führt, dass der eine oder andere Unentschiedene unter den Brüdern – von denen gibt es mehr, als man denkt – damit beginnt, Sympathien für die liberale Seite zu entwickeln. Das ist nicht unmöglich, auch wenn natürlich die meisten Würdenträger ausgesprochene Windfahnen und Weichlinge sind. Und natürlich darf man nicht gleich mit dem Thema Homosexualität kommen, sonst schreckt man die lieben Mitbrüder ab. Dieses Thema darf erst später auf den Tisch kommen, idealerweise mit den Unterlagen, die Feuerbachs Team in Köln vorbereitet hat.

Ich muss den Papst *grundsätzlich* angreifen, ganz unabhängig von diesen Sonderfragen, denkt Feuerbach und spürt, wie seine Kopfschmerzen nachlassen.

23

HANK richtet seine Waffe, die *Glock* mit Schalldämpfer, auf Salvatore Vanni und wartet.

Der Italiener hat ihm versichert, dass die Sekretärin erst am Nachmittag ins Büro kommen wird und dass der Teilzeitmitarbeiter heute seinen freien Tag hat – ein bescheidenes Büro, in der Tat.

«Alles nur Tarnung, dein ganzes Büro, nicht wahr? Ich weiß, für wen du wirklich arbeitest.»

Zuerst hat Vanni so getan, als habe er keine Ahnung, wovon Hank spricht, was er damit meint. Er hat so getan, als wisse er nicht, was Hank von ihm will, warum er hergekommen ist. Es musste zuerst ein Schuss fallen, ja, ein Schuss in den Tisch neben Vannis Knie, bevor der Mann endlich Anstalten machte, die Situation ernst zu nehmen.

Inzwischen hat Vanni sein dunkelblaues Sakko ausgezogen, auf dem Hemd unter den Armen haben sich Schweißflecken gebildet.

«Padre Rossi», wiederholt Hank. «Es ist besser, wenn du redest, wenn du mir alles sagst, was du weißt. Wer hat den Auftrag gegeben?»

«Rossi, Rossi», wiederholt Vanni, als helfe ihm das beim Nachdenken.

Aber er redet nicht weiter, macht nur große Augen.

Hank hält die *Glock* weiter auf ihn gerichtet. «Ich weiß, dass du ihn gekannt hast.»

Nun öffnet Vanni den Mund. Er meint, es sei alles ein *Missverständnis*, er wisse wirklich nicht, was Hank wolle, er sei nur ein Angestellter und kenne auch die anderen Männer nicht, von denen Hank spreche, er sei wirklich –

Aber bevor der Satz zu Ende ist, schnellt Hank nach vorne und versetzt ihm mit der Waffe einen Schlag auf die Nase.

«Porca *putta!*»

Die Hände vors Gesicht geschlagen, schreit Vanni auf. Er krümmt sich im Bürostuhl, stampft mit den Füßen auf den Boden.

Hank wartet, bis er seine Hände wieder vom Gesicht nimmt und man die Nase sehen kann, aus der Blut fließt, über den Mund, auf das Hemd und die blau gepunktete Krawatte.

Hank reicht ihm Taschentücher, die er auf dem Lesetisch neben dem Fenster findet. Vanni nimmt zwei Tücher aus der Packung, um die Blutung zu stillen.

Hank gibt ihm Zeit. Dann fragt er: «Sollen wir so weitermachen? Willst du das?»

Vanni schweigt. Er scheint entschlossen, nichts zu sagen. Oder überlegt er sich neue Ausreden? Aber dann gibt er plötzlich zu – Hank ist überrascht –, dass er den Namen Rossi kennt. «Ja, ich habe schon von ihm gehört.»

«Wieso ist Rossi gestorben?»

«Nein», erwidert Vanni schnell, «das war ich nicht.»

«Aber du weißt von Rossis Tod.»

«Das war nicht geplant.» Vanni macht wieder seine großen Augen. «Es war ein Unfall.»

«Wer hat den Befehl gegeben?»

«Wir wollten den Padre nur beobachten, das müssen Sie mir glauben. Nur beobachten. Um herauszufinden, was er über das *RR Dossier* weiß. Aber dann –, es ist außer Kontrolle geraten.»

Soll das Vannis Version sein, seine Geschichte? Rossi hat eines Tages bemerkt, dass er beschattet wurde, also ist er auf seine Beobachter zugegangen oder hat die Konfrontation gesucht, bis es schließlich außer Kontrolle geraten ist?

Konfrontation, Drohungen? Nein, das klingt nicht nach Rossi, ganz und gar nicht nach Rossi.

«Du lügst, alter Mann. Ich sage dir, was passiert ist. Deine Männer haben meinen Freund überwacht und festgestellt, dass Rossi zu viel weiß. Also haben sie beschlossen, auf Nummer sicher zu gehen, und ihn über den Haufen gefahren. Und du hast das Ganze abgesegnet, weil du ein mieses Stück Scheiße bist.»

Vannis Augen, in diesem Moment fast silberhell, werden noch größer. Nein, nein, sagt er, so sei es nicht gewesen – *veramente* –, und auch das mit dem Erzbischof sei ein Unfall gewesen – *un incidente* –, nichts davon geplant, nein, wirklich nichts geplant, kein Befehl, von niemandem!

«Doktor Alexander Martens», fährt Hank ruhig fort. «Wer ist das? Dein Boss? Dein Auftraggeber in Brüssel? Hat *er* euch angewiesen, Rossi und den Erzbischof zu überwachen?»

Vanni wechselt die Taschentücher. Er hält den Blick jetzt gesenkt, auf den Schreibtisch. Vielleicht beeindrucken ihn die Blätter und Briefumschläge auf dem Tisch, die übersät sind mit Blutstropfen und Flecken.

«Alexander Martens, ist das dein Auftraggeber?» Jetzt richtet Hank die Waffe auf Vannis Kopf. «Letzte Chance, alter Mann.»

Für einen Moment scheint sich der Italiener von seinem Platz erheben zu wollen, aber er bleibt sitzen. «Doktor Martens, ja», sagt er. «Er ist der Auftraggeber.»

«Und sein Büro befindet sich in Brüssel?»

«Ja.»

«Wo ist er jetzt, in Brüssel?»

«Ich weiß nicht. Er ist viel unterwegs, in Deutschland, Frankreich, auch –, Italien.»

«Ruf ihn an.»

«Und – was sage ich ihm?»

«Frag ihn, wo er ist. Sag ihm, dass es ein Problem gibt und du ihn treffen musst.»

24

An diesem zweiten Konzilstag folgen die Würdenträger der Einladung des Zentralsekretariats und treffen sich zur sogenannten Generalkongregation. In den nächsten Wochen werden sie sich in kleinere Gruppen zurückziehen, doch für diese erste Sitzung, an der auch der Papst teilnimmt – wie es heißt, um «zuzuhören» –, wurde in einer Aula hinter dem nördlichen Seitenschiff des Petersdoms ein Büffet eingerichtet.

Es ist Monsignore De Castro Sigaud, Erzbischof von Nueva Pamplona, Kolumbien, der beim Kaffee an diesem Vormittag plötzlich verkündet, er habe sich «sehr gefreut» über die gestrige Eröffnungsrede des Heiligen Vaters, denn er glaube fest daran, dass die Kirche eine starke Medizin gegen die Krankheiten der Zeit benötige.

«Wie meinen Sie das?», fragt Falconi, der Patriarch von Venedig, neben De Castro am Büffet mit einer Tasse Tee in der Hand.

Es sei doch klar, erwidert der Kolumbianer, dass etwa der *Hochmut* nicht genüge, um den praktischen Wohlstands-Atheismus von heute zu verstehen. Die Millionen und Millionen von Wohlstands-Atheisten überall im Westen, die Gott nicht nötig zu haben glaubten und die in der Religion nur einen fortschrittsfeindlichen Mythos sähen. Die Millionen und Millionen, die ohne Probleme bereit seien, ihr ganzes Leben und auch das Leben und die Liebe ihrer Kinder auf ein *Zufallsprodukt der Evolution* zu reduzieren. Millionen von Wohlstandsmenschen, die, ohne mit der Wimper zu zucken, das Wunder der Tatsache, dass im Universum *überhaupt etwas existiert* und nicht vielmehr nichts, schlicht damit erklärten, dass es einmal einen großen Weltraum-Knall gegeben habe, der sich selbst hervorgebracht habe, blindlings heraus explodiert aus dem Nichts, um dann wiederum das sich selbst organisierende Alles zu erzeugen, das bis heute die Welt trage.

Wie sehr, fragt De Castro, habe sich die Kirche bisher wirklich angestrengt, um den Grund für diesen Unsinn zu verstehen? Den Grund für die breite gesellschaftliche Akzeptanz einer solch absurden Weltanschauung? Einer Weltanschauung, die weder dem Hunger des menschlichen Geistes noch der Sehnsucht des menschlichen Herzens die geringste Nahrung bieten könne? Einer Weltanschauung, die in der Seele des Menschen nichts weiter sehe als die Unruhe eines komplizierten Affen?

De Castro macht eine dramatische Pause. Nein, sagt er dann, diesen Wohlstands-Atheisten, der statt Gott lieber seine materialistischen Theorien anbete, im ermüdenden Zerstreuungspark seiner Großstädte, in denen schon die Heilige Mutter Teresa seelische Slums erkannt habe – nein, *diesen Menschen* habe die Kirche bisher nicht verstanden! Dieser Mensch leide nicht einfach an Gottlosigkeit, sondern er habe Angst vor der Transzendenz seines eigenen Geistes, Angst vor der alles transformierenden Kraft der Liebe. Denn mit der Liebe sei man auf das Unberechenbare, auf das Unerzwingbare angewiesen und müsse sich aus dem Schrebergarten der Tagesgewohnheiten herausziehen lassen. Die Liebe sei nicht nur schön, sondern entziehe sich der Kontrolle durch das eigene Ich, erzeuge ein Gefühl der Abhängigkeit, deshalb scheue der Mensch Gott, der die Liebe sei.

«Schön und gut», entgegnet Falconi, der mit seiner Teetasse in der Hand geduldig zugehört hat. «Es ist doch nichts Neues, dass gewisse Leute in Gott nur Abhängigkeit oder ein Herrschaftsinstrument sehen. Aber was hilft uns das? Das sind doch alte, abgehobene Debatten.»

Der 52-jährige Kardinalstaatssekretär Spadatora, ein Ziehsohn von Kardinal Feuerbach, nickt den Disputanten jetzt zu. Dann bittet er alle ins Mittelschiff des Doms, wo sich inzwischen auch der Papst befindet.

Gott sei Dank habe die Kirche den *Modernismusstreit* überwunden, sagt Spadatora, als sie im Mittelschiff angekommen sind und er sicher sein kann, dass der Papst ihn hört.

Ja, sagt Spadatora, schon unter Pius X. sei der *Modernismusstreit* für die Kirche destruktiv gewesen, ohne Gewinn für die Menschen, ohne Zuwachs an Barmherzigkeit. Doch genau dies, Barmherzigkeit, brauche die heutige Welt dringend, die spirituelle Unterstützung aller Menschen, unabhängig von Rasse, Geschlecht oder sexueller Ausrichtung.

Für diese Worte erntet der Kardinalstaatssekretär Applaus, zugleich aber auch Widerspruch, so dass sich bestätigende wie tadelnde Zwischenrufe gegenseitig hochschaukeln und Don Alfonso Dosetti vom Zentralsekretariat zum Eingreifen zwingen.

Dosetti bittet um Ruhe und möchte, dass alle auf ihren Stühlen Platz nehmen, damit die Sitzung geordnet ablaufen kann.

Eine Bitte, die wenig bewirkt. Selbst die erfahrenen Kardinalmoderatoren haben Mühe, jene zu bändigen, die durch Spadatoras Einwurf das Ansehen des Heiligen Pius X. beschmutzt sehen. Es sind Geistliche, die sich dagegen verwehren, das für die Kirche wesentliche Ringen mit dem Modernismus schlechtzumachen, ja für *destruktiv* zu erklären. Es sei doch klar, sagen sie, dass Leute wie Spadatora zum Lager von Kardinal Feuerbach gehörten und sowieso nichts anfangen könnten mit der Lehre der Kirche.

«Der Modernismus ist mitten unter uns!», ereifert sich Gaetano Gabbani, Vorsitzender der Italienischen Bischofskonferenz, mit erhobener Hand. «Relativismus, Subjektivismus, Konstruktivismus: Das sind die vergifteten Früchte, die überall im Westen das Fundament des Staates und der Familie zerstören.»

Aufgeregt blickt der Präfekt zu Kardinal Feuerbach, der auf der linken Seite des Raumes sitzt. Der Kardinal reagiert nicht.

Alle, die den Kardinal gut kennen, wissen, dass er im Waffenarsenal seiner Rhetorik stets auch das Schweigen mit sich führt, und vielleicht erscheint ihm dessen Gebrauch nun am angemessensten. Vielleicht ist Feuerbach an der aktuellen Höhenlage der Debatte auch gar nicht sonderlich interessiert und wartet auf würdigere Beiträge, oder er wartet einfach nur darauf, dass sich zuerst sein wahrer Gegner melde, Kardinal Settaviani.

Jedenfalls muss es – daran zweifelt niemand – früher oder später zum Duell zwischen Feuerbach und Settaviani kommen. Zum Duell, das seit Jahren fällig ist und für das es vielleicht sogar dieses Konzil gebraucht hat, damit alle live miterleben können, wie Feuerbach und Settaviani direkt aufeinandertreffen, nachdem sie über Jahre immer nur aus der wohltemperierten Distanz des Akademischen gefochten haben.

Doch genau wie Feuerbach schweigt im Moment auch Kardinal Settaviani und überlässt das Feld den Mitbrüdern.

Zum Beispiel ergreift jetzt der peruanische Erzbischof Medrano das Wort, um an das Motu Proprio ‹Sacrorum antistitum› von Pius X. aus dem Jahr 1910 zu erinnern, das nicht nur den sogenannten *Antimodernisteneid* enthalten habe – einen für alle Hirten verbindlichen Schwur gegen moderne Irrlehren –, sondern auch eine Verurteilung des Prinzips der *Immanenz*. Dieses teuflische Prinzip, so Erzbischof Medrano, reduziere den Menschen auf das in der Welt Gegebene, auf ein Dasein ohne Transzendenz und damit ohne Gott. Ein Prinzip, das heute selbst große Teile der Kirche beherrsche, die ein neues Evangelium verkündeten: das Evangelium eines sich selbst machenden, mit Vernunft und Technik erlösenden Menschen. «Das Endziel ist nicht mehr das Ewige Leben, sondern das Aufgehen des Menschen in den irdischen Realitäten», erklärt Medrano.

Dabei blickt er demonstrativ in Richtung Feuerbach, und für einen Moment scheint es, als lasse sich dieser doch dazu verleiten, sein Schweigen zu brechen; aber er tut es nicht.

Und dann erinnern sich die Väter – bald ist es Mittagszeit – doch noch ans Schema über den ‹Verlust des Heiligen›, das man an diesem Vormittag eigentlich besprechen wollte.

Die Gruppe der polnischen Bischöfe macht den Vorschlag, für das Schema zuerst die *Liturgie* anzugehen. Natürlich habe die heutige Welt in vielerlei Hinsicht einen Verlust des Heiligen zu beklagen, so die Polen. Etwa die Heiligkeit des Lebens von der natürlichen Empfängnis an, bedroht durch die Legalisierung vorgeburtlicher Selektion oder das selbstverständlich gewordene Gift des Abtreibungsfeminismus, ganz zu schweigen von der sogenannten Sterbehilfe. Dennoch sei der Verlust des Heiligen im *Gottesdienst* wichtig. Wenn nämlich die Messe nicht mehr das Hinaustreten aus dem Weltlichen und Alltäglichen bedeute, die Begegnung mit dem Heiligen, um als Mensch an höhere Maßstäbe der Existenz erinnert zu werden, so die polnischen Bischöfe, dann werde auch die Kirche nicht mehr als Schutzraum des Heiligen wahrgenommen, als Fenster für ein göttliches Licht, das hineinleuchten könne in die korrumpierte Verworrenheit der Welt. Dann werde *alles* nur noch im Sinn des Irdischen, Nützlichen beurteilt! Ja, dann werde das Dasein herunternivelliert auf eine selbstzentrierte Gesellschaft, ohne Erinnerung an den Himmel.

Nach diesem polnischen Votum richtet sich die Aufmerksamkeit wie automatisch auf Kardinal Monsewgwo-Kutwa,

Erzbischof von Kinshasa. Dieser wurde vom Papst zum Präfekten der Kongregation für den Gottesdienst und die Sakramentenordnung ernannt und hat letztes Jahr ein vielbeachtetes Buch publiziert, das die Messe als «offene Tür in Gottes Herz» beschreibt, als «Zimmerflucht durch die Zeit», die den Menschen direkt «ins erste Zimmer» führe, in das Zimmer, in dem Jesus das letzte Abendmahl gefeiert habe.

Daher sind nun einige gespannt, was Monsewgwo-Kutwa zum polnischen Votum sagt. Aber erstaunlicherweise meldet sich der Kardinal überhaupt nicht zu Wort, und man fragt sich, ob dies taktische Gründe habe oder ob es mit der Anwesenheit des Papstes zusammenhänge, dergestalt, dass der Heilige Vater ihm vielleicht aufgetragen haben könnte, während der ersten Debatte *grundsätzlich* zu schweigen?

Aber nein, das ist nicht der Grund für das Schweigen. In Wahrheit hat der afrikanische Kardinal die Diskussion nur mit einem Ohr mitverfolgt und ist nicht in der Lage, mit der nötigen Tiefe darauf einzugehen.

Seit einigen Minuten schon ist er nicht bei der Sache, da ihn andere Dinge beschäftigen; unangenehme Gedanken und – bittere Erinnerungen. Bald ist es nämlich Zeit für das Mittagessen, und allein diese Tatsache hat den Kardinal an die Jahre im Kongo erinnert, genauer gesagt an das *vergiftete Essen*.

Der Kardinal kann nicht mehr sagen, ob es sechs oder sieben Attentate gewesen sind, die er damals überlebt hat, aber die Umstände wird er nie vergessen. In Afrika kommt es häufig vor, dass ein politisch unerwünschter Bischof oder Geistlicher von Handlangern des Regimes getötet wird. Wer sich weder kaufen noch dazu bringen lässt, das Evangelium in jenen Bereichen zu verraten, in denen es der regionalen Macht widerspricht – etwa gleiche Rechte für die Frau oder freie Medien –, der lebt gefährlich.

25

WÄHREND der Mittagspause fragt man Monsewgwo-Kutwa schließlich direkt, was er vom Votum der polnischen Delegation hält.

«Verzeiht mir, meine Brüder», gibt er zur Antwort. «Wenn ich sehe, welch schönes Essen wir hier bekommen, in raffinierter italienischer Manier, denke ich an Kinshasa. Das bedrückt mich, denn in meiner Heimat hat man mehrmals versucht, mich zu vergiften. Einmal war es mein Leibwächter, der Gift in die Suppe mischte. Ich verbrachte viel Zeit im Krankenhaus und träume manchmal noch heute, wieder vor jener Suppe zu sitzen und langsam an ihr zu ersticken.»

«Verzeihen Sie *uns*, Eminenz!»

Doch Monsewgwo-Kutwa schickt ein Lächeln über den Tisch und betont, dass er bisher ja noch lebe, dass ihn der Herr noch nicht aus den Verstrickungen der Welt herausbefördert habe. Auch wenn er natürlich oft an seine armen kongolesischen Mitbrüder denke, die *nicht* überlebt hätten, die man während der Messe überfallen, auf der Straße erschossen, verschleppt oder mit einem Nagel in den Kopf getötet habe.

Über diese Schilderung zeigen sich die Brüder betroffen. Sie sind sich einig, dass nur Gott der Herr dies alles tragen und in etwas Besseres, Höheres verwandeln könne.

Jemand erwähnt einen islamistischen Terroranschlag in Indien, über den das Fernsehen letzte Woche berichtet hat. Dann meint Don Alfonso Dosetti, heute Morgen habe er in der Zeitung über weitere Morde in Indien gelesen, *terribile!* In der gleichen Zeitung sei auch ein Bericht über Gewaltbanden in Italien erschienen, ebenso ein Bericht aus Rom, wonach Räuber bei einer Schmuckhändlerin im Zentrum der Stadt 1,2 Millionen Euro erbeutet hätten. Von dieser Summe hätten sich 800 000 Euro als gefälscht herausgestellt, so dass die Polizei nicht nur die Räuber, sondern auch die Schmuckhändlerin verhaftet habe, die wohl Mitglied eines Falschgeld-Clans sei.

«Eine typisch italienische und doch universale Geschichte», erklärt Dosetti. «Wir sind alle wie diese Schmuckhändlerin, die sich über Räuber beklagt und dabei selber kriminell ist.»

«Vero, vero», nicken die Monsignori.

Auch der 96-jährige Nandi Zhao, der Kardinal aus Hong Kong, scheint zuzustimmen. Bisher hat er kaum gesprochen und auch das Essen kaum angerührt, doch die Räubergeschichte hat ihn irgendwie aufgeweckt. Er berichtet von verschleppten Bischöfen in seiner chinesischen Heimat. In China sorgt das Regime seit Jahrzehnten dafür, dass von Rom eingesetzte Hirten verschwinden und durch *patriotische* Hirten ersetzt werden. Dies geschieht bisweilen so geschickt, dass der von der Regierung ausgetauschte Bischof kaum zu unterscheiden ist vom echten, verschwundenen Bischof.

«Das ist unser Los», erläutert Zhao. «Wir müssen immer prüfen, ob der, der vor uns sitzt, tatsächlich der ist, der vor uns sitzt. Und wir müssen immer prüfen, ob wir tatsächlich die Hirten sind, die wir zu sein vorgeben.»

*

Während dieser Diskussion, sechs Kilometer vom Vatikan entfernt, sitzt Hank im Auto.

Genauer gesagt sitzt er neben Salvatore Vanni auf dem Beifahrersitz, die *Glock G30* auf dem Schoß. Sie befinden sich auf einem Parkplatz gegenüber dem Grand Hotel Eden, in der Nähe eines Straßencafés.

Nachdem Vanni seinen Boss, Alexander Martens, angerufen und erfahren hat, dass Martens sich in Rom aufhält, sind sie im VW Polo hergefahren, der Italiener am Steuer, Hank auf dem Beifahrersitz.

Natürlich ist es ein ziemlicher Zufall, dass Martens ausgerechnet heute in Rom sein soll. Gut möglich, dass das gar nicht stimmt, überlegt Hank. Gut möglich, dass Vanni gelogen hat, um Zeit zu gewinnen. Gut möglich, dass er Martens am Telefon sogar irgendwie *gewarnt* hat, mit einer für Notfälle vereinbarten sprachlichen Wendung. Man kann nie wissen. Hank ist sich dessen bewusst.

«Ich hoffe für dich, dass Martens tatsächlich hier ist, alter Mann.»

Vanni, dessen Nase immer noch geschwollen ist, reagiert nicht auf die Drohung. Still sitzt er am Steuer.

Hank wirft einen Blick nach draußen, auf die elegante klassizistische Fassade des Grand Hotels. «Was hat Martens gesagt, wann er Zeit für dich hat?»

«In einer Stunde.»

«Wenn es soweit ist, sagst du ihm, dass du unter vier Augen mit ihm sprechen musst und er runterkommen soll.»

26

Im Petersdom spielt sich am Nachmittag etwas ab, das viele erst im Laufe der kommenden Wochen erwartet haben. Es kommt zum Duell zwischen den Kardinälen Feuerbach und Settaviani, ausgelöst von der harmlosen Bemerkung eines ungarischen Bischofs, das «digitale Wettrüsten» zwischen China und dem Westen sei für die Kirche eine große Herausforderung.

«Der Mensch macht sich selber zum Produkt», erklärt dazu ein Hirte aus Indien und meint, das Internet erzeuge einen solchen Druck der Beschleunigung und Zerstreuung, dass der Gesellschaft eine seelische Verarmung drohe.

«Genug!», ruft Kardinal Feuerbach plötzlich aus und erhebt sich von seinem Platz.

Gestern schon, sagt er, habe man sie gespürt, diese *Dämonisierung der Gegenwartskultur*. «Aufgepasst vor dem Internet, aufgepasst vor den Chinesen, aufgepasst vor den Atheisten!», ruft der Kardinal. «Wann hört das endlich auf? Wann wagen wir es endlich, unsere Mauern einzureißen? Wann wagen wir es, die Freiheit des Menschen zu *feiern* statt zu verdammen?»

Mit einem zitternden Finger zeigt Feuerbach direkt auf den Papst, einige Sekunden lang, dann deutet er auf Settaviani.

Sowohl der Heilige Vater wie auch sein Glaubenswächter, erklärt Feuerbach, würden behaupten, dass man die Gegenwart mitsamt Globalisierung bekämpfen müsse, weil sie den Menschen angeblich in die Versklavung treibe. Dies entspreche ganz der *rechtspopulistischen Propaganda*, wie man sie von reaktionären politischen Kreisen kenne, die nichts anderes täten, als Angst unter den Völkern zu schüren, Angst vor dem Wandel der Gesellschaft, Angst vor der Zukunft, um im Fahrwasser dieser Angst nationalistische und rassistische Ideen neu aufleben zu lassen. Was für eine Schande, so Feuerbach, wenn dieses Gedankengut nun bis ins Innerste der Kirche eindringe! Eine Schande, denn die heutige Welt bedeute in Wahrheit weder Gefahr noch Versklavung, sondern habe einen in der Menschheitsgeschichte nie dagewesenen Wohlstand hervorgebracht, und zwar *gegen die Kirche!* Genau deshalb verachte man in der Kirche diese Epoche. Genau deshalb seien viele Monsignori, Exzellenzen und Eminenzen gekränkt von dieser Epoche, aus dem verletzten Stolz ihres absoluten Wahrheitsanspruchs heraus. Ja, sie seien *eifersüchtig* auf den Erfolg dieser Epoche, auf den Erfolg des aufgeklärten Denkens und Handelns, der die Kirche allein gelassen habe mit ihren Drohgestalten im Beichtstuhl, degradiert zur reinen Zuschauerin der Geschichte.

Feuerbach macht eine Pause und schleudert einen bösen Blick in die Runde. Wann werde man das endlich *verstehen?* Die heutige Welt sei kein Zeichen gegen Gott, sondern nur gegen eine verstaubte Kirche! Wer sich gegen überholte Dogmen wehre, lehne nicht den Himmel ab, sondern nur die religiöse Vormundschaft.

Gott sei weder Gehorsam noch Verbot, sondern Freiheit und Liebe, so Feuerbach. Gott stehe auf der Seite des Fortschritts und der Menschenrechte, während die Kirche diese in den eigenen Reihen ablehne, etwa die Gleichstellung der Geschlechter. Aber hier an diesem Heiligen Konzil wolle man das alles nicht hören und nicht sehen, sondern nur weiter zur Verteidigung der alten Ordnung aufrufen, weiter mit traditionalistischem Furor für den Machterhalt kämpfen. Man wolle jene *Sklavenmoral* verkünden, die schon die römischen Kaiser verkündet hätten, um die Menschen klein zu halten.

Jesus Christus sei ein Revolutionär gewesen, so Feuerbach, der größte und tiefste Liebende der Geschichte, der größte und tiefste Kritiker der Macht. Und ausgerechnet *diesen Jesus* habe man während Jahrhunderten für die Macht missbraucht. Für eine Kirche missbraucht, die nicht mit dem Licht der Offenbarung in den Menschen hineinleuchten wolle, um in ihm Freiheit und Mündigkeit zu entzünden, sondern die das Ohnmächtige und Gedrückte im Menschen gefördert habe, das Ängstliche, Feindselige, lichtscheu vor sich hin Schwärende – bis der Mensch am *Gift der eigenen Unterdrückung* krank geworden sei, bis er jede Lebensfreude und jeden Fortschrittshunger verloren habe. Bis der Mensch in der Sklavenmoral aufgegangen sei, die ihm die Kirche als Demut eingetrichtert habe.

Das alles könne mit diesem Konzil ein Ende haben, so Feuerbach. An diesem Konzil habe die Kirche ihre «letzte Chance» zur Umkehr und könne damit beginnen, endlich wieder das Evangelium ins Zentrum zu rücken, endlich wieder von der grenzenlosen Liebe des Schöpfers zu sprechen.

27

WÄHREND Feuerbachs Rede steht Doktor Alexander Martens – im Osten der Stadt – in der Suite des Grand Hotels Eden. Rasierschaum in der Hand, betrachtet er sich im Badezimmerspiegel.

Vor etwa dreißig Minuten hat Salvatore Vanni angerufen, der ihn in einer «dringenden Angelegenheit» treffen will. Ziemlich sicher geht es um Geld, jedenfalls ist das Samiras Vermutung.

Inzwischen hat Samira das Hotel verlassen, um die *Banca Popolare* aufzusuchen, die unter ihrem falschen Namen ein Konto führt, auf dem die Ermittlungsbehörden nach dem Anschlag Finanzbewegungen finden sollen, welche die «Terrorzelle» mit dem Iran in Verbindung bringt.

Doch an diese Dinge denkt Martens jetzt nicht. Eigentlich denkt er beim Rasieren nur an Samiras Gesicht, an ihre Augen, an den Duft ihrer Haut. Dabei sollte er sich lieber auf Vanni konzentrieren, den er gleich treffen muss, im Café gegenüber dem Hotel.

Heute Morgen hat Martens gespürt, wie ruhig und zufrieden Samira war. Zufrieden mit sich, zufrieden mit ihrer Beziehung, zufrieden mit dem Verlauf des *Projekts Aula*. Noch heute werden sie in verschiedene Flugzeuge steigen und Rom verlassen, er in Richtung Brüssel, Samira in Richtung Istanbul und von dort weiter nach Kalifornien.

Martens hat es nicht übers Herz gebracht, ihr von den Zweifeln zu erzählen, die ihn in der Nacht gequält haben. Zweifel an den unberechenbaren Folgen des Anschlags, sofern sie morgen tatsächlich einen toten Papst im Namen des

Islam produzieren und damit die Weltöffentlichkeit durch-schütteln werden. Zweifel, dass sie damit übers Ziel hinaus-schießen und am Ende selber getroffen werden. Martens hat mit dem Gedanken gespielt, das Ganze zu stoppen, und wollte Samira dazu überreden – hat es zum Glück aber nicht getan. Er ist irgendwann eingeschlafen, und heute früh hat ihm Samira, ohne es zu wollen, seine alte Entschlossenheit zurückgegeben.

Sie haben über die päpstliche Eröffnungsrede zum Konzil gesprochen, die internationale Beachtung gefunden hat. Viele Kommentatoren verweisen auf die Papstaussage, wonach eine «globalistische Elite» in armen Weltregionen «Gott spielt». Diese Formulierung ist für Samira eine Anspielung auf die *Foundations*. Wen sollte der Papst sonst damit meinen? Er wollte sie offensichtlich vor laufenden Kameras wissen las-sen, dass der Vatikan über die Sterilisationsprogramme in Afrika Bescheid weiß und das *RR Dossier* kennt.

«Zum Glück schlagen wir morgen zu», hat Samira gesagt.

Natürlich liegt sie damit richtig, keine Frage, und natür-lich kommt sich Martens dumm vor, dass er überhaupt auch nur mit der Idee gespielt hat, das Ganze abzubrechen.

Inzwischen ist er rasiert und hat sich umgezogen. Er ver-lässt die Suite und bekommt, auf dem Weg nach unten, eine SMS von Vanni, der ihm mitteilt, er sitze bereits im Straßen-café und – *aspettando* – warte auf ihn.

Es muss wirklich dringend sein, und es muss, wie Samira vermutet, um Geld gehen. Als Martens draußen die Straße überquert und den Blick über die runden Tische mit Son-nenschirm gleiten lässt, kann er Vanni nirgends erkennen.

Er sieht nur eine Gruppe Frauen und, am Tisch ganz rechts, zwei Männer. Martens möchte im Inneren des Cafés nachschauen, doch dann öffnet sich, ein paar Schritte ent-fernt am Straßenrand, die Tür eines Wagens.

Martens erkennt durch die Windschutzscheibe – ein VW Polo – Vannis Gesicht. Er zögert, für den Bruchteil einer Sekunde, und geht dennoch auf ihn zu.

Fast im selben Moment steigt ein Fremder aus dem Wagen, auf der Beifahrerseite, in der rechten Hand etwas, das wie eine Waffe aussieht. Es *ist* eine Waffe, und Martens – seltsam leicht, unwirklich wie im Traum – bleibt stehen und blickt zu Vanni, der reglos hinter dem Steuer sitzt.

Als der Italiener den Motor startet, fordert ihn der Fremde mit der Waffe zum Einsteigen auf.

Der Fremde wird, wenn es sein muss, seine Waffe gebrauchen; Martens kann es spüren und sehen, in seinen Augen. Oder es liegt an der Stimme des Fremden, die ruhig und sicher klingt, fast freundlich, als wäre es das Selbstverständlichste der Welt, dass Martens jetzt mitkommt, dass es dazu keinerlei Alternative gibt, nicht einmal den *Gedanken* an eine Alternative.

Minuten später, als Martens tatsächlich auf dem Rücksitz des Polos sitzt und Vanni losfährt, ärgert er sich über seine Verschlafenheit, über diese Sekundenschwäche, die ihn dazu gebracht hat, sich von der Erscheinung des Fremden beeindrucken zu lassen, statt sofort die Flucht zu ergreifen und sich der Situation zu entziehen.

Nun ist es zu spät. Er sitzt im Wagen, der Fremde mit der Waffe neben ihm, Vanni am Steuer.

Als sie in der Umgebung um Tivoli ein offenes Feld erreichen – Pappeln, verblühtes Grasland –, lässt der Fremde den Wagen stoppen.

Die Gegend wirkt einsam. Er zwingt sie auszusteigen, dann nimmt der Fremde Vannis Mobiltelefon an sich und lässt den Italiener weggehen, aufs Feld mit den Pappeln.

Seltsam, dass auch Vanni einfach gehorcht und sich langsam über die Grasfläche entfernt; ein einziges Mal schaut er zurück, weil ihn wahrscheinlich die Angst packt, der Fremde könne ihn von hinten erschießen, hier, an diesem verlassenen Ort – aber nichts dergleichen geschieht.

«Jetzt fährst du», sagt der Fremde zu Martens.

Dies ist die zweite Chance – vielleicht auch die letzte – den Kerl zu testen und sich zu verweigern.

Aber erneut hält ihn etwas davon ab, erneut fügt er sich. Was immer es ist, wie sehr sich Martens auch immer täuschen und später über seine Feigheit ärgern mag: Er möchte keinen Fluchtversuch riskieren und setzt sich ans Steuer des VW Polo, der Fremde neben ihn auf den Beifahrersitz.

Die Fahrt geht weiter, und als Vanni und die Pappeln außer Sichtweite sind, hört Martens sich selber sagen: «Ich weiß nicht, was Sie wollen. Sie haben den Falschen erwischt.»

Der Fremde antwortet nicht.

Nach etwa fünf Minuten erreichen sie eine Kreuzung. Sie biegen links ab, in einen schmaler werdenden Weg, der zu einer Absperrung führt.

Hinter der Absperrung befindet sich eine Baustelle, auf der man Männer mit Helm sehen kann.

«Fahren Sie da rüber», sagt der Fremde und deutet zum Waldrand.

28

Iᴍ Petersdom legt sich im Anschluss an Feuerbachs Rede ein leise durchrascheltes Schweigen über die Versammlung, wie ein Mantel, in den sich die Würdenträger hüllen, um abzuwarten. So lange, bis sich der Präfekt der Glaubenskongregation von seinem Platz erhebt, Kardinal Settaviani. Wer sonst soll jetzt das Wort ergreifen?

Zuerst wirft Settaviani einen Blick zum Papst, als müsse er sich vergewissern, dass der Heilige Vater noch da ist. Dann wendet er sich den Bischöfen, Erzbischöfen, Kardinälen und Patriarchen zu und verfällt, fast unmerklich, in ein Nicken.

Ja, beginnt er, Mitbruder Feuerbach habe in seiner Rede Wahres gesagt. Wahres zu den Sünden der Kirche, Wahres zum Machtmissbrauch in den eigenen Reihen. Ja, es habe in der Geschichte immer wieder Hirten gegeben, welche die Verkündigung Gottes mit einer Verdammung der Lebensfreude und der menschlichen Freiheit verwechselt hätten.

Doch sei dies nur eine Seite der Medaille, sagt Settaviani. Die andere Seite sei die Tatsache, dass es in der heutigen Zeit keinem einzigen Menschen helfen werde, wenn man – nach der Verdammung der Welt im Namen der Kirche – nun umgekehrt dazu übergehe, eine *Verdammung der Kirche* im Namen der Welt zu betreiben. Doch genau eine solche ideologische Umkehrung habe Mitbruder Feuerbach in seiner Rede exemplarisch vorgeführt! Er habe die Lehre der Kirche schlecht gemacht und dabei den Eindruck erweckt, dass dieses Schlechtmachen den Menschen von heute helfe, wieder zu Gott zu finden.

Das sei aber ein großer Irrtum, sagt Settaviani. Eine Heiligsprechung der Postmoderne bei gleichzeitiger Verdammung der kirchlichen Tradition – nein, das führe weder zu Gott noch zur Heiligung des Lebens! Denn welche Fortschritte habe diese Postmoderne eigentlich aufzuweisen, an die sich die Kirche, um das Leben zu heiligen, so dringend anpassen müsse? Medizin, Technologie, Wissenschaft? Ja, natürlich: In diesen Bereichen dürfe man erstaunliche Errungenschaften bewundern, doch seien dies auch *moralische* Fortschritte? Bessere Computer, Operationen, Handys, Flugzeuge: Bedeuteten diese Dinge eine Evolution der Seele und Humanität?

Davon könne nicht die Rede sein! Vielmehr bildeten sich unter der Oberfläche dieser Kultur – eine vor allem *technisch* getriebene Kultur – zunehmend Entfremdungen des Menschen, eine Seelenwüste, die sich rasch ausbreite und unter der Sonne der digitalen Optimierung die Herzen austrockne. Jedes Jahr 900 000 Selbstmorde und ein Millionenfaches an Depressionen und Erschöpfungszusammenbrüchen. Jedes Jahr eine fortschreitende Verschmutzung der Umwelt und Beschleunigung der Klimakatastrophe. Jedes Jahr 30 Millionen Scheidungen und 52 Millionen Abtreibungen.

«Ist das die fortschrittliche Welt, an die wir uns anpassen sollen, um das Leben zu heiligen?», fragt Settaviani. «Sollen wir Mutter Teresa vergessen, die uns gewarnt hat, dass der größte Zerstörer des Friedens in der Moderne der Schrei der Natur und der ungeborenen Kinder sein wird? Dass die reichsten Nationen die Umwelt zerstören und das Töten von Babys im Mutterbauch als Menschenrecht feiern werden? Dass diese Nationen der größten *moralischen Armut* verfallen würden?»

Settaviani macht eine Pause. Für einen Moment scheint es, als habe er Mühe mit dem Gleichgewicht. Er muss sich an einem Tisch abstützen.

Man müsse jetzt doch einmal fragen, fährt der Kardinal fort, wie *frei* der heutige Mensch denn wirklich sei, seitdem er der Kirche den Rücken gekehrt habe? Die meisten Menschen im Westen hätten doch nur die Wahl, mit dem Strom zu schwimmen, ihre beruflichen Leistungen zu verbessern und als Belohnung in der Freizeit neue Produkte, Erlebnisse und Lebensabschnitts-Partner zu konsumieren. Wer sich widersetze, wer auf der Suche sei nach unverzweckten, verbindlichen Begegnungen, nach Tiefe, Geist, Transzendenz – wer sogar offen gegen die Totalverwertung des Lebens Stellung beziehe, der stehe schnell am Rand dieser Gesellschaft, so Settaviani.

Und was sei eigentlich mit der modernen Frau, der es angeblich so gut gehe ohne die Last traditioneller Familienbande, fragt der Kardinal weiter. Habe der Feminismus diesen Frauen tatsächlich Freiheit und Unabhängigkeit gebracht? Sei der Feminismus in Wahrheit nicht längst von der neoliberalen Ideologie, von der Logik der Wirtschaft und des Wettbewerbs, instrumentalisiert worden? Heute gelte doch nur eine wirtschaftlich produktive, rentable Frau als modern. Heute folge doch überhaupt alles dieser Logik: Freundschaft, Sex, Kinder, selbst Lebenskrisen seien nur noch Unterbrechungen der Produktivität und des Konsums. Eine Herrschaft der Daseinsverwertung, sekundiert von Krippen, Menschenbörsen für alle Lagen und, im nach-produktiven Alter, von chemischen Mitleidstötungen.

«Nein», erklärt Settaviani. «Das Lied der großen Freiheit kann ich angesichts dieser Zustände nicht singen! Es ist ein blindes Lied, ein Lügenlied – und nicht einmal ein neues. Bereits im letzten Jahrhundert hat uns der russische Dichter Solschenizyn davor gewarnt, dass die westliche Gesellschaft vor dem Materialismus in die Knie geht. Im Osten der Bazar der Partei, im Westen der Jahrmarkt des Handels.»

Settaviani hebt warnend seine rechte Hand. Wenn der Mensch ganz in der Dynamik seiner politisch-wirtschaftlichen Bedingungen aufgehe, sagt er, dann behandle er sich bald nur noch als findiges Tier, dann könne er dem Sog von Globalisierung und Digitalisierung nichts mehr entgegenhalten. Längst gehe es nicht mehr um äußere Formen des Klassenkampfs, sondern es habe sich eine neue, verinnerlichte Form des Kapitalismus durchgesetzt. Die Kapitalisierung des eigenen Ich. «Ich beute mich aus im Glauben, dass ich mich verwirkliche», so die Logik dieser neuen Form von Ausbeutung.

Am Ende gehe es um den Verlust des inneren Menschen, sagt Settaviani, um den Verlust des Heiligen im Sinn der Gottesebenbildlichkeit. Deswegen müsse man *gerade heute* die Lehre der Kirche hochhalten – und nicht niedermachen! Denn wer sonst, wenn nicht die Kirche, habe die geistlichen und seelischen Ressourcen, um Widerstand zu leisten? Für die wahrhaftige Liebe zum Nächsten, zum Schwachen und Unbrauchbaren? Wer sonst, wenn nicht die Kirche, könne der digitalen Zivilisation ein menschliches Gesicht verleihen? Die Moral der Hingabe für den Anderen könne man nur dann eine kirchliche Sklavenmoral nennen, wenn man den schwachen Menschen, den bedürftigen, ohnmächtigen Menschen überwinden wolle. Wenn man eine Gesellschaft für *untergangswürdig* halte, die von der bleibenden Bedürftigkeit und Schwachheit ausgehe.

«Was unser Mitbruder Feuerbach also den Fortschritt der Zeit nennt», erklärt Settaviani, «das nenne ich einen Fehlschlag, einen Kult der Optimierung auf Kosten der Bedürftigen und Schwachen. Was unser Mitbruder Sklavenmoral nennt, das nenne ich die einzige Hoffnung auf eine Kultur der Liebe, der Hingabe und des Verzichts.»

29

Aus dem Schatten des Waldrands, in dem der VW Polo seit einer knappen Stunde steht, beobachtet Hank die gesperrte Straße.

Langsam nähert sich auf der anderen Seite ein Bauarbeiter – oranger Overall, Helm, Schultertasche – und geht vorbei, ohne den Polo zu beachten. So wie die anderen Bauarbeiter, die auf dem Weg in den Feierabend vorbeigekommen sind.

Ab und zu fährt ein Auto vorüber, sonst scheint hier nicht viel los zu sein. Hank lehnt sich im Beifahrersitz zurück. Soll er Alexander Martens anstoßen oder rütteln, damit er wieder zu sich kommt?

Hank hat ihn, ohne es zu wollen, vor etwa zehn Minuten bewusstlos geschlagen, nachdem der Mann versucht hatte, nach der Waffe zu greifen. Seit dem Schlag auf den Kopf rührt sich Martens manchmal, zusammengesunken hinter dem Steuer, zuckt mit den Schultern oder bewegt die Hand, aber es geht eine ganze Weile – das Goldlicht draußen wird kühler –, bis er endlich mit den Augen blinzelt.

Martens hebt den Kopf, als müsse er die Armaturen vor sich betrachten, um zu begreifen, wo er sich befindet.

«Kopfschmerzen», sagt er leise.

Als er Hank an seiner Seite bemerkt, scheint er sich an das Vorgefallene zu erinnern.

«Sie haben mich …, wir sind …», aber er spricht nicht weiter.

Hank richtet die *Glock* auf ihn. «Fangen wir von vorne an. Vanni, Rossi, Erzbischof Algermissen.»

Vorher hat Martens die ganze Zeit so getan, als habe er nichts mit dem zu tun, was Hank ihm erzählt, als würden ihm die erwähnten Namen nichts sagen.

Auch jetzt scheint er so weitermachen zu wollen. «Ich kenne keinen Herrn Rossi. Es tut mir leid, was mit ihm geschehen ist.»

«Und was *ist* mit ihm geschehen?»

«Ich weiß es nicht.»

«Algermissen starb in seiner Wohnung, Rossi auf der Straße. Wer hat den Befehl gegeben?»

«Befehl? Nein, nein.»

«Du steuerst Vannis Gruppe, es macht keinen Sinn, es zu leugnen. Ich weiß auch von Afrika und den *Foundations*.»

Martens scheint zu überlegen, schließt für einen Moment die Augen. «Wer hat Sie geschickt? Baltimore? Istanbul? Der Vatikan?»

«Vergiss Baltimore. Istanbul, der Vatikan – interessiert mich nicht. Mich interessiert nur Rossi. Ich zähle jetzt bis Drei, dann jage ich dir eine Kugel ins Bein, verstehst du? Ich habe viele Kugeln mitgenommen, kann ein langer Abend werden.»

Martens wiederholt, dass er nichts über Rossi sagen könne, dass es ihm leid tue und er wirklich keine Ahnung habe, um was es gehe. Und dann: «Wir sind eine humanitäre Stiftung, verstehen Sie? Wir kämpfen gegen Armut, für Frauenrechte, für das Wohl aller Völker.»

Hank zielt auf Martens' rechten Oberschenkel und spürt den Schweiß in seiner Hand. Er spürt – auf einmal – den Widerstand des Abzugs, spürt irgendwo in der Tiefe Hitze aufsteigen, wie ein schlagartiges Fieber.

Er muss an Rossis Gesicht denken, an Rossis Stimme, und erinnert sich an *Scarface*, den Gangsterfilm, den sie zusammen im Kino gesehen haben.

177

«Warum soll Vanni *lügen*? Warum soll er sich das mit Afrika ausdenken?»

«Afrika», wiederholt Martens, dann verstummt er, als sei es sinnlos, weiterzusprechen.

Vielleicht ist ihm tatsächlich nicht klar, was er angerichtet hat, überlegt Hank. Vielleicht ist diesem Kerl nicht klar, welche Folgen seine Anweisungen gehabt haben; die ferngesteuerten politischen Spiele aus Brüssel, die er als Bürogummi vielleicht schon so lange aus der Deckung heraus spielt, dass es ihn nicht mehr berührt oder kümmert, wenn etwas schief läuft, wenn andere dabei draufgehen.

«Du willst wirklich sterben?»

Der Schweiß in der Hand, das Gewicht der Pistole – Hank *muss* abdrücken. Und er wird es tun, ja, er wird es tun. Aber erst, wenn der Kerl es zugegeben hat, wenn er *alles* zugegeben hat.

«Sie haben den Falschen erwischt», sagt Martens.

Erneut denkt Hank an den Kinobesuch mit Rossi, wie sie nachher zusammen in die Disco gegangen sind, weil Rossi tanzen wollte. Er erinnert sich, wie Rossi durch die Lichter gewirbelt ist mit der Energie einer neuen Freiheit, wie er den Frauen Drinks spendiert hat.

Besser sofort abdrücken. *Kopfschuss.* Der Kerl wird nie verstehen, dass Rossi ein Stück Gold im Scheißdreck der Welt gewesen ist. Er wird nie verstehen, dass Rossi sich immer geweigert hat, seine Liebe zu den Menschen aufzugeben, und dass man ihn zum Dank dafür wie einen Köter über den Haufen gefahren hat.

Hank zielt auf Martens' Kopf, zwischen die Augen, um nicht in die hellblaue Müdigkeit seines Blicks sehen zu müssen. Er *will* abdrücken, natürlich, doch der Finger *rührt sich nicht.* Wie kann er gerade jetzt, in diesem Moment, so ein beschissener Schwächling sein?

Die Anstrengung, die es ihn plötzlich kostet, die Waffe hochzuhalten, als würde sich die ganze Spannung im Wagen, als würden sich alle Fragen und Ängste im Schweiß seiner Hand sammeln.

Plötzlich schnellt Martens nach vorne, unglaublich schnell. Hank reißt die Pistole hoch und feuert sie ab, ohne es zu wollen.

Trotz Schalldämpfer platzt der Schuss blitzhell zwischen ihren Gesichtern auf und knallt durch die Wagendecke. Sie kämpfen, schlagen aufs Armaturenbrett, stoßen gegen die Tür und wieder zurück in den Sitz.

Martens beißt ihm in die Hand und schreit auf, beginnt um sich zu schlagen, während Hank versucht, die Kontrolle zurückzugewinnen. Dabei löst sich ein zweiter Schuss. Das Seitenfenster neben Martens Kopf zuckt unter dem Einschlag spinnwebenhaft zusammen.

«Nein!»

Wieder fuchtelt Martens mit den Händen, macht die Faust, schlägt Hank ins Gesicht. Explodierende Sterne und ein paar Sekunden, bis Hank wieder da ist. Sekunden, während denen Martens die Fahrertür aufstößt und ins Freie entkommt.

Als Hank ebenfalls nach draußen stürmt, kann er sehen, dass Martens bereits unterwegs ist zur Absperrung, hinter der sich die Baustelle befindet. Die Entfernung beträgt etwa zwanzig Meter.

Martens hat die Absperrung schon fast erreicht, als Hank mit der Waffe auf ihn ansetzt. Er drückt ab und – verfehlt.

Die Kugel stanzt ein Loch ins Blechschild ‹Attenzione lavori in corso›. Martens verschwindet hinter der Absperrung.

Als Hank die Stelle erreicht, sieht er das mit Maschinen und Material vollgestellte Gelände. Er sieht, wie Martens auf der linken Seite unter einem Gerüst hindurchhuscht, wie er stolpert und – hinfällt.

Hank rennt los, vorbei an Markierungen, Zementsäcken und einem Presslufthammer, während Martens wieder auf die Beine kommt.

Martens scheint zu humpeln. Er geht in Richtung eines gelb gestrichenen Baukrans. Hank feuert erneut. Die Kugel schlägt in den Boden; kleine, hochwirbelnde Staubwolken.

Martens erreicht den Baukran, und Hank feuert ein viertes Mal. Diesmal trifft er Martens' Bein, während irgendwo hinter ihnen das Geräusch eines Autos vorbeirauscht.

«Hilfe!» schreit Martens. «*Aiuto!*»

Er presst die Hand auf sein Bein und lässt sich auf einen Stapel Zementsäcke fallen. Hank bleibt ein paar Schritte vor ihm stehen.

«Letzte Chance. Sag mir die Wahrheit.»

Martens schnappt nach Luft: «Ich – weiß – nicht.»

Keuchend hebt er die Hand, wie um abzuwinken.

Hank zielt auf seinen Kopf und wartet eine Sekunde, zwei Sekunden, aber der Kerl sagt nichts. Erneut kann Hank das Geräusch eines vorbeifahrenden Autos hören, oder nein, diesmal klingt es nach einem Lastwagen.

Das Geräusch wird lauter. Und lauter. Eine Vibration im Boden unter ihren Füßen. Dann plötzlich öffnet sich neben Martens die Erde und beginnt, Leitkegel und Leuchter in die Tiefe zu reißen, Stromverteiler und Gerüststangen.

Die verdammten *Hohlräume* unter der Stadt, denkt Hank! Er kann sehen, wie die Zementsäcke, auf denen Martens sitzt, nach vorne rutschen, wobei sich Martens am obersten Sack festhält, wie auf einem fliegenden Teppich, und damit ins Loch fällt.

Hank versucht wegzuspringen, während der Baukran zu Boden kracht. Dann liegt Hank auf dem Boden, greift um sich, auf einer zitternden, schiefen Ebene, kann sich nir-

gends festhalten und rutscht hinab – in die Schatten eines
Ortes, der augenblicklich von Stille überflutet wird.

*

Hohlräume.

Das erste Wort, das durch Hanks Kopf schwimmt, als er
wieder zu sich kommt. Was ist passiert, wie lange war er –
bewusstlos? Hat er sich den Kopf angeschlagen? Und sein
Bein, ist das Blut?

Ja, und der Rücken schmerzt. Aber er kann sich bewegen.
Staub. Der Geruch von Staub. Und Sand unter ihm. Er
hebt den Kopf, vorsichtig.

Er erkennt eine schattendurchkreuzte, dämmrige Höhle,
wie eine Katakombe. Steine, vielleicht der im Boden versin-
kende Verlauf einer alten Mauer und weiter vorne – das Gerüst des Baukrans, wie ein großes, verkrümmtes, nach oben
verdrehtes Gerippe.

Wo ist Martens? Unter den Trümmern? Und wo ist die
Glock?

Hank wartet, bis das Schwindelgefühl nachlässt und er
wieder stehen kann. Nein, er blutet nicht, jedenfalls nicht am
Kopf. Langsam tastet er sich vor, mit Schmerzen im Bein.

Er kann Martens nirgends ausfindig machen, auch nicht
die Waffe. Aber er erkennt am Boden Zementsäcke. Der Tag
da oben – an der Oberfläche – ist vielleicht fünf oder sechs
Meter entfernt und dringt zu ihm herab wie dicke, graue
Nebelstreifen.

Hank erkennt staubbedeckte Teile einer Mauer, und
Pflastersteine, die eine Art Pfad bilden. Beim Gerüst des
Krans angekommen, versucht er sich hochzuziehen, an die
Oberfläche.

Der Schenkel brennt, aber in den Armen ist genug Kraft.

Er kann es schaffen, wenn das herunterhängende Gerüst nicht auseinander bricht. Er kann es schaffen wenn …

Plötzlich ein Stoß von hinten.

Es ist Martens, der sich irgendwo versteckt haben muss, oder der bisher ebenfalls bewusstlos gewesen ist. Er klammert sich an ihn, krallt sich fest. Sie schlagen gegen eine Mauer – herunterrieselndes Gestein – und drehen sich weiter, wobei Martens beginnt, ihn mit den Armen von hinten zu würgen.

Hank schafft es zuerst nicht, den Kerl abzuschütteln, spürt das Gewicht, den Schweiß von Martens' Armen und Händen. Dann kann er sich rückwärts gegen eine Wand werfen, so dass Martens mit dem Rücken dagegen prallt. Hank versetzt ihm mit dem Hinterkopf einen Schlag ins Gesicht, aufs Nasenbein.

Martens taumelt weg, durch die Schatten des Gerölls, aus dem, wie Hank sehen kann, säulenförmige Artefakte ragen. Sie wanken, stöhnen, kämpfen weiter, durch die im Halbkreis angeordneten Überreste eines – Tempels? Hank bemerkt Treppenstufen, die im Boden versinken, an der Wand die Geisterformen verblichener Fresken.

Und wieder versucht Martens ihn zu würgen, von vorne diesmal, mit blutverklebten Händen. Sie fallen zu Boden, rappeln sich hoch, stoßen gegen Steine, oder nein, gegen herumliegende Teile einer Statue.

Es ist der große, marmorhelle Arm eines vergessenen Kaisers oder Gottes. Und weiter drüben die dazu gehörende Titanenhand, kalt in der Erde steckend, mit dem Zeigefinger nach oben.

Hank kann sehen, wie Martens sich auf die Hand zubewegt, kann sehen, wie er einen Moment stehenbleibt und sich krümmt, hustend, keuchend, die Hose über dem angeschossenen Bein blutgetränkt, die Nase triefend, der Rest blass wie die Mauern, die sie umgeben.

Martens öffnet den Mund, als wolle er Hank etwas sagen, als wolle er endlich *reden*, aber er sagt nichts, wankt wie betrunken, das Hemd aufgerissen, die Haare zerzaust, vermischt mit Schweiß und Staub. Er streckt die Arme aus, um Halt zu suchen, findet Teile einer Mauer, lehnt sich dagegen, die Mauer bricht ein.

Hank erkennt die Marmorstatue, die hinter der Mauer steht, mit dem fehlenden rechten Arm. Die Statue, die durchs Wegbrechen der Mauer aus der Makellosigkeit ihres Schlafs gerissen worden ist und nun auf Martens stürzt. Aber es ist nicht ein Kaiser oder Gott, der ihn unter sich begräbt, sondern eine Göttin – mit der gleichgültigen Schönheit der Unsterblichen, die Augen leer nach oben gerichtet, zum Himmel, der nirgends zu sehen ist.

30

Aɴ diesem Abend, nach der langen Anstrengung des Zuhörens im Petersdom, nach den Appellen, Reden und Gegenreden im Hin und Her der Konzilsväter, bittet der Papst seinen Freund Corelli in den Apostolischen Palast.

Der Papst ist froh, dass der Tag zu Ende geht. Er lässt Käse, Oliven, Tomaten und Wein kommen, auf seine private, vom Petersplatz aus nicht einsehbare Loggia.

Über den beiden Freunden spannt sich ein bewölkter Abendhimmel, in der Ferne die dahinziehenden Lichter des Straßenverkehrs, während sie anstoßen und trinken.

Der Papst deutet auf den Aschenbecher, den er ebenfalls hat kommen lassen. Er wartet, bis Corelli sich eine *Gitanes* angesteckt hat.

«Nun, was denkst du?»

Der Freund lehnt sich zurück, lässt sich Zeit. «Ich bin nicht sicher. Ich frage mich, ob deine Hirten die heutige Lektion verstanden haben.»

«Welche Lektion?»

«Dass es ein guter Tag war, eine gute Seeschlacht.»

Der Papst stutzt. Nein, *so* würde er den Tag auch nicht unbedingt zusammenfassen, gewiss nicht. Erschöpft, wie er sich fühlt, und leer – oder nein, nicht leer, sondern geschwächt, irgendwie *lahmgelegt*.

Der Papst kann sich nicht erinnern, wann er sich das letzte Mal so gefühlt hat. Dabei hat er von diesem Tag etwas Anderes erwartet, etwas ganz Anderes. Aber was genau?

Wenn er ehrlich ist, kann er das nicht sagen. Das Einzige,

was er im Moment sagen kann: Er wollte mit Corelli allein sein – und Wein trinken.

«Warum war es für dich heute ein guter Tag?», will der Papst wissen.

Der Freund lässt bläuliche Dunstfahnen über der Loggia hochsteigen. Für einen Moment scheint er zu lächeln.

«Der Dienst in der Kirche ist eine Schlacht, die nie zu Ende geht und die wir mit dem Älterwerden meiden, weil der Aufwand jährlich steigt und der Ertrag jährlich sinkt, weltlich gesehen.»

«Aha.» Der Papst nimmt sich eine Olive. «Und was bedeutet das?»

«Was ich gesagt habe.»

«Du meinst, die Konzilsväter sind zu alt? Sie haben vergessen, dass man immer kämpfen muss, auch wenn die Erfolge nachlassen?»

«So ungefähr», erwidert Corelli. «Vielleicht versteht der eine oder andere deiner Hirten das. Aber wer will leiden? Wer will sich *wirklich* immer ganz riskieren und sich anlegen mit den Mächten der Zeit, sich sogar opfern gegen die Mehrheitsstimmung? Wer hat Lust aufs Kreuz? Darauf, dass die Leute nicht merken, dass du das Leben liebst, dass sie dich stattdessen anspucken, dass sie dich hassen, weil sie dich als Feind ihrer Wünsche sehen. Wer möchte diese Spucke im Gesicht?»

Der Papst schenkt seinem Freund Wein nach. Natürlich weiß er, was Corelli meint. Das gehört nun einmal alles zur christlichen Existenz. Aber das ist es nicht, was den Papst beschäftigt, das ist es nicht, was ihn bedrückt – und was er eigentlich mit Corelli besprechen wollte.

«Ich werde die Versammlung morgen mit dem *RR Dossier* konfrontieren», sagt er jetzt. «Ich will wissen, wer mit diesen Stiftungen gemeinsame Sache macht. Was meinst du?»

Corelli gibt keine Antwort. Stattdessen nimmt er sich ebenfalls eine Olive, dann ein Stück Käse.

Natürlich gibt er keine Antwort, weil er wohl spürt, sicher sogar – Corelli ist immer noch Corelli –, dass es letztlich auch nicht das *RR Dossier* ist, das den Papst umtreibt.

«Du bist in einer eigenartigen Stimmung, Heiliger Vater.»

Eigenartig, das kann man wohl sagen. Corelli hat wie immer die Nase.

Die Stimmung des Papstes ist so eigenartig, dass er sich vor seinem Freund fast dafür schämt. Ja, er schämt sich dafür, dass er bisher lauter Dinge angesprochen hat, die ihm in Wahrheit gleichgültig geworden sind. Vor allem diese ganze Dossier-Geschichte: Das Verlangen nach Überführung der Schuldigen hat den Papst im Grunde schon vor Tagen verlassen. Da ist nur noch die Trauer um die toten Mitbrüder, ja, die Trauer um die Toten.

Und dann ist da noch ein Gedanke an Padre Bearzot auf dem Monte Argentario. Überhaupt muss der Papst in letzter Zeit häufiger an die guten Leute denken, die ihm Gott auf seinen Lebensweg mitgegeben hat. Bei aller Verschiedenheit der politischen Standpunkte und Temperamente sind sich alle Priester, die der Papst schätzt, am Ende stets darin einig gewesen, dass die Abgründe des Menschen keinen Vorwand dafür bilden dürfen, das Gute und Heilige zu übersehen. Oder das Gute und Heilige nicht mehr zu *verteidigen*. Dass man im schlimmsten Mörder Jesus begegnen kann. Und dass Trost und Liebe nicht durch große Regierungsprogramme, Visionen oder Geldmengen in die Welt kommen, sondern durch den Einzelnen, durch das hörende Herz des Einzelnen.

Nun schildert der Papst dem Freund diese seine Gedanken. Corelli hört ihm mit ruhigen, dunkel glänzenden Augen zu.

Der Papst redet weiter, fühlt sich nach und nach freier werden, so frei wie lange nicht mehr.

Dann, nachdem sie erneut angestoßen haben, erwähnt Corelli den kürzlich verstorbenen Jesuiten Henzinger, den Professor für Dogmatik, dessen Vorlesungen sie einst an der Lateranuniversität besucht haben.

Der Papst erinnert sich gut an Henzinger. Der Professor hatte sie damals mit seiner Beschreibung des ‹Paraklet› beeindruckt, wie in der Bibel der Heilige Geist genannt wird. Im Lateinischen wird daraus ‹Consolator›, der Tröster, und Henzinger hatte erklärt, dass damit ein Tröster im tieferen Sinn gemeint sei, einer, der in die letzte Einsamkeit des Menschen hineinkommen könne, um diese zu teilen, so dass sie aufhöre, Einsamkeit zu sein.

«Henzinger war groß», sagt Corelli und muss lachen. «Erinnerst du dich an sein Fahrrad?»

Natürlich, der klapprige Drahtesel, mit dem der Dogmatiker den täglichen Arbeitsweg zurücklegte; auf dem Kopf die bei jedem Wetter obligatorische Stetson-Mütze, wie eine Figur aus dem 19. Jahrhundert, meist schnell über den Platz radelnd, ebenso schnell nach links oder rechts schwenkend, wenn auch nur das kleinste Hindernis auftauchte.

«Ah!», seufzt der Papst und lehnt sich mit seinem Stuhl gegen die Balustrade, um den eingedunkelten Himmel zu betrachten. «Man sieht keine Sterne. Ich bin müde.»

«Ein alter, *sehr alter Mann.*» Corelli entkorkt die zweite Weinflasche. «Wir gehören ins Bett und sollten nicht weitertrinken, wirklich. Auch nicht diesen ausgezeichneten Sangiovese.»

Der Papst beobachtet eine nebelfarbene Wolkengruppe, die über den Petersplatz in die Ferne schwebt, in die hereinbrechende Nacht.

«Was meinst du, warum sind wir hier?»

«Weil du mich eingeladen hast.»

«Nein, ich meine, warum in der Leitung der Kirche, am Beginn dieses Konzils? Warum *wir?*»

Diesmal scheint Corelli zu zögern. Er wirft einen Blick auf den Petersplatz, der sich geleert hat, dann nimmt er einen Schluck aus dem Weinglas.

«Wir sind hier, weil wir wissen, was der Gesellschaft droht, wenn die Kirche ihren Widerstand aufgibt. Unsere Feinde sagen, die Welt wäre besser ohne uns, aber wir wissen, dass das eine fatale Lüge ist.»

«Widerstand? Ich fühle mich schwach. Kaputt.»

«Keine Sorge», erwidert Corelli. «Gott arbeitet auch mit schlechtem Werkzeug.»

*

Später, nachdem Corelli gegangen ist und sich der Papst zurückzieht, um sein Gebet zu verrichten, muss er an Jesus in der Wüste denken.

Das kommt in letzter Zeit häufiger vor. Der Papst fragt sich, warum Jesus trotz der wenigen, kostbaren Jahre seines Wirkens es offenbar doch nötig fand, sich regelmäßig von den Menschen zurückzuziehen, in die Wüste zu gehen, um dort Zeit zu verbringen. Nirgends in der Schrift ist die Rede von einem Bedürfnis Jesu nach Abgelegenheit oder einer eigentlichen *Einsamkeit* des Herrn.

Darüber denkt der Papst während seines Gebets nach. Er stellt sich Jesus in dieser Zeit des Rückzugs abgeschnitten und verlassen vor. Allein sieht er ihn durch die Wüste streifen. Ein schweigender Jesus mit gesenktem Haupt, beschwert von der verschwitzten Müdigkeit seines Auftrags. Bei Sonnenuntergang rastet er vor einer Höhle, bevor er weiterzieht durch nachtschwarze Täler, über die Endlosigkeit der Dünen.

Was ist es, was Jesus in diesen Stunden erlebt? Er, der weiß, was im Menschen ist: Was ist mit *Jesus selbst?* Was fühlt und denkt er? Leidet er, zittert er, zweifelt er? Schaut er kurz auf, wenn sich vor dem nächsten Dorf ein Dämon nähert, eine hungernde Bestie? Schaut er auf, damit die Biester ängstlich abziehen, damit die Schöpfung eine Atempause einlegen kann? Und brennt in diesen Minuten sein Herz – wie damals der Dornbusch, der gebrannt hat, ohne sich zu verzehren?

Der Papst kann, während er betet, alles sehen. Er sieht, wie Jesus wandert, rastet, schwitzt. Ja, er sieht, wie Jesus Blut schwitzt. Er sieht, wie die Hände des Herrn mitten in der Wüste Wunden bekommen, wie das Blut auf den Sand herab tropft.

Und der Papst lässt jetzt, genau wie Jesus, seinen Kopf hängen und blickt auf den Sand unter seinen Füßen, den er sich warm vorstellt. Er spürt mit dem Blut die Liebe des Herrn auf den Wüstensand tropfen, spürt, wie sich das Blut schnell über den Boden ausbreitet: hinüber in die Dörfer und Städte der Menschen, hinein in die Wälder und Schlupflöcher der Kreaturen, mit deren Herzschlag der Schöpfer verbunden ist.

Der Papst möchte Jesus berühren, möchte diese Hände halten, möchte das Gesicht sehen, möchte nur einmal die *Augen* sehen, die den Vater im Himmel geschaut haben.

Doch Jesus hält den Kopf gesenkt, und der Papst begreift, dass dies die Einsamkeit ist. Die Einsamkeit, hervorgegangen aus einer Liebe, die vor nichts zurückweicht und von niemandem zerstört werden kann. Im Gegensatz zur Menschenliebe, die schnell zurückweicht und getötet werden kann. Denn der Mensch liebt nur, wenn er zurückgeliebt wird, und selbst die Liebe des Heiligen ist sterblich. *Das* ist die Einsamkeit in der Wüste: die unerwiderte Liebe Gottes zu den Menschen, die immer da ist, die auf alle wartet, für alle offen bleibt und doch allein sein muss.

Der Papst steht neben der schwerelosen Trauer dieser Einsamkeit und sieht auf einmal, wie Jesus den Kopf hebt, ihm sein Gesicht zeigt – und alles, was ihn so lange bedrückt hat, was den Papst niedergehalten hat, was sich in ihm angesammelt hat an abgestorbenen Hoffnungen und Schmerz und Angst, fällt von ihm ab. Fällt ab und weht davon, eine Staubwolke im Wind.

31

IM Vergleich zum Papst findet Corelli in dieser Nacht gut in den Schlaf. Es ist, als sinke er durch die Kissen seiner Erschöpfung, und als würde sich die Erschöpfung dann zu einer wunderbaren Landschaft weiten.

Corelli sieht sich im Traum über ein blühendes Feld gehen. Ein Feld in Afrika, nicht weit entfernt von zu Hause, von dem Dorf, in dem alte Freunde wohnen, Schwester Gabriela und der junge Gasperri.

«Corelli!», ruft der Freund, als er ihn kommen sieht.

Zusammen gehen sie zum Dorf, in dem Schwester Gabriela wohnt. Und es ist gut, dass sie gerade heute kommen.

Schwester Gabriela muss nämlich alle Frauen und Kinder ins Haus schicken, weg von der Straße. Weil es in der Gegend einen neuen Giftgasangriff gegeben hat.

Corelli und Gasperri helfen mit, die Menschen in Sicherheit zu bringen. Dann gehen sie zum Schulhaus, das sie gemeinsam aufgebaut haben – jahrelange Arbeit – und das plötzlich in Flammen steht.

Im Innern des Gebäudes suchen sie Schüler, irren durch Gänge und Zimmer, durch herankriechende, hochwallende Rauchvorhänge, hinter denen sie die Angst und das Husten hören können, das kindliche Zittern, das sie in die Arme nehmen und durch die Gänge nach draußen tragen.

Mehrmals gehen sie zurück ins Haus, in immer neue Räume. Bis sie in der Stille eines Zimmers landen, in dem keine Kinder zu sehen sind. Dafür liegen Frauen und Männer am Boden.

«Das Gift», sagt Schwester Gabriela.

An der Wand steht ein Getränkeautomat mit verglasten Türen, hinter denen gekühlte PET-Flaschen lagern. Corelli hört das Surren der Ventilatoren, dann deutet Schwester Gabriela hinüber zur Tür, und sie rennen los, und für einen Moment spürt er unter den Füßen, irgendwo unter dem Haus, das Zentrum des Feuers.

∗

Wenige Kilometer vom träumenden Corelli entfernt, im Borgata-Quartier an der Via Prenestina, bricht auch für Al-Hasas Männer eine unruhige Nacht an.

Nachdem sie ihr Gebet verrichtet und das letzte gemeinsame Abendessen eingenommen haben, ziehen sich die Männer in drei verschiedene Zimmer zurück. Dort liegen sie still auf ihren Matten und hoffen auf die Erleichterung des Schlafes. Aber es ist, als würde das gegenseitige Schweigen zusätzlich auf ihnen lasten, besonders auf Samad.

Samad ist der Anführer der Gruppe. Er wird morgen den blauen Van aus der Tiefgarage fahren, in seiner Arbeitskleidung als Getränkelieferant. Zusammen mit seinem Assistenten wird Samad die Tiefkühlbehälter in den Belvedere-Palast bringen, in dem sich das auf minus 80 Grad gehaltene Kohlenstoffdioxid befindet. Sie werden die Behälter in den Automaten der Aula unterbringen und wieder verschwinden, bevor die *Gasphase* einsetzt.

Doch daran möchte Samad jetzt nicht denken, sondern er möchte ruhig und stark sein. Er möchte ein Vorbild für die anderen sein. Vor allem geht es natürlich nicht, dass er *Angst* hat. Und dass er der Angst jetzt auch noch Raum gibt. Der Angst, die niemand von ihnen beachten sollte.

Der Angst, die schon seit Tagen wie ein schläfriges Tier zwischen ihnen in der Wohnung umhergeschlichen ist, hinter der Tür gelauert hat, neben dem Sofa, unter dem Tisch, meistens vor sich hin dämmernd, ab und zu die Augen aufschlagend, schnüffelnd. Dieses Tier der Angst! Es hat nur darauf gewartet, dass einer der Brüder es doch beachte, ihm doch plötzlich Raum gebe und das Tier sogar beim Namen nenne!

Dieses Tier, das nun – in dieser letzten Nacht – natürlich besonders unruhig ist. Das immer wieder um Samads Schlafmatte herumschnurrt, aufgewühlt, hungrig. Angst vor dem Versagen. Angst davor, in ein paar Stunden, wenn der Tag anbricht, wenn Samad in die Tiefgarage geht und sich hinter das Steuer des Vans setzt, dass er dann nicht mehr an die Tiefkühlbehälter denkt oder an die Getränkeautomaten, sondern dass er an die Sicherheitsleute im Vatikan denkt, die zurückschlagen und sie höchstwahrscheinlich töten werden.

Angst vor dem Tod – natürlich, was sonst? Angst vor dem Schmerz der eigenen Vernichtung, vor dem Sterben. Angst vor dem gewalttätigen und *sinnlosen* Sterben. Denn das ist, wie Samad klar wird, die schlimmste aller Vorstellungen: dass alles, was er bisher geglaubt, worauf er bisher hingelebt und worauf er sich vorbereitet hat, im Dienst der großen Sache, im Dienst Allahs des Allerbarmers, nichts weiter ist als eine *Lüge*. Dass nach der Gewalt morgen, die schrecklich sein wird, nach dem Sterben und Hinausbluten aus der Welt, dass dann kein Himmel sein wird, kein Lohn im Jungfrauenparadies, sondern einfach nur *nichts*. Dass nur noch die Fäulnis sein wird, nur noch das ewige Schweigen, die Abwesenheit allen Denkens und Fühlens. Dass Samad sein ganzes Leben und alle seine Erinnerungen an die Welt weggeworfen haben wird. Weggeworfen für eine Illusion, für einen bodenlosen Fanatismus, der sich jetzt, in der Nacht auf der Schlafmatte, endlich als solcher zu erkennen gibt, als leerer, kalter Selbstbetrug.

Aber dann erinnert sich Samad an die Gebete, die man ihm für genau diese Stunde beigebracht hat, die Stunde der dunkelsten Verführung durch Satan, Luzifer, den Erzengel Gabriel – die Gebete, die Samad nun schnell vor sich hin flüstert, aus sich hinausmurmelt, wie eine magische Formel, die er zwischen den trockenen Lippen hervorstößt, in die Zimmerschatten, die sich nicht rühren.

32

ALS Chiara das Hotelzimmer betritt, sieht sie Hank mit nacktem Oberkörper auf dem Bett liegen. Sein Haar ist nass, als wäre er gerade unter der Dusche gewesen.

Am Boden neben dem Bett liegt ein aufgeklappter, halb gefüllter Koffer.

«Hast du Vanni getroffen?»

Eigentlich hatte Chiara sich vorgenommen, Hank nicht danach zu fragen. Doch sie bemerkt die Schrammen in seinem Gesicht und über der linken Brust, am rechten Arm einen Verband mit dunkelroten Flecken. Und er hat das rechte Bein hochgelagert, mit zwei Kissen.

Was ist geschehen? Waren das Vannis Leute?

Er bittet sie zum Fenster zu gehen und den Vorhang zuzuziehen. Sie tut es, er hat Recht, man kann nie wissen.

Chiara setzt sich zu ihm auf den Bettrand und wartet. Langsam atmet er ein und aus, als falle es ihm schwer. Für einen Moment versucht er zu grinsen, ganz so, wie sie das von ihm kennt, aber es wirkt schwach, hilflos.

«Was ist geschehen?»

Er erklärt ihr, mit Vanni und Alexander Martens sei alles anders gekommen als geplant. Und dass er Vanni habe «laufen lassen».

Er stöhnt auf. Es sind die Schmerzen im Bein. Chiara geht ins Bad und macht ihm mit dem Handtuch einen kalten Umschlag. «Ich werde Eiswürfel besorgen.»

«Wir waren auf einer Baustelle», sagt Hank. «Dann ist alles eingestürzt, wir sind im Boden versunken. Wir haben gekämpft.»

Wie bitte? Ein Straßenabschnitt ist eingebrochen?

Hank meint, er habe Glück gehabt und sich nichts gebrochen. «Nur die Waffe, die muss noch dort sein. Die Polizei wird sie finden. Man kann sie aber nicht zurückverfolgen.»

«Ich kann es nicht glauben», erwidert Chiara.

Wieder versucht Hank zu grinsen. «Es war eine ziemliche Sauerei da unten. Martens wollte einfach nicht reden. Hat ihn den Kopf gekostet.»

«Er ist tot?»

«Jedenfalls ist er jetzt sehr viel schlanker.»

Chiara besorgt in der Apotheke entzündungshemmende Schmerzmittel und Verbandszeug, im Hotelrestaurant Eiswürfel, und findet Hank, zurück im Zimmer, schlafend vor.

*

Bei Sonnenaufgang erwacht Samad auf seiner Matte im Borgata-Quartier. Er verrichtet mit den anderen das Morgengebet. Zum Frühstück isst er Kellogg's Cornflakes, trinkt eine Tasse Kaffee und geht in die Tiefgarage zum blauen Van.

Die Brüder helfen ihm mit den Tiefkühlbehältern, dann besprechen sie noch einmal den Treffpunkt bei der Busstation *Traspontina*, wo sie sich um 10 Uhr einfinden werden.

Noch einmal müssen sie – der Anruf kommt überraschend – mit Samira Malik sprechen. Sie meldet sich wegen Salvatore Vanni, einem Mann, dessen Name sie zwar kennen, den sie aber nie persönlich getroffen haben. Offenbar wurde Vanni gestern von einem Unbekannten entführt, zusammen mit einem anderen Mann namens Alexander Martens.

Samad und seine Leute wissen nichts über die Sache, und auch wenn es möglich ist, dass der Entführer Informationen über die Operation bekommen hat, ist es jetzt zu spät, um Änderungen vorzunehmen.

Es ist fünfzehn Minuten nach sieben, als Samad in den Van steigt und losfährt; auf dem Beifahrersitz der ebenfalls als Getränkelieferant gekleidete Kollege.

Sie rollen aus der Tiefgarage in den hellblauen Morgen, biegen rechts in die Via Prenestina, vorbei an der Gelateria, die an das Haus grenzt, in dem sie ihre Nächte verbracht haben – eine gute Gelateria, die Chefin eine schöne Römerin –, bremsen vor der Kreuzung zur Via l'Aquila, warten, bis die Ampel auf Grün schaltet, fahren weiter über den Colle Oppio in Richtung Ponte Pio X., ohne besondere Eile und immer korrekt den Blinker setzend, korrekt den Abstand wahrend.

Kurz vor acht erreichen sie den Belvedere-Palast. Vor dem Gebäude steht der Cateringservice, neben zwei Fahrzeugen des Gendarmerie Korps.

Man lässt sie warten, nur die Beamten der Vatikanpolizei dürfen den Palast betreten, während 10 Minuten, 15 Minuten, 20 Minuten.

Als man die Frauen vom Catering zum Eingang winkt, werden die Identitätskarten geprüft, anschließend jene von Samad und seinem Kollegen, die von der Zentrale als Mitarbeiter der Getränkefirma bestätigt werden. Wie erwartet zeigen die Sprengstoff-Detektoren keine gefährlichen Substanzen im Wagen an.

Zwanzig Minuten Verspätung – kein Problem, das Kohlenstoffdioxid braucht etwa drei Stunden, um Raumtemperatur anzunehmen.

Sie rollen die Pakete mit den PET-Flaschen, darunter die Tiefkühlbehälter, zur offenstehenden Flügeltür vor der Aula.

Sie gehen weiter in den bestuhlten Raum, wo sich, auf der linken und rechten Seite, die Getränkeautomaten befinden. Sie bringen alles in den Automaten unter. Die Tiefkühlbehälter kommen auf den Boden, wo sie von außen, bei geschlossenen Türen, nicht zu sehen sind. Sie überprüfen die Lüftungsklappe und die Ventilatoren, die sie später, gegen 11 Uhr, über die Fernsteuerung aktivieren werden. Alles in Ordnung.

Trotzdem verspürt Samad, als sie den Palast verlassen, wieder Angst, genau wie gestern vor dem Einschlafen.

Er steigt mit dem Kollegen in den blauen Van, setzt zurück, rollt langsam über den Cortile del Belvedere und dann über die Porta Sant'Anna in Richtung Barletta.

Sie tauchen in den fiebrigen, von Motorrädern durchschnittenen Morgenverkehr und stecken dann, während etwa einer halben Stunde, im Stau, aber auch das ist kein Problem.

Beim Parco della Vittoria parken sie den Van auf einem freien, schattigen Platz. Sie trinken, während sie warten, Wasser aus den mitgebrachten Flaschen.

33

PÜNKTLICH um 10 Uhr, wie vom Papst anberaumt, beginnt die Sondersitzung in der Belvedere-Aula, zu der das Sekretariat 52 ausgewählte Bischöfe und Kardinäle eingeladen hat.

Vor den goldumrandeten Spiegeln an den Seitenwänden, im Gedränge neben den Getränkeautomaten, treffen die Ausgewählten zusammen. Dabei entzündet sich nach wenigen Minuten eine Kontroverse zwischen Vertretern des polnischen und französischen Episkopats. Eine Kontroverse, die auch die Spanier und Kanadier ansteckt und von denen einige Bezug nehmen auf das gestrige Duell zwischen Feuerbach und Settaviani – jenen Kardinälen, die auch heute anwesend sind, jedoch in der Mitte des Raums auf ihren Plätzen sitzen, schweigend.

Die eine Gruppe verteidigt die Position Settavianis für eine widerstandsstarke Kirche angesichts der gottlosen Gegenwart, die andere prangert à la Feuerbach die Selbstgerechtigkeit der Kirche an, die Verteufelung von Aufklärung und sexueller Befreiung.

«Schaut euch doch das katastrophale Medienecho auf die Eröffnungsrede des Heiligen Vaters an!», eifert sich Monsignore Falconi, der Patriarch von Venedig. «Dieses Konzil ist tot, noch bevor es begonnen hat. Es war die Chance auf Neuanfang, auf offene Fenster, aber nun spottet die Welt über uns und nennt uns Fundamentalisten, Reaktionäre!»

Worte, die auch unter den jüngeren Klerikern erregte Gegenworte auslösen, während Philemo De Oliveira, der 70-jährige Titularerzbischof von Cäsarea, sich in aller Stille von seinem Platz auf der rechten Seite das Saals erhebt – wenige Meter hinter Settaviani – und für einen Moment die Hände hochhält, als wolle er winken, um auf sich aufmerksam zu machen.

De Oliveira winkt jedoch nicht, sondern beginnt zu klatschen, wie ein Lehrer, der es nicht anders schafft, die Klasse zur Ordnung zu rufen.

Als es ruhiger wird, fragt der Erzbischof seine Mitbrüder: «Wer von euch leugnet ernsthaft den Verlust des Heiligen in der heutigen Welt? Wollt ihr etwa behaupten, die moderne Leistungsgesellschaft sei offen für Gott? Irrt der Papst, wenn er die Kirche in Stellung bringen will gegen eine alles profanisierende Welt, gegen eine Kultur digital gerüsteter Ameisenmenschen, wie sie sich heute überall ausbreitet?»

Mit dem Zeigefinger deutet De Oliveira auf seine Augen. Geradezu *blind* müsse man sein, um die Gefahren dieser Kultur zu übersehen! Um zu übersehen, dass sich der moderne Ameisenmensch keinesfalls als etwas Höheres, Gottberufenes betrachte. Dass er allenfalls Wälder und Blumen achte, sich einsetze für den Erhalt von Bienen und Berggorillas. Dass er sich wohl für das Klima einsetze, jedoch nicht für das werdende menschliche Leben, nicht für den Kampf gegen die millionenfache Kindstötung im Mutterbauch. Der moderne Ameisenmensch, erklärt De Oliveira, betrachte trotz seines Geredes von universalen Werten die eigene Gattung längst als *missraten* und setze deswegen auch keine Kinder in die Welt, denn er befinde sich in einer tiefen kulturellen Depression, ja, in der *Herzenskrise* eines leeren Humanismus ohne Gott.

«Unsinn!», rufen einige.

«Verteufelung der Gegenwart», schütteln andere den Kopf. «Verteufelung des Fortschritts, immer das Gleiche!»

Und wieder schaukeln sich die Zwischenrufe hoch, im Hin und Her zwischen den Gruppen, und drohen die Luft in der

Aula ganz auszufüllen, bis schließlich – zum ersten Mal überhaupt – Papst Pius XIII. das Wort ergreift.

«Silentium!»

Das Wort donnert ins allgemeine Geschnatter und verfehlt nicht seine Wirkung. Aufrecht steht der Pontifex da, einen Stoß weißer, beschriebener Papiere in der Hand.

Der Papst wartet, bis die letzten Plappermäuler und Tuschler verstummen. Dann setzt er sich in Bewegung und geht langsam, mit seinen Papieren, zwischen den Stuhlreihen umher.

«Diese Papiere», sagt der Papst, «diese Papiere gehören zu einem Dokument, das sich *RR Dossier* nennt. Kennt jemand diesen Namen? Ich werde euch erklären, wie ich dazu gekommen bin.»

Und damit schildert der Heilige Vater seinen Mitbrüdern, wie er zum Dossier gekommen ist und was man darin lesen kann. Als er mit seiner Schilderung zum Ende kommt, bleibt er – zufällig oder absichtlich – vor dem Stuhl stehen, auf dem Kardinal Feuerbach sitzt.

Für einen Moment sieht es so aus, als wolle er Feuerbach das Dossier überreichen, aber dann wendet er sich den anderen zu.

«Liebe Mitbrüder, ich frage euch: Wer hat von diesen Dingen gewusst? Wer hat Geld von diesen Stiftungen genommen? Wer hat geglaubt, er könne die dreißig Silberlinge für einen guten Zweck einsetzen und damit heiligen? Ich meine die Silberlinge dieser Wirtschaftskreise, die in Afrika Gott spielen und unsere Bischöfe töten, wenn sie zu viel wissen?»

Natürlich geht niemand in der Versammlung auf diese Fragen ein. Dafür erhebt sich im Raum ein neues Entrüstungs-Theater, mehrfach zurückgeworfen von den goldumrandeten Spiegeln an den Seitenwänden; man schnaubt, japst und murrt sich gegenseitig den Verdacht vom Hals, etwas mit dieser «grässlichen Geschichte» zu tun zu haben. Nichts und niemals, *Gott behüte!* Der Heilige Geist als persönlicher Zeuge für die sichere Unschuld aller hier Anwesenden!

Von Reihe zu Reihe eilen die Beteuerungen, flattern die Dementis, auch über dem Kopf von Kardinal Feuerbach, der ebenfalls versichert, vom Inhalt des Dossiers keine Kenntnis zu haben, die *Global Humanitarian Foundations* zwar zu kennen, jedoch als «idealistische Gruppe», über die im Internet unsinnige Verschwörungstheorien verbreitet würden.

«Was soll das heißen?», will Kardinal Settaviani wissen. «Hast du Geld von diesen angeblich so guten Stiftungen genommen oder nicht? Und ihr anderen, könnt ihr uns versichern, liebe Brüder, dass keine Konferenz, keine Diözese, für die ihr verantwortlich seid, mit Geldern dieser Stiftungen arbeitet?»

Auch auf diese Frage geht niemand ein.

Inzwischen hat sich allerdings Kardinal Feuerbach von seinem Platz erhoben und kommt nun auf Settaviani zu.

«Was für ein schändliches Manöver», sagt er. «Ihr benutzt diese Affäre, um uns schlechtzumachen. Ihr benutzt das Dossier, um am Konzil Reformen zu verhindern. Eine geschlossene konservative Kirche gegen den gemeinsamen äußeren Feind.»

Settaviani, der Feuerbach aufmerksam zugehört hat, senkt für einen Moment den Kopf, schwer atmend, wie es scheint.

«Jetzt habt ihr es gehört, liebe Mitbrüder. Ihr habt gehört, wie Feuerbach denkt», sagt Settaviani. «Und Feuerbach ist ein ehrenwerter Mann, nicht wahr?»

Settaviani macht eine Pause, stützt sich mit der rechten Hand auf der Stuhllehne ab, ehe er fortfährt: Seltsam nur, dass ein so ehrenwerter Mann keine Antwort geben wolle auf die einfache Frage, ob er Geld von diesen Stiftungen genommen habe oder nicht. Und noch seltsamer, dass Feuerbachs Reformideen für eine bessere Kirche nahezu *perfekt* zum Programm eben jener Stiftungen passten! Ein Programm, wie es – welch Zufall! – auch im *RR Dossier* beschrieben werde. Ein Programm mit dem Ziel, eine neue Gesellschaft zu formen. Eine Gesellschaft aus flexiblen, sexuell ungebundenen Leistungsträgern. Und was brauche es, um eine solche Gesellschaft zu formen? Zuerst einmal brauche es die vollständige Trennung von Liebe, Sexualität und Fortpflanzung, also die volle gesellschaftliche Normalität von Pille, Scheidung, Abtreibung und Samenspende. Nur so seien die Leute, jenseits konventioneller Familienbande, frei und flexibel genug, um ganz den Angeboten der Arbeits- und Freizeitindustrie zu entsprechen. Und wohin führe eine solche Gesellschaft? Nicht zur Befreiung des Menschen, sondern zu seiner Entwürdigung. Flexible Leistungsträger könne es nämlich nur dort geben, wo sich niemand fest an den Anderen binde, also nur in einer Welt, in der alle *austauschbar* seien, reduziert auf eine vorläufige berufliche und soziale Rolle. Pille, Scheidung, Abtreibung, Samenspende, Gender: Warum solle *ausgerechnet die Kirche* dies durch Reformen à la Feuerbach absegnen? Wenn doch klar sei, dass dies in eine Eiszeit zwischen Mann und Frau, ja zwischen allen Menschen führe.

«Immer diese Wahnbilder gegen die heutige Zeit!», ruft Kardinal Schönenbacher von der Österreichischen Bischofskonferenz dazwischen. «Könnt ihr nicht endlich damit *aufhören?*»

Er ist nicht der einzige Würdenträger, der genug hat. Da ist zum Beispiel auch Manuel Silva Henriquez, Erzbischof von Santiago de Chile.

Henriquez ist über den bisherigen Verlauf der Sitzung derart enttäuscht, dass er jetzt, ohne ein Wort zu sagen oder auf weitere Voten zu warten, seinen Platz verlässt.

Mit versteinerter Miene schreitet er zum hinteren Teil des

Saals, wo sich neben einem an die Wand geschraubten Flach-bildschirm die Tür zu den Toiletten befindet. Er verschwin-det in der Ruhe des Vorraums hinter der Tür, in dem es ein Fenster gibt, an welchem – vor Beginn der Sitzung – einige Monsignori Zigaretten geraucht haben.

Nun öffnet der Erzbischof das Fenster, das auf den Innen-hof hinausgeht, und schnappt nach Luft, um sich zu beruhi-gen, bevor er wieder zurückgeht in die Sitzung.

Inzwischen geht drinnen die Debatte weiter. Kardinal Zhao aus Hong Kong hat das Wort.

Es sei doch *absolut folgerichtig*, erklärt Zhao, wenn der mo-derne Wohlstandsmensch, der in Gott eine voraufklärerische Erfindung sehe, sich selber auch nicht mehr als ein höheres Wesen betrachte. Ohne Gott gebe es nun einmal nichts Hö-heres als die Natur. Und es könne, in einer Natur als bloßes Produkt der Evolution, keine Sonderstellung des Menschen geben, sondern nur verschiedene Entwicklungsstufen, Le-bensformen von unterschiedlichem Komplexitätsgrad. Da habe es keinen Platz für die feste, garantierte Idee des Men-schen als höheres Wesen, als beseelte, die Natur übersteigen-de Person, dazu berufen, über die Welt hinauszugehen, durch eine Liebe, die stärker sei als der Tod. Eine solche Idee müsse nur noch als Märchen erscheinen, als sentimentale Träume-rei.

«Deswegen liegt der Papst richtig, wenn er von uns eine Dogmatische Konstitution zur Erbsünde erwartet», erklärt Zhao.

«Wie bitte?», fragt man verwundert. «Was hat das eine mit dem anderen zu tun? Was hat dein Kulturpessimismus in ei-ner Dogmatischen Konstitution zu suchen?»

Der Asiate lächelt. Das sei doch offensichtlich, erklärt er. Der Teufel, die Schlange, versuche seit jeher, den Menschen in Entfernung zu Gott zu bringen, bis sich der Mensch so vom Schöpfer abgeschnitten habe, dass er nicht mehr an seine Liebe glaube und versuche, nur noch aufs Eigene zu setzen. Und wenn der Mensch nur noch sich selbst folge, müsse er früher oder später erfahren, erklärt der Kardinal, wie einsam und trostlos so ein Leben sei. Ein Leben ohne das Licht Gottes im Garten der Seele? Wo doch allein dieses Licht imstande wäre, in die dunklen Winkel zu leuchten und wahres Leben, wahre Liebe wach zu küssen? Wie beengend, wie *deprimierend* müsse ein Leben ohne dieses Licht sein! Und wie wichtig also, dass die Kirche auch dem in sich selbst versinkenden, innerlich leergefegten Menschen des digitalen Zeitalters zeige, wer er *wirklich* sei: weder ein Tier noch eine zu optimierende Maschine, sondern ein unschätzbares Wesen, geliebt von Gott und aus genau diesem Grunde gehasst vom Widersacher.

34

WIE geplant treffen sich Al-Hasas Männer um 10 Uhr auf dem Parkplatz neben der Busstation Traspontina und warten auf ihren Einsatz.

Samad sitzt am Steuer, während die anderen ihre Rucksäcke mit den Waffen kontrollieren.

«Alles in Ordnung», sagt Samad, um sie zu beruhigen, oder einfach nur, um etwas zu sagen, weil sonst niemand redet.

Und dann, um 10.20 Uhr: «Noch fünf Minuten.»

Die Brüder nicken und es ist, als würden in der zunehmenden Wärme ihrer Anspannung nur noch die Geräusche draußen existieren, als würden sich die Türen des Van immer mehr verflüchtigen, bis sie das Gehupe und den Abgasgestank vor der Station hautnah miterleben, sogar die Stimmen der Frauen und Männer und Kinder, die in den Bus steigen.

Als Samad endlich den Befehl gibt, fahren sie los, über den Borgo Sant'Angelo vorbei an der Chiesa di Santa Maria.

Als sie an der Kirche vorbeigefahren sind, aktivieren sie mit der Fernbedienung die Ventilatoren und Lüftungsklappen der Getränkeautomaten in der Aula. Von dieser Sekunde an hängt alles davon ab, ob die Ventilatoren planmäßig arbeiten, ob der Behälter auf Raumtemperatur beheizt worden ist, so dass sich kein Trockeneis-Nebel entwickelt, damit alles unbemerkt bleibt, wenn sich die Klappen öffnen und das Kohlenstoffdioxidgas in den Raum geblasen wird. Nach der Kreuzung biegen sie links ab, in Richtung Vatikan, und erhöhen vor dem St.-Anna-Tor schlagartig das Tempo.

Die uniformierten Männer draußen vor dem Tor springen auf die Seite. Sicher braust Samad an ihnen vorbei, steuert auf den Cortile del Belvedere zu und bremst vor den Stufen des Palazzo ab.

*

Drinnen in der Aula schimpft Monsignore Spadatora gerade über seine konservativen Brüder. «Es genügt nicht, dass ihr uns mit Bannbullen gegen die Welt quält, jetzt tischt ihr uns auch noch den Teufel auf!»

«Adam und Eva!»

«Lasst uns damit in Ruhe, wir wollen *seriös* arbeiten!»

Monsignore Giacomo Benvenuto Corelli, als Sonderberater direkt neben dem Papst sitzend, ist sich bewusst, dass viele der anwesenden Hirten – genau wie ein Großteil ihrer Schäfchen draußen in der Welt – nicht mehr an den Teufel glauben.

Satan, Luzifer, Antichrist: welchen Namen man auch immer verwendet, für viele Leute ist das nur noch eine Drohgestalt, mit der man früher Angst vor der Hölle gemacht hat, um die Leute an die Kirche zu binden. Das ist Corelli bewusst, und es gibt keinen Grund, deswegen betroffen zu sein. Trotzdem erhebt er sich jetzt von seinem Platz. Corelli spürt, dass er sprechen muss, dass er seit Beginn des Konzils noch kein Wort geäußert hat und dass dies richtig gewesen ist. Dass es nun aber Zeit ist, die Stimme zu erheben. Die Stimme zu erheben, um die anwesenden Mitbrüder zu warnen. «Lasst euch nicht vom Wohlstand der Zeit einschläfern», sagt Corelli. «Hört nicht auf, mit dem Bösen zu rechnen.»

Es wird still, als getraue sich niemand im Raum, dem altgedienten Exorzisten und Papstvertrauten zu widersprechen.

Der Teufel, fährt Corelli fort, beherrsche das Kunststück, die Leute von seiner Nichtexistenz zu überzeugen. Um dann in Ruhe, aus dem Hochmut der Menschenvernunft heraus, den Giftbecher der Selbstgenügsamkeit als befreienden Vitaminsaft zu verkaufen. Der Teufel habe unendlich viel Zeit, um die Menschen zugrunde zu richten, denn er halte sie für missraten und wolle beweisen, dass Gott ein schlechter Schöpfer sei.

Der Teufel trete aber nicht auf plumpe Art in Erscheinung, erklärt Corelli, nicht wie im *Geisterbahn-Spektakel* der Hollywood-Filme. Nein, der Teufel suche ein großes Publikum und setze deswegen auf sanfte, schmeichelhafte Einflüsterungen, auf die mehrheitsfähigen Ideen eines besseren Selbst und einer besseren Welt. Der Teufel komme nie in abschreckender Gestalt daher, und er werde nie den Eindruck erwecken, einem Lebewesen zu schaden. Im Gegenteil erscheine der Teufel gern im attraktiven Kleid des applauswürdigen guten Zwecks. Er stelle keine radikale Forderungen an die Welt, sondern setze vielmehr auf einen von Grundfragen befreiten Pragmatismus, mit dem er dann Stück für Stück, ganz unmerklich, die moralischen Standards herabsetze – immer nur ein klein wenig, während das gesellschaftliche Niveau beinahe unmerklich sinke, immer tiefer ins Tierische und Brutale hinein. Bis die Menschheit die Seelentemperatur angenommen habe, die dem Herrscher der Unterwelt gefalle. Und vor allem habe der Teufel *dieses Ziel:* Der Mensch solle unbedingt jede Transzendenz meiden, das heißt, er solle für seine Überzeugungen und seine Moral alles Höhere, Übermaterielle verwerfen und sich in sich selber verschließen, ein Gefangener im eigenen Spiegelkabinett. «Der Antichrist will, dass wir auf den Sand unserer Ideen bauen, damit wir in Einsamkeit und Tod versinken.»

Und damit hat Corelli alles gesagt, was er sagen wollte, und setzt sich wieder auf seinen Platz.

Da niemand auf Corelli eingeht – weder die Traditionalisten noch die Liberalen, die es wohl grundsätzlich für Zeitverschwendung halten, solchen Äußerungen mit rationalen Argumenten zu begegnen –, breitet sich eine eigenartige Stille im Saal aus; da und dort ein Hüsteln, ein Geraschel, sonst nichts.

«Ich bitte euch», sagt der Papst nach einer Weile. «Lasst uns nicht kapitulieren. Suchen wir weiter nach dem besseren Argument, nach dem tieferen Ringen, das schaffen wir nur gemeinsam.»

Aber die Stille bleibt, wie eine Dunstglocke, die sich über alle gesenkt hat.

«Viele haben erwartet, dass wir schneller vorankommen», fährt der Papst fort. «Ich verstehe das. Glaubt mir, wenn ich euch sage, dass ich euch alle schätze und davon überzeugt bin, dass ihr alle, die ihr heute hergekommen seid, nur das Beste für die Kirche und die Menschen wollt. Ich bitte euch: Lasst uns die Gegensätzlichkeit gemeinsam *tragen* und offen debattieren. Vertrauen wir auf den Heiligen Geist, der uns nicht fallen lassen wird.»

Der Papst breitet die Arme aus. «Lasst uns sein wie die Heilige Mutter Maria. Lasst uns im Geiste schwanger werden von Gott und mit der Kraft unserer Versammlung ein Kind auf die Welt bringen, das *Gottes Kind* ist – statt nur das Kind unserer Wünsche.»

*

Inzwischen haben Al-Hasas Männer draußen mit ihren Handfeuerwaffen Stellung bezogen, vor dem Palast und in der Eingangshalle.

Zwei von ihnen filmen alles mit dem Smartphone und streamen die Bilder live ins Netz. Sie sind überrascht, dass es einige Minuten dauert, bis von der linken Seite des Cortile die ersten Sicherheitsleute des Vatikans auftauchen, mit umgehängten Maschinenpistolen.

Sobald die Beamten Samad vor dem Haupteingang bemerken – Bart, schwarze Kleidung, Waffe –, setzen sie auf ihn an. Doch sie bemerken Samads Brüder nicht, die auf der anderen Seite des Platzes unter einem Baum lauern. Sie sind schneller als die Beamten und strecken diese nieder, mit gezielten Brust- und Kopfschüssen.

*

Nachdem in der Kaserne der Schweizergarde der Alarm ausgelöst worden ist, haben sich die Gardisten auf den Weg gemacht in Richtung Zentralpostamt. Die feindlichen Kräfte, die man zuerst vor dem Apostolischen Palast vermutet hat, halten sich – so die neuste Information aus der Kommandantur – in der Nähe des Belvedere-Palastes auf.

Wie vom Sicherheitsdispositiv vorgesehen, treffen die Gardisten die Beamten der Vatikanpolizei, um koordiniert vorzugehen. Über Funk erfahren sie, dass einige der Kollegen bereits beim Cortile eingetroffen sind, und sie hören – nicht weit entfernt – Schüsse.

35

DRINNEN in der Aula kann Bischof Denis Fisher aus Australien die Schüsse zwar ebenfalls hören – knallfroschhaft aus der Ferne –, aber er achtet nicht weiter darauf, denn gerade sind, wie vom Schlag getroffen, zwei Mitglieder seiner Delegation zusammengebrochen, in der Nähe des Getränkeautomaten.

Während man versucht, den Bewusstlosen zu helfen, ringt etwa in der Mitte des Raums ein weiterer Würdenträger nach Luft.

Es ist Kardinal Settaviani. Er reißt die Augen auf und möchte, wie es scheint, nach hinten gehen. Auf halbem Weg kommt er ins Taumeln, in Richtung der Büfett-Tische, und fällt dort auf Kaffeetassen, Cornetti, Gläser, Kuchenteller, greift nach der Tischdecke, reißt alles mit sich zu Boden.

Don Alfonso Dosetti, der Settaviani gefolgt ist, möchte dem Kardinal helfen. Doch er spürt um die Füße herum eine plötzliche Kälte, weich und zugleich schneidend, wie von einem schnell um sich greifenden Frost.

Er sieht das hin- und her zitternde Entsetzen in den Augen des am Boden liegenden Settaviani. Sieht die Hände, mit denen sich der Kardinal an den Hals fasst, die Fingernägel, die über die Haut kratzen, als wollten sie alles aufreißen und Luft rein lassen; der aufschnappende Mund, das in seiner Lähmung ertrinkende Gesicht.

Don Alfonso spürt, wie die Kälte alle Kraft aus seinen Beinen presst, wie er in die Knie geht. Er möchte Settaviani berühren, möchte ihm immer noch helfen und vielleicht seine Wärme spüren – doch es ist, als würden seine Hände ins Leere greifen, in eine undeutliche, sich ausdehnende Blässe, in der jede Bewegung, jede Anstrengung sich entfernen muss von der Oberfläche des Tages, von der Don Alfonso niemals geahnt hat, wie *dünn* sie ist, diese Oberfläche, wie groß und hoffnungslos die Tiefe darunter.

Es ist ein dänischer Bischof namens Von Trier, noch relativ jung, der sich durch das erwachte Gedränge in der Saalmitte nach vorne arbeitet, zu Settaviani und Don Alfonso, die jetzt beide am Boden liegen.

Auch Van Trier ist nicht in der Lage, den Mitbrüdern zu helfen.

Auf der rechten Seite bemerkt der Däne weitere Bischöfe, starr und mit offenen Mündern, die Augenlider flatternd, teilweise auf ihren Stühlen, als stünden sie unter Strom. Mitglieder des Französischen Episkopats, wenn er nicht irrt, außerdem Kardinal Hausmann von der Bischofskongregation. Einige scheinen aufstehen zu wollen, sich lösen zu wollen von der Starre, und fallen nach vorne auf den nächsten Stuhl, kriechen auf dem Boden weiter, beginnen zu zucken.

Du musst *raus,* denkt Von Trier.

Er setzt sich in Bewegung, zuerst sicher, dann auf einmal unter dem Eindruck, er verliere mit jedem Schritt, den er hinter sich bringe, ein Stück Orientierung. Bis er das Gefühl hat, durch versteckte Vorhänge der Erschöpfung zu treten, Vorhänge, hinter denen am Ende ein Raum wartet, angefüllt mit Übelkeit. Er dreht sich um, möchte den Raum verlassen, möchte alles verlassen, möchte den Vatikan und Rom verlassen, während die Lampen seiner Energie eine nach der anderen ausgeknipst werden, ohne dass er sagen könnte, wie ihm geschieht.

Anders als Monsignore Medrano, Erzbischof von Peru. Dieser steht wenige Meter entfernt und beobachtet die Szene – und er *sieht,* was los ist. Ja, Medrano sieht das große, schwerelose Wesen, das in unsichtbaren Wellen aus den Lüftungsschlitzen der Getränkeautomaten gepumpt wird und sich über den Köpfen der Konzilsväter sammelt; ein durchscheinendes, glasfarbenes Wesen, aus dem Flügel wachsen, mit schwebenden, langen Ausläufern, die sich in alle Richtungen dehnen, als wollten sie die Köpfe und Gesichter der Eminenzen und Exzellenzen streicheln.

Ein unfassbares, den Sauerstoff zu Boden drückendes Wesen, in dem Monsignore Medrano für Sekunden die Mutter Gottes erkennt, *la santisima Virgen Maria,* mit dem verklärten, zwischen Himmel und Erde oszillierenden Gesicht, das Medrano immer geliebt hat. Und bevor ihm aufgeht, dass auch er bereits am Boden liegt, schon lange und vielleicht schon immer – auf dem Boden eines einzigen, ewigen Augenblicks –, senkt sich das Gesicht der *Virgen Maria* zu ihm herab. Medrano macht sich bereit zum Kuss und schließt die Augen, während hinter ihm, irgendwo im Raum, jemand die Reihen durchbricht und Stühle umstößt, während vielleicht Schreie ausgestoßen werden, die Medrano jedoch nicht mehr hört.

Vor dem Büfett liegen jetzt mehrere Geistliche am Boden, Ungarn und Belgier, an der Seite von Geatano Gabbani, dem Vorsitzenden der Italienischen Bischofskonferenz.

Gabbani reißt sich den Römerkragen vom Hals, ringt nach Luft, reißt die Knöpfe seines schwarzen Hemdes ab, möchte Raum schaffen für die Brust, möchte die Lungen hinaustragen, hinausretten aus dieser Enge, in die er so plötzlich geraten ist. Er greift um sich, im zappelnden Wirrwarr der anderen, die Augen nach oben gerichtet, auf die Decke der Aula.

Der Rest der Gruppe bleibt liegen, ineinander verschlungen und verkrampft, die Arme um Tischbeine gewickelt, die Hände nach einem Stuhl ausgestreckt, mit blauen Lippen, einige geifernd, niedergehalten von der geheimnisvollen Gewalt, runtergedrückt in den Schlaf, und dann einen Stock tiefer – in den Tod.

Etwa zur gleichen Zeit bleibt, auf der anderen Seite des Raums, Kardinal Monsewgwo-Kutwa stehen, wie gefesselt von den Spiegeln an der Wand. Von den Spiegeln, denen sonst wohl niemand Beachtung schenkt. Nur der Afrikaner achtet darauf, erkennt auf dem Oberflächenglanz seine Mitbrüder, im Widerschein des Durcheinanders aus vorbeigleitenden Schatten, ausgestreckten Armen und verstörten Gesichtern.

Eine Verstörung, die Monsewgwo-Kutwa an seine Vergangenheit erinnert, an die vergifteten Suppen in Kinshasa, an die Tage im Krankenhaus. Zu gut weiß der Kardinal Bescheid über den Geschmack des Todes, über die Ausdünstungen des Verrats, die er nun hier, nach so vielen Jahren, sofort wiedererkennt.

Monsewgwo-Kutwa eilt nach links zum Ausgang und stößt mit Bruder Zhao aus Hong Kong zusammen, der noch versucht, sein Gleichgewicht zu halten, aber in einer leeren Stuhlreihe landet.

«Ah! Non!»

Monsewgwo-Kutwa ist nicht sicher, ob er diese Worte laut ausspricht oder sie nur durch seinen Kopf flackern, ob ihm die Stimme versagt, während er immer noch versucht zu entkommen. Er kann nicht sagen, ob er wirklich noch *geht*, ob seine Kraft nicht längst aus ihm herausströmt; wie das letzte Warmwasser des Tages; oder wie die Luft, die er nicht mehr atmen kann und durch die er einen letzten Blick in den Seitenspiegel riskiert – auf die Oberfläche, auf der keine Seele mehr zu sehen ist, nur noch die mehltaufarbene Maske seiner eigenen Überraschung.

Von den Wenigen, die überhaupt ahnen, was los ist, und

die den Impuls haben, den Raum zu verlassen, sind es Monsignore Falconi und Erzbischof Henriquez aus Santiago de Chile, die als Erste den Ausgang der Aula erreichen.

Sie schaffen es allerdings nicht, die Türe zu öffnen. Diese scheint verriegelt zu sein, wie es bei Versammlungen im Vatikan eigentlich nicht üblich ist. Falconi vermutet, dass der Kardinalstaatssekretär aus Sicherheitsgründen abgeschlossen und den Schlüssel eingesteckt hat. Er kann den Sekretär jedoch nirgends im Raum ausfindig machen.

Als Kardinal Feuerbach zu Falconi und Henriquez stößt, rüttelt auch er zuerst an der Tür, bevor er begreift und damit beginnt, ebenfalls nach dem Kardinalstaatssekretär Ausschau zu halten.

Mehrmals wandert Feuerbachs Blick durch den Saal. In der Mitte kann er weggebrochene, auseinandergeschlagene Stuhlreihen erkennen, dazwischen die umgefallenen, sich krümmenden, über den Boden kriechenden, auf den Knien rutschenden Mitbrüder, die versuchen, dem ewigen Winterschlaf zu entkommen.

Der eine, Kardinal De Oliveira, zieht sich an einem Tisch hoch und muss sich, sobald er es geschafft hat, übergeben. Kopfvoran, als hätte ihn jemand von hinten gestoßen, landet De Oliveira auf zersplitterten Kaffeetassen und Servietten, ein paar Meter vor dem zitternden, fröstelnden Gewirr einer anderen Gruppe, die wahrscheinlich versucht hat, den Seitenausgang zu erreichen. Einige sind noch wach, strecken die Hände aus, die Augen aufgerissen, als würden sie etwas besonders Schreckliches in der Luft vor sich sehen.

Andere irren im Raum umher, stolpern gegen Tischkanten, über ausgestreckte Beine.

Einer – Monsignore Stendhal? – hat eine Kuchengabel in der Hand, wie wenn er vergessen hätte, sie zurück zum Büfett zu bringen. Irgendwo im Hintergrund stößt jemand etwas Größeres um, einen Tisch oder ein Regal. Und dann ist da plötzlich Erzbischof Sigaud: Er steht neben einem der Getränkeautomaten, steht einfach nur da, als wolle auch er sich einen Überblick verschaffen.

Seine Augen wandern ebenfalls durch den Raum und begegnen Feuerbachs Blick. Für einen Moment scheint es, als würde er lächeln, als würde er die Hand heben und ihm zuwinken. Feuerbach ruft ihn.

«Komm zu uns, *komm!*»

Aber der Erzbischof bleibt stehen. Dann fallen ihm die Augen zu, und er sinkt wie getroffen zu Boden. Zugleich, ohne die Szene zu beachten, gehen drei Bischöfe an ihm vorbei.

Die drei halten sich an den Händen, Mitglieder des Spanischen Episkopats, Feuerbach kennt sie. Sie bewegen sich so, als falle es ihnen schwer, etwas zu erkennen, wie bei Nebelwetter. Zuerst steuern sie in Richtung Seitenausgang und wanken dann herum, in die Gegenrichtung, wie auf dem Deck eines schaukelnden Schiffes.

Und endlich sieht Feuerbach, ganz hinten, Kardinalstaatssekretär Spadatora! Schlaff hängen die Arme an ihm herab. Es sieht so aus, als würde Spadatora versuchen, zu den Toiletten zu gelangen, vielleicht, um durch eines der Fenster nach draußen zu entkommen. Aber bevor er die Tür erreicht, knallt er mit dem Kopf gegen den Flachbildschirm an der Wand.

Spadatora greift sich an die Stirn, während über ihm – auf einmal kann Feuerbach es erkennen – das durchscheinende Wesen schwebt, mit gashaften Tintenfischarmen und aus dem Nichts herübergehauchten Schwaden. Das Wesen, das von jeder neuen Bewegung im Raum angelockt wird, von jedem neuen Atemzug.

Das Wesen, das in alle Winkel strömt und drängt, und das schließlich – nachdem auch Feuerbach zu Boden gesunken ist, mit dem Rücken zur Tür – die letzten Meter durchschnuppert. Das Wesen, das an Feuerbachs Beinen hochkriecht und sich vor seinem Gesicht ausbreitet, hitzeschleierfarben, aber nicht heiß, sondern kalt. Eine kalte Quallenform aus Dunst und Gas, aus der Finger wachsen, die sich um seinen Hals legen und zudrücken.

36

ALS sich in der Eingangshalle zwei Beamte der Vatikanpolizei über die Marmorstufen nähern, beginnen die Terroristen zu feuern.

Die Beamten, die nicht schnell genug reagieren, werden getroffen – Kniescheibe, Bauch, Brust – und bleiben liegen.

Ein Terrorist bezieht vor der Aula Stellung und stemmt sich gegen die Tür, als daran gerüttelt und gestoßen wird und die Konzilsteilnehmer zu entkommen versuchen. Der zweite Terrorist filmt die Szene, bis das Rütteln und Stoßen nachlässt.

«Allahu akbar!», rufen sie in die Kamera. «Tod den Verrätern Gottes, Tod den Huren des Kapitals!»

Sie wollen weitergehen, in den Innenhof, um jeden Gottesverräter zu töten, dem sie begegnen, doch der Kommandant der Schweizergarde, Fabian Rohrer, schneidet ihnen den Weg ab und eröffnet mit seiner Maschinenpistole das Feuer.

Die Terroristen verstecken sich hinter Säulen und schießen zurück, verfehlen mehrmals ihr Ziel, während sich der Kommandant vor dem Treppengeländer postiert. Er feuert so lange, bis er einen der Verbrecher trifft, in den Hals.

Rohrer setzt auf den zweiten Terroristen an, doch diesmal ist er nicht erfolgreich und wird zuerst getroffen, am linken Arm.

Der Kommandant schreit auf, reißt die Maschinenpistole herum, feuert mit der anderen Hand weiter, wird vom Gegner erneut getroffen – rechter Oberschenkel –, fällt auf die Treppe und beginnt zu fluchen.

Dann kann er sehen, dass Verstärkung eintrifft, zwei Beamte der Vatikanpolizei. Sie beginnen, auf den zweiten Terroristen zu feuern, zersplittern Säulen und Steinwände, zerfetzen Beine und Schultern des Gegners.

Der Terrorist geht zu Boden, schießt jedoch weiter, rücklings auf dem Marmor liegend, im eigenen Blut hin und her rutschend, bis er wieder getroffen wird, in die Brust. Erst jetzt hört er auf, sich zu bewegen.

Die Augen des Terroristen sind geschlossen, aber er ist noch bei Bewusstsein. Er wartet, während er auf dem Marmor liegt, in unmöglicher, schmerzglühender Anspannung, die Zähne zusammengebissen. Er hört, wie sich irgendwo über ihm die Beamten nähern, für einen Moment gelähmt vom Gedanken, dass es *vorbei* ist, dass ihm die Beamten in den Kopf schießen werden, um sicher zu gehen.

Aber es geschieht nicht. Er kann spüren – er *meint* es zu spüren –, dass ein Mann über ihm steht, als ein Funkgerät betätigt wird, Stimmen im durchknatterten Grundrauschen.

In der Ferne Feuersalven, woraufhin einige der Männer – jedenfalls hört es sich so an – davonrennen.

Langsam greift der Terrorist nach der Gürteltasche auf der rechten Seite, in der sein Messer steckt, blinzelt mit den Augen, sieht den Beamten in seiner Nähe. Er rammt die Klinge in seinen Fuß.

Der Beamte schreit auf, der Terrorist schnellt hoch und greift nach der fremden Maschinenpistole, während die anderen – bereits am Ende der Halle – sich noch rechtzeitig umdrehen. Der Terrorist zielt auf sie, spürt Kugeln an sich vorbeizischen und schießt so lange, bis ihm das Blut in den Augen explodiert.

*

Inzwischen versuchen Samad und seine drei Gefährten durch den Seiteneingang des Palastes in neue Räume zu gelangen.

Sie treten Türen ein und eilen durch eine Wandelhalle, dringen in Büros ein, in denen niemand zu sehen ist, in denen sich die Leute wahrscheinlich versteckt haben. Sie schießen auf Schränke und Tische, marschieren durch einen Korridor und entdecken eine Treppe, die ins Obergeschoss führt.

Sie nehmen die Treppe und werden oben von einer Gruppe der Vatikanpolizei überrascht. Sie halten einige Sekunden stand und müssen dann zurück in den Korridor fliehen, zurück durch die Halle, verfolgt von den Beamten.

Blind feuern sie um sich, treffen Wandgemälde und verriegelte Türen, treffen einen Sekretär, der gerade um die Ecke biegt, und verlassen, am Ende der Wandelhalle, den Palazzo.

Im Silber der Mittagssonne draußen rennen sie über den Platz, ziehen sich zurück in die Schatten der umliegenden Dächer. Auf der Rückseite des Palastes marschieren sie weiter, zum Zentralpostamt.

Ihr nächstes Opfer ist eine Frau namens Sandra Corliano vom päpstlichen Gerichtshof. Sandra will sich gerade mit einer vor wenigen Tagen in Rom eingetroffenen Mailänder Kollegin, Emmanuela Di Masio, auf dem Postamt in Sicherheit bringen.

Sie erreicht das Postamt nicht und bricht, getroffen von zwei Kugeln, auf dem Weg zusammen, während ihre Kollegin Emmanuela versucht, in Richtung Via Pio X. zu fliehen.

Man schießt Emmanuela in den Rücken. Sie fällt in ein Blumenarrangement vor der Museumsmauer, kreischt und schlägt um sich, mit dem Glanz ihrer zitronengelben Armreife, bis ihr die Terroristen mit dem Messer, um Munition zu sparen, die Kehle durchschneiden.

Sie filmen Emmanuelas Todeskampf mit dem Smartphone. Dann hören sie, wie sich eine Gruppe von Sicherheitsbeamten mit Funkgeräten nähert.

Die Terroristen eilen weiter und töten, unter den Fenstern des Wirtschaftssekretariates, Antonio Vangelis, *Sottosegretario* bei der Kongregation für die orientalischen Kirchen.

Wenige Meter später erwischen die Mörder Rosaria Diamanti, eine Bestsellerautorin in Frauenfragen, die der Papst letztes Jahr ins Dikasterium für Familie und Leben berufen hat.

Schließlich werden die Terroristen, beim Galeerenbrunnen nördlich der Grenzmauern, von den Beamten eingeholt. Es folgt ein längerer Schusswechsel, während dem die Mörder vor knallenden, splitternden Mauern hin und her springen, zwischen Bäumen und Arkadensäulen. Dabei werden drei von ihnen von so vielen Kugeln durchlöchert, dass man sie später nicht wiedererkennt.

Nur Samad überlebt das Gefecht. Er schafft es zum Mauerdurchgang auf der linken Seite des Platzes und flüchtet in den angrenzenden großen Pinienhof.

Dort trifft er auf eine Handvoll Touristen unter der Führung von Signora Albarello, einer pensionierten Historikerin, die mit ihrer Gruppe gerade das Gelände verlassen will, nachdem man sie – viel zu spät, wie es nachher heißt – alarmiert hat.

Samad nimmt eine Touristin, eine 30-jährige Holländerin, als Geisel. Er schlägt ihr mit der Faust auf die Nase und beginnt, damit sich die anderen nicht nähern, um sich zu feuern.

Er trifft Bäume, Fassaden, Fenster, während in einiger Distanz die Sicherheitsbeamten anrücken und ihn umstellen. Sie lassen ihn weitermachen, wagen es wegen der Sicherheit der Geisel nicht, das Feuer zu erwidern.

Schritt für Schritt, die aus der Nase blutende Frau im Würgegriff, zieht sich Samad rückwärts zurück, zum Treppenaufgang vor den Museen. Doch dann stürmen plötzlich zwei Männer aus der Touristengruppe zu ihm, um ihre Kollegin zu befreien.

Samad zielt auf die beiden Männer und trifft sie. Dabei kann er aber nicht verhindern, dass sich die Geisel von ihm losreißt und zu Boden fällt. Nun haben die Beamten freie Schussbahn und feuern.

Bauchschüsse, ein Treffer ins Bein, in die Hüfte, so dass Samad fällt und neben der Holländerin liegen bleibt. Er bemerkt, wie die Holländerin davonkriechen will. Mit der letzten Patrone feuert er ihr in den Nacken und klickt sich dann weiter durchs leere Magazin, immer schneller, bevor ihn ein Kopfschuss in die Dunkelheit katapultiert.

37

GIACOMO Corelli, der Vertraute des Papstes, ist schon in den ersten Minuten der Sitzung in der Belvedere-Aula in eine eigenartige Stimmung verfallen. Er kann nicht sagen, warum das so ist, aber es fühlt sich von Minute zu Minute eigenartiger an, hier zu sein, irgendwie *falsch*.

Vermutlich ist er unter den Anwesenden der Einzige, der auf die Getränkeautomaten im Raum achtet, auf die verglasten Türen vor den gekühlten PET-Flaschen, auf die Frontklappe, unter der sich die Lüftungsschlitze befinden.

Es ist, als könne Corelli das Surren der Ventilatoren *hören* – ja, ein säuselndes, schnurrendes Geräusch. Ein Geräusch, das ihn an den Traum letzte Nacht erinnert. Den Traum, in dem er mit dem Papst durch das brennende Schulhaus in Afrika geirrt ist, um Kinder zu retten.

«Wir müssen gehen», sagt Corelli plötzlich.

Er packt den Papst am Arm und drängt ihn weg. Drängt ihn mitten durch die Versammlung in den hinteren Teil der Aula. Und der stolze, sture Gasperri, der noch nie getan hat, was sein alter Freund Corelli wollte, lässt sich drängen, als sei er wie benebelt oder benommen.

Sie erreichen die Wand mit dem Flachbildschirm, neben dem sich die Tür zu den Toiletten befindet. Corelli öffnet die Tür.

Er betritt mit dem Papst den kleinen Vorraum, in dem sich das Fenster befindet, das auf den Innenhof hinausgeht; das Fenster, an dem Corelli vor Beginn der Sitzung mit zwei Mitbrüdern eine *Gitanes* geraucht hat.

Corelli öffnet das Fenster. Er will, dass der Papst über das Sims nach draußen steigt.

Der Papst versteht nicht, wieso er das tun soll, warum das nötig ist. Natürlich, denn auch Corelli versteht nicht. *Niemand* versteht – und doch ist klar, dass sie hier raus müssen.

«Du zuerst», sagt Corelli.

Er hilft dem Papst, aufs Fenstersims zu steigen und in den Innenhof zu springen. Der Papst landet sicher auf den Beinen.

Corelli möchte ihm folgen, doch in diesem Moment dringt der Geruch nach Rauch an seine Nase, als wäre in der Aula ein Feuer ausgebrochen. Ein Feuer? Im Belvedere-Palast? Corelli zögert.

Aber dann kann er hinter der Tür – genau wie im Traum letzte Nacht – das Rufen und Schreien der Kinder hören. Er kann sie hören, ja. Er ist sicher, dass sie da sind und mit ihm rechnen. Er muss ihnen *helfen!*

Corelli reißt die Tür auf und geht zurück in den Saal. Den Saal, in dem nun kein Mensch mehr zu sehen ist, in dem nur mondfarbene Schwaden herangeschwebt kommen. Und trotzdem, obwohl er niemanden sieht, kann Corelli die Kinder hören. Kann hören, wie sie rufen, weinen.

Im nächsten Raum warten rußdurchtupfte Rauchvorhänge, die von der Decke herabsinken, während Corelli denkt, dass das alles nicht sein kann, dass sich das Feuer – welches Feuer? – unmöglich so schnell ausbreiten kann, dass überhaupt alles hier *unmöglich* ist.

Er hört das Zischeln der Wände, das Knirschen der Möbel unter dem Gewicht der Hitze. Und dann, im nächsten Raum, Glutsterne in der Luft. Auf dem Boden das siedende, Lack schwitzende Parkett.

Corelli erreicht einen Korridor und von dort eine Treppe, die abwärts führt. Hinunter in einen weiteren abschüssigen Korridor.

Das ist der Weg ins Zentrum, denkt Corelli, der Weg ins Herz des Brandes. Der Weg ins letzte Zimmer, das viele Namen hat. So viele Namen, wie es Flammen gibt, wie es Rauchkringel und Gedanken und Hoffnungsfunken gibt, die am Ende erlöschen.

Erlöschen, denkt Corelli und erkennt, am Ende der Treppe, die letzte Tür.

Gleich wird er wissen, woher das Feuer kommt. Das Feuer, das dieses Haus zerstört und das alles Leben zerstört. Er wird sehen, was dieses Haus und was die Welt seit Jahrhunderten, Jahrtausenden immer wieder angegriffen und vernichtet hat.

Corelli bleibt vor der Tür stehen, die sich jetzt von selbst öffnet, langsam, lautlos. Er tritt über die Schwelle. Es ist ein Zimmer ohne Fenster, ohne Regale oder Tische. Nur an der Wand gegenüber hängt ein lebensgroßer holzgeschnitzter Jesus.

Als Corelli einen Schritt darauf zu macht, fächeln und tuscheln Flammen übers Kreuz, knistern hellblau über dem entblößten, im Holz erstarrten Sohn Gottes.

Corelli kann sehen, wie Christus zum Leben erwacht. Christus öffnet die Augen und reißt sich los. Rauchende Nägel fallen zu Boden. Der Herr setzt seine durchlöcherten Füße aufs Parkett.

Dann kommt er auf Corelli zu, breitet das Lodern seiner Arme aus. Und Corelli erkennt im kalten Diamantbrennen der Augen, dass es *nicht* der Herr und Erlöser ist, sondern das Zimmer. Das Zimmer, das so alt ist wie die Menschheit und älter.

Corelli wirft sich auf den falschen Christus und umarmt ihn, so fest er kann. Hält ihn fest und lässt nicht los, damit der Götze niemanden sonst verführen kann. Lässt nicht los gegen alles Beißen, Reißen und Peitschen des Feuers – starrt in die Diamantaugen, bis die Wände des Raums schmelzen und aus der Zeit herausstürzen.

38

GEGEN Mittag beginnen die Medien über den Anschlag zu berichten und verbreiten die Meldung schnell um die Welt.

Während dies geschieht, eilt Chiara mit Hank in ihre Wohnung, um den Pass und ein paar Kleider einzupacken. Und um ihren Vater zu treffen.

Chiaras Vater ist geschockt. Er kann nicht fassen, was die Medien da berichten. Mehrmals betont er, dass es auf den Vatikan «noch niemals einen Anschlag» gegeben habe – *non è mai successo!*

Immer wieder geht er ans Telefon und zappt sich durch die TV-Sender. Natürlich versteht er, dass Chiara jetzt für ein paar Tage verschwinden will, verschwinden *muss,* denn nach dieser schrecklichen Sache ist niemand sicher. Sie müssen mit allem rechnen.

Der Vater, immer noch unter Schock, verabschiedet sich von seiner Tochter im Treppenhaus mit einer schnellen, fast beiläufigen Umarmung, die Arme zitternd.

Chiara und Hank fahren mit dem Taxi zum Flughafen Fiumicino und wollen den Flug nach Zürich-Kloten nehmen, der jedoch bereits gestrichen wurde, wie die meisten Flüge an diesem Tag. Infolge des Anschlags gilt auch für den Bahnverkehr eine erhöhte Sicherheitsstufe.

‹Attacco al Vaticano› läuft ohne Unterbruch in roten Lettern über die Fernsehschirme, mit Bildern des abgeriegelten Petersplatzes, Frontansichten des einen oder anderen Vatikangebäudes im Blitzlicht, Polizeiwagen und Einsatzkräften auf den Straßen.

Chiara möchte zurück in die Stadt, in die Wohnung des

Vaters, doch Hank überredet sie, auf ein kleines, etwas herabgekommenes Hotel außerhalb des Zentrums auszuweichen, wo noch ein Zimmer zu haben ist.

Am nächsten Vormittag werden die ersten Flüge wieder freigegeben, gegen Mittag schließlich der Flug nach Zürich-Kloten.

Der Papst ist tot, denkt Chiara im Flugzeug, er ist *tot*.

Der Gedanke kommt seit gestern immer wieder. Einerseits meint sie zu spüren, dass sie damit richtig liegt, andererseits hat die Vorstellung des toten Papstes, der erste bei einem Terrorangriff getötete Papst, etwas Unwirkliches, Falsches. Und sie sagt sich, dass die Medien den Tod des Papstes bisher *noch gar nicht* vermeldet haben, dass erst wenige Einzelheiten überhaupt bekannt sind. Nur, dass es wohl über vierzig Tote gegeben hat, und dass der terroristische Hintergrund inzwischen als gesichert gilt. Einige Medien sprechen von «Maschinenpistolen und Messern», andere von «Granaten» und «Giftgas».

Ein Alptraum, denkt Chiara.

Sie spürt im Flugzeugsitz neben sich die Wärme von Hanks Körper.

Ruhig sitzt er da, scheinbar entspannt, aber natürlich ist das nicht möglich. Wie könnte er entspannt sein nach so einem Anschlag? Wer hätte jemals so etwas voraussehen können? Wer hätte *es verhindern können?*

Sie denkt an die zitternde Umarmung ihres Vaters im Treppenhaus, und für einen Moment packt sie die Angst, dass auch ihr Vater in Gefahr sein könnte.

Nein, denkt sie dann, warum sollte er in Gefahr sein? Der Vater hat keinen Kontakt zu Chiaras Gruppe, hat nichts mit dem *RR Dossier* zu tun, wieso sollten sich die Terroristen für ihn interessieren? Seit seiner Pensionierung hat der Vater die Ereignisse um den Vatikan nur am Rande mitverfolgt. Genauer gesagt seit der Krebserkrankung von Chiaras Mutter.

Die Mutter – plötzlich sieht Chiara ihr Gesicht vor sich. Sie stehen im blumenbesetzten Innenhof des Wohnblocks, in dem sie damals gewohnt haben. Chiara ist noch klein, die Mutter hält sie an der Hand und muss lachen, als sich die Tochter mit einem Wasserschlauch selber nassspritzt. Ein Lachen, an das sich Chiara lange, sehr lange nicht mehr erinnert hat.

39

Es ist ein junger Schweizergardist namens Brennwald, gerade zwanzig Jahre alt geworden, der an diesem Vormittag im Innenhof des Belvedere-Palastes den bewusstlosen Papst entdeckt, den einzigen Menschen, der den Anschlag in der Aula überlebt.

Man bringt den Heiligen Vater in die Gemelli-Klinik auf dem Monte Mario, wo die Ärzte einen mittelschweren Vergiftungsgrad feststellen.

Infolge reduzierter Sauerstoffsättigung leidet der Papst an Atemnot und körperlicher Erschöpfung, wobei sich der Zustand erst nach etwa 24 Stunden bessert. Die Ärzte raten dem Papst, zur Beobachtung noch in der Klinik zu bleiben.

In dieser Zeit, an die er sich später kaum erinnert, liegt der Heilige Vater viel im Bett. Lange muss er gegen eine grausame Schwere kämpfen, eine Schwere aus kalter, ins Bodenlose hinabziehenden Angst; und dann, als das nachlässt, beginnt sich um den Papst eine unsichtbare Wand aufzurichten, eine Wand aus Empfindlichkeit und Abneigung gegen die Welt. Er verlangt, dass man im Krankenzimmer zu jeder Stunde die Vorhänge zuziehe und ihn nicht störe, niemanden zu ihm lasse.

Manchmal schnappt er im Traum nach Luft, sieht die Mitbrüder am Boden der Aula liegen; Corelli mit aufgerissenen Augen, im Todeskampf des Erstickens.

Ein andermal träumt er von seiner Kindheit auf dem Argentario: Am Hafen von Porto Santo Stefano trifft er seine tote Mutter Angela. Sie ist jetzt wieder jung und warm wie die Sonne. Wie gut es tut, sie wieder zu sehen!

Aber die Zeit, so scheint es, drängt. Eine rasche Umarmung, zu mehr reicht es nicht, bevor Angela in eines der Boote steigen muss.

«Wir sehen uns!», ruft die Mutter, während das Boot sie in die Weite des Meers hinausträgt.

Der Papst winkt zurück, wohl wissend, dass sie jetzt lange wieder getrennt sind. Trotzdem ist er nicht traurig, denn seine Mutter, davon ist er überzeugt, geht nicht verloren – so viel Liebe, wie sie gegeben hat, wie sie überall auf dem Argentario gesät hat.

Ja, seine Mutter ist so warm wie diese Gegend selbst, diese Insel, die der Papst nun wieder vor sich sieht: das Vorgebirge, die steil abfallenden Küsten. Der Papst findet den Geruch nach Meerschaum und sonnengebleichten Steinen, und irgendwo im Wind das Echo der Stimmen seiner Jugendfreunde.

Die Freunde, die er seit damals nicht gesehen hat und die wohl längst weggezogen sind. Der Papst erinnert sich an die sichelmondförmige Bucht, in der er mit den Freunden damals Frauen beim Baden beobachtet hat. Wo mögen diese Frauen jetzt sein? Und wie hat sich das Kind jener Schwangeren entwickelt, die ihn so beeindruckt hatte, die Frau mit dem karamellfarbenen Bauch?

Alle diese Menschen sind verschwunden. Niemand ist zu sehen. Allein streift der Papst die Küste entlang, spürt wieder das Gewicht der Trauer aus der anderen Welt, will es loswerden, will noch eine Weile hierbleiben. Will den Rest der Insel sehen.

Dann trifft er, mitten auf einer Dorfstraße, Corelli.

Der Freund reicht ihm allerdings nur rasch die Hand. Auch er muss, genau wie die Mutter, die Gegend verlassen. Er hat lediglich auf ihn gewartet, um sich zu verabschieden.

Der Papst ist nicht einverstanden. «Das geht alles zu schnell!»

Aber Corelli kann es nicht aufschieben. Er geht weg. Und der Papst irrt allein durchs Dorf, über verlassene Plätze und Feldwege, bevor er aus dem Traum erwacht.

Es ist der vierte Tage in der Klinik. Am liebsten würden ihn die Ärzte *noch länger* dabehalten. Doch der Papst mag nicht mehr und sorgt für eine sofortige Rückkehr in den Apostolischen Palast.

∗

Inzwischen sind viele der 3112 Konzilsväter abgereist und halten sich wieder in ihrem Heimatland auf. Dennoch lässt der Papst, um jedes Zeichen von Schwäche zu vermeiden, ankündigen, dass die Arbeiten für das Konzil bald fortgesetzt werden, spätestens Ende Monat.

Die Ankündigung erfolgt freilich ohne innere Überzeugung, im Kampf gegen die Schwere, an welcher der Papst nach wie vor leidet und die ihn auf den Boden einer nie erlebten Kraftlosigkeit drückt.

Am liebsten würde sich der Papst in den Privatgemächern verkriechen. Aber er weiß, dass das nicht geht. Selbst das Gebet – das ist im Grunde das Schlimmste – fällt ihm schwer. Es ist so, als hätte sich das geistige Zimmer geleert, in dem Gott sonst auf ihn wartet. Oder noch schlimmer: Als hätte *nie* jemand in diesem Zimmer des Gebetes gewohnt, nie eine Begegnung zwischen Gott und dem Papst stattgefunden, alles nur Illusion.

Es ist das reine Pflichtgefühl, das den Papst im Apostolischen Palast weiterfunktionieren lässt und ihn dazu bringt, wie ein Schlafwandler dem vatikanischen Stundenplan zu folgen und die Sitzungen durchzustehen, die Audienzen, die Gottesdienste.

*

Zehn Tage nach dem Anschlag findet im Petersdom ein Trauergottesdienst für die Toten statt. Das ist ein Ereignis, zu dem fast alle Staatsoberhäupter der westlichen Welt anreisen, gemeinsam mit geistlichen Größen aus islamischen Ländern und Führern der asiatischen Welt.

Während der vom italienischen Staatsfernsehen übertragenen Messe liest der Papst die Namen der 52 in der Belvedere-Aula getöteten Kardinäle und Bischöfe vor; dann die Namen von Sandra Corliano und Emmanuela Di Masio, die Namen von Antonio Vangelis und Rosaria Diamanti aus dem Dikasterium für Familie und Leben; dann die Namen der vier getöteten Touristen im Pinienhof, die Namen der sieben getöteten Sicherheitsbeamten und, zum Schluss, die Namen der Terroristen. Wie für die Seelen der Opfer betet der Heilige Vater vor laufenden Kameras auch für die Seelen ihrer Mörder.

Eine Geste, die über Tage den digitalen Lärm in den einschlägigen Foren dominiert und in Sonderbeiträgen und Talkshows diskutiert wird, von Publizisten und Fachleuten nicht nur in Europa oder den USA, sondern auch in der Türkei und in der arabischen Welt.

Kritiker beklagen eine «Unterwerfungsgeste» des Papstes angesichts der «Islamisierung des Abendlandes», doch mehrheitlich zeigt man sich diesseits wie jenseits der freien Welt erleichtert, dass der Papst nach dieser schrecklichen Geschichte kein Öl ins Feuer gießt.

Mit einer – für eine pluralistische, multimediale Gesellschaft erstaunlichen – Geschlossenheit charakterisiert man den Anschlag als «feige Tat» von Extremisten, ohne ideologische Verbindung zur «eigentlichen Religion des Islam». Dies ist ein Narrativ, das in den meisten Ländern relativ gut ankommt und die Menschen beruhigt.

Daran ändert auch das über Wochen kursierende Bekennervideo der Terroristen nichts, das die üblichen antiwestlichen beziehungsweise antiamerikanischen Kernbotschaften enthält und nicht weiter beachtet wird. Ähnlich wie die Videoclips, welche die Attentäter während des Anschlags aufgenommen haben und die auf einigen Kanälen zu sehen sind, bevor man sie aus dem Internet entfernt.

Die Ermittlungsbehörden, die wenige Stunden nach dem Anschlag bereits alle Täter identifizieren können – in Rom lebende, «gut integrierte» junge Männer, wie es heißt –, heben einige Zeit später ein Netzwerk rund um eine radikale Moschee im Stadtteil Tuscolano aus. Dabei kommt es zu zwei Verhaftungen, aber zu keinen Verurteilungen.

In Zusammenarbeit mit internationalen Behörden ermittelt man den Hintergrund des Bekennervideos und deckt auf, dass dieses nicht wie angenommen aus dem Iran oder dem Umfeld des Islamischen Staates stammt, sondern aus der Türkei, genauer: aus dem Dunstkreis einer Extremistengruppe in Istanbul, deren Kopf – ein Mann namens Al-Hasa – von einem türkischen Spezialkommando aufgespürt und unschädlich gemacht wird, und zwar wenige Tage, nachdem Italien um Zugriff auf Informationen des türkischen Geheimdienstes MIT gebeten hat.

Die einzige Verbindung zwischen dem Anschlag und dem Iran, die von den Behörden offiziell bestätigt wird, betrifft die Finanzierung der fünf jungen Täter des Kohlenstoffdioxid-Anschlags. Man findet Konten, die nicht nur Beweise für einen Geldfluss zwischen Teheran und Rom liefern, sondern die auch zu Reiseunterlagen und Hotelbelegen einer iranischen Kontaktperson führen, bei der es sich angeblich um eine Frau namens Samira Malek handelt – ein Name, den jedoch keine zuständige Stelle jemals bestätigt.

Weil der Vatikan kurz nach dem Trauergottesdienst das

sogenannte *RR Dossier* in die Medien spielt, um die Öffentlichkeit über die verdeckten Sterilisierungsprogramme in Afrika und Indien aufzuklären, geraten für einige Zeit die *Global Humanitarian Foundations* in den Fokus der Kritik.

Man bildet eine Untersuchungskommission und diskutiert in den Medien darüber, ob es angesichts dieses Falls in Bezug auf NGOs nicht mehr staatliche Kontrolle und schärfere Gesetze bräuchte. In einer zweiten Phase erinnert man die Öffentlichkeit daran, dass die Mehrheit der humanitären Stiftungen und Nichtregierungsorganisationen sowohl in Europa wie in den USA durchaus Wertvolles und Gutes, ja Unersetzbares für Afrika und Indien leisten – und dass es angesichts des bedauerlichen, aber «nicht repräsentativen» Fehlverhaltens der *Foundation*s niemandem und am wenigsten den Schwellenländern helfen würde, dem privat organisierten Engagement grundsätzlich das Vertrauen zu entziehen, es mit «staatlichem Rigorismus» gar zu ersticken.

Auch wenn sich diese Art der Argumentation medial relativ schnell durchsetzt, dürfte das nicht der Hauptgrund dafür sein, dass die Diskussion um das *RR Dossier* bald wieder im Sand verläuft. Es dürfte eher daran liegen, dass sich zwischen dem Dossier und der Türkei oder dem Iran keinerlei Verbindung herstellen lässt, dass sich daraus also keine Geschichte mit Bezug auf den Giftgas-Anschlag machen lässt – und es ist und bleibt der *Anschlag,* für den sich die Medienkonsumenten in diesen Wochen interessieren.

Bis schließlich, im Nachgang der Ermittlungen durch die römischen Behörden, neue Fakten ans Tageslicht kommen. Es wird bekannt, dass kurz nach dem Anschlag, im Untergrund einer Baustelle, ein gewisser Alexander Martens – ein Belgier mit Wohnsitz in Brüssel – tot aufgefunden worden ist. Es mehren sich die Gerüchte, dass dieser Martens etwas über den Anschlag gewusst hat, dass er deswegen nach Rom gekommen ist und getötet wurde, weil er die Behörden warnen wollte. Gerüchte, die nicht nur Journalisten, sondern auch Behördenmitglieder zur Hypothese verleiten, das *RR Dossier* sowie die ganze Geschichte um Afrika sei nach dem Anschlag nur deshalb gestreut worden, um von den «wahren terroristischen Drahtziehern» abzulenken.

Im Internet verbreitet sich sogar die Verschwörungstheorie, dass der Vatikan selber hinter dem Anschlag steckt. Eine Theorie, die zwar nur wenige wirklich ernst nehmen, die aber doch dafür sorgt, dass man nun wieder über den Vatikan spricht – und dass Afrika im Hintergrundrauschen verschwindet.

Am Ende hängt dies vielleicht auch damit zusammen, dass man sich in Großteilen des westlichen Establishments relativ einig ist, dass die katholische Kirche eine veraltete, für die Menschheit schädliche Moral vertritt. Und dass es, ganz grundsätzlich, auf der Erde *zu viele Menschen* gibt, dass die Überbevölkerung ein ernstes Problem darstellt und jeden Tag viel unnötiges Leid hervorbringt, und dass es schließlich auch in Bezug auf den Klimaschutz besser wäre, wenn die Leute, besonders in den Schwellenländern, weniger Kinder bekämen.

Selbstverständlich bedeutet das nicht, dass man die Kirche nur als böse Organisation betrachtet oder dass man die illegalen Maßnahmen gegen die Bevölkerungsexplosion gutheißt, wie sie im *RR Dossier* dokumentiert werden. Aber man sympathisiert doch grundsätzlich mit der politischen Ausrichtung der *Foundations*.

Abgesehen davon spielen weder der Anschlag auf den Vatikan noch die Überbevölkerung in der Öffentlichkeit bald überhaupt noch eine Rolle, denn die Medien bekommen neues, aufregendes Futter. Das Bekanntwerden von älterem Datenmaterial in Bezug auf den sexuellen Missbrauch von

US-amerikanischen Jugendlichen und Kindern durch Priester in den 1970er-Jahren sorgt für ein anhaltendes internationales Trommelfeuer aus Skandalberichten.

Man verurteilt die Kirche als Ort des klerikalen Machtmissbrauchs und der Vertuschung. Das Ganze wird vermischt mit bekannten Reformforderungen in Richtung einer Protestantisierung des Katholizismus, also der Abschaffung des Zölibats, der Einführung des Frauenpriestertums sowie der Demokratisierung der Strukturen. Reformen, die schon der verstorbene Kardinal Feuerbach immer vertreten hatte und die nun in zahlreichen Sendungen und Internetforen neuen Aufwind bekommen. Kirchenpolitische Kontroversen, die gerade im atheistischen, kirchenfernen Westen regelmäßig auf ein erstaunliches Zuschauerinteresse stoßen.

40

Iɴ der Zwischenzeit beruft der Papst Sondersitzungen ein, trifft Krisenstäbe, erlässt Dekrete und unterschreibt Dokumente, nicht zuletzt in Bezug auf die Weiterführung des Konzils.

Der Heilige Vater gewährt internationalen Persönlichkeiten Audienzen, hält Ansprachen und arbeitet nahezu 16 Stunden am Tag. Dennoch hinterlässt er bei vielen Mitarbeitenden den Eindruck der Abwesenheit, ja der Niedergeschlagenheit.

Das ändert sich erst – und zwar ganz plötzlich – an einem Donnerstag im Mai. An diesem Donnerstag schreitet der Papst mit Schwung durch die Hallen, im Gesicht ein neues, bisher unbekanntes Strahlen. Entschlossen nimmt er im weiträumigen Palast die Treppen und meidet die Fahrstühle, erscheint frisch und wach an den Sitzungen. Er ist wie ausgetauscht. Er macht Scherze und unterhält sich am Abend mit den vatikanischen Köchen über Rezepte der traditionellen Toskanischen Küche.

Die Sache ist so erstaunlich, dass einige Kardinäle annehmen, der Heilige Vater werde demnächst ganz zusammenbrechen, so, wie man das von den seelischen Berg- und Talfahrten bei manisch-depressiven Menschen kennt.

Die päpstliche Hochstimmung hält jedoch unverändert an. Sie wirkt derart ansteckend, dass die Größen aus Politik und Kultur, die den Papst während einer Audienz erleben, beeindruckt wieder nach Hause fahren.

Unter anderem ein gewisser Francis Keane aus Baltimore, der im Namen der *Global Humanitarian Foundations* schon länger um einen Termin gebeten hatte und sich während der etwa 15-minütigen Audienz persönlich für die Stiftungsgruppe entschuldigt. Er sichert dem Papst zu, dass die aufgedeckten «Operationen in Afrika» ohne Wissen der Stiftungsleitung durchgeführt worden seien und in keiner Weise die Werte der *Foundations* repräsentierten.

«Wir versichern Ihnen, Heiliger Vater, diese Machenschaften haben auch uns zutiefst schockiert», sagt Mister Keane.

Der Papst lächelt mit seinen hellen graublauen Augen.

«Ich danke Ihnen, dass Sie gekommen sind, Mister Keane. Ich glaube, wir wollen alle eine bessere Welt, nicht wahr? Hat uns der Herr heute nicht einen wunderschönen Frühlingstag geschenkt, der alles zur Blüte bringt?»

«Gewiss, Heiliger Vater.»

«Gehen Sie in Frieden, Mister Keane, und beten Sie für mich.»

Die Irritation von Francis Keane, größer als bei anderen Besuchern, ist verständlich. Die Kirche ist und bleibt einer der letzten, wahren Feinde der *Foundations,* keine Frage – und wenn sich das weltweite Oberhaupt dieser Kirche so harmlos gibt, wie es eben geschehen ist, dann kann dies in den Augen Keanes nichts Gutes bedeuten. Es muss eine List sein, eine Täuschung.

Irritiert vom Heiligen Vater ist, in den Reihen der Kurie, auch sein eigener Sprecher, der US-Amerikaner John Harris, der während einer Sitzung die Strategie für die anstehende Medienarbeit besprechen will.

Während dieser Sitzung macht Harris seinem Ärger über die Lage der Weltpresse Luft. Über die vielen Medien, die das Konzil inzwischen einfach ignorieren und auch den Anschlag bereits vergessen haben, die sich stattdessen lieber auf vierzig Jahre alte Missbrauchsfälle stürzen und diese Verbrechen für die eigene politische Agenda missbrauchen.

Die Medien, so Harris, verfolgen doch nur das Ziel, den Katholizismus loszuwerden, genauer gesagt: den Katholizismus als von Staat und Mehrheitskultur unabhängige, zeitkritische Stimme. Und der Beweis dafür, dass die zyklisch wiederkehrende Berichterstattung über Missbrauch in der Kirche *nur politisch* motiviert ist, dass sie wenig zu tun hat mit Opfer-Solidarität oder dem Wunsch nach besserer Prävention, so Harris, dieser Beweis ist die Tatsache, dass niemals «auch nur ansatzweise» so breit und häufig über die Millionen Opfer berichtet, die in der Gesellschaft fernab der Kirche *jeden Tag* sexuelle Gewalt erfahren. Über 220 Millionen Kinder werden nach Angaben von UNICEF weltweit jährlich zum Sex gezwungen. Die internationalen Kinderschänder-Ringe bestehen nicht aus Priestern und Ordensleuten mit Zölibat, sondern aus Politikern und Managern, wie man auch die weltweite Zwangsprostitution nicht für die Kirche organisiert, sondern für gut zahlende Mitglieder der Elite aus den Wohlstandsnationen. Diese Opfer interessieren die Medien kaum, natürlich, denn damit lässt sich keine Stimmung gegen eine unliebsame Religion machen!

Der Papst hört sich alle diese Argumente ruhig an, ermutigt seinen Sprecher, doch bitte ganz ehrlich zu sein, sich alles von der Seele zu reden. Dann schenkt er, mit seinen graublauen Augen, Harris ein Lächeln, das gleiche wie zuvor Mister Keane.

«Ist das alles, was Sie mir mitteilen wollten? Oder gibt es noch mehr?»

«Nein, Heiliger Vater. Im Moment ist das alles.»

«Gut», erwidert der Papst. «Wir werden also aus ideologischen Gründen angegriffen, und die Angriffe nehmen zu, werden aggressiver? Wir erleben auf verschiedenen Ebenen eine sprungbereite Feindseligkeit?»

«So ist es.»

«Es attackieren uns Politiker, Regierungen, Nichtregierungs-Organisationen, Medienhäuser, Prominente aller Art?»

«Ja.»

«Gut», wiederholt der Papst. «Das ist ausgezeichnet, ich segne Sie und Ihre Arbeit.»

*

Es kann nicht weiter verwundern, wenn immer mehr Kurienmitglieder über dieses Benehmen rätseln. Schließlich können sie nicht wissen, was den Papst umtreibt.

Sie können nicht wissen, dass eine sehr persönliche Erfahrung dahintersteckt, die Erfahrung einer Nacht.

Genauer gesagt die Erfahrung einer dieser Nächte, in welcher der Papst zu Gott betet, ohne etwas zu spüren. Die Erfahrung der inneren Leere ist in den letzten Wochen zur Gewohnheit geworden, verbunden mit einer großen seelischen Trockenheit. Und dann plötzlich – in dieser einen, besonderen Nacht – fühlt sich der Papst von etwas berührt, wie er es noch nie erlebt hat. Er muss an den verlassenen Jesus in der Wüste denken. Den Jesus mit gesenktem Haupt. Den Jesus, der bei Sonnenuntergang vor einer Höhle rastet, bevor er weiterzieht.

Der Papst – versunken im Gebet – stellt sich vor, wie er diesem Jesus Schritt für Schritt folgt. Er stellt sich vor, wie er mit Jesus durch die Dürre streift und aufblickt, wenn die Sonne aufgeht oder ein hungriges Tier sie umkreist. Der Papst bleibt die ganze Zeit bei Jesus und möchte ihn berühren, seine Hand, sein Haar, das Gesicht – bis der Sohn Gottes auf einer Düne stehenbleibt. Stehenbleibt und wartet.

Der Papst, gehorsam, wartet an Jesu Seite. Er weiß nicht, warum sie warten, auf wen oder was sie warten – und spürt es doch bereits *kommen*. Der Papst kann sehen, wie in der

Ferne Staubwolken aufziehen, wie sie heranbrausen und beginnen, um sie herum zu wirbeln und ihnen Sand ins Gesicht zu wehen.

Über ihnen nimmt die Dunkelheit im Himmel zu. Und der Papst kann es hören, das Knurren, und sehen, das Zähnefletschen der Bestien, die sich nähern, ein ganzes Rudel.

Bestien, die Kreise der Gier um sie ziehen, Kreise des Todes. Bestien, die jederzeit losspringen können, um sie in Stücke zu reißen.

Trotzdem bleibt Jesus ruhig, schaut die Tiere schweigend an, beobachtet das ruhelose Glühen ihrer Augen – während der Papst seine eigene Angst spürt, wie Stromschläge. Aber er will sich nicht abschrecken lassen, nicht zurückweichen.

Und plötzlich, von einem Moment auf den anderen, stürzt sich das Rudel auf sie, und sie fallen, bevor der Schmerz explodiert, bevor die Verbindung zu Jesus tief und groß wird, schwerelos.

Einige Tage denkt der Papst über diese Vision nach. Er fragt sich, ob es dabei nur um das Böse geht, und um die Angst? Angst vor den Bestien, vor dem Tod?

Nein, da ist noch mehr, überlegt der Papst. In der Vision geht es vielleicht um den *Grund,* warum die Bestien *überhaupt da sind,* bei Jesus in der Wüste. Warum sie zu ihm kommen. Es geht um die Frage, warum Jesus die Bestien anlockt. Weil sie *wittern,* dass Jesus etwas Wahres, Freies darstellt? Und weil sie dieses Wahre und Freie hassen, das über der Macht ihrer Bestialität steht?

Der Papst erinnert sich, was Corelli einmal gesagt hat: «Wer Gott gefällt, ärgert den Teufel.»

Jetzt verstehe ich dich, Corelli, denkt der Papst. Die Bestien kommen, wenn du Gott gefällst. Sie kommen, wenn du in der Wüste mit Jesus stehst, weit weg von den Zerstreuungen der Welt, wenn der Tod seine Ungeheuer schickt, um dich vom Herrn wegzubringen und zu vernichten – *dann* weißt du, dass du etwas richtig machst. Ist es so, Corelli?

Die Kirche wird angegriffen, weil ihre Gegner sie nicht länger nur ignorieren oder schlechtreden können, überlegt der Papst. Die Kirche ist den Mächten der Welt wieder ein Ärgernis, also sind wir auf dem richtigen Weg.

Wir sind auf dem richtigen Weg – das ist die Gewissheit, die nun im Papst heranwächst.

Und es geschieht in diesem Geist, dass der Papst bald eine neue Ansprache zur Fortführung des Konzils vorbereiten muss. Eine Ansprache, die den Menschen Mut machen soll. Die ihnen zeigen soll, dass der Giftgasanschlag in der Belvedere-Aula, die ganze Brutalität dieses Anschlags, mehr bedeutet als Trauer und Neuanfang. Dass der Anschlag zeigt, wie *ernst* die widerchristlichen Mächte die Kirche nehmen, wie sehr sie ihren Einfluss auf die Seele der Welt fürchten. Und dass die Antwort auf diese Situation lauten muss: Weitermachen, entschieden an der Seite des vom Tod umringten Herrn bleiben, keinen Millimeter weichen! Es bedeutet: den Menschen als Gottes Ebenbild verteidigen, gegen die postmoderne Totalverwertung. Die Heiligkeit des Lebens verteidigen, im Mutterbauch, auf dem Sterbebett. Als Kirche mutig auftreten und dem Gewitter der Angriffe standhalten, bis sich das Wort des Apostels Paulus erfüllt: bis der letzte Feind, der Tod, entmachtet wird.

*

Als es im Juni soweit ist und das Konzil weitergeführt wird, hat der Papst seine von Paulus und den Kirchenvätern inspirierte *Rede* schon wieder überarbeitet, weil die Berater meinen, man könne sie falsch verstehen, allzu kämpferisch, ja apokalyptisch.

Der Papst hört auf seine Berater, denn auch sie sind Liebende, auch sie wollen nur das Beste.

Dennoch, dreißig Minuten vor dem Eröffnungsgottesdienst, in der Sakristei des Petersdoms, vergisst der Papst seine Berater wieder. Und mehr noch: Er vergisst auch seine Rede. Er lässt die fünf eng beschriebenen Seiten auf dem Tisch neben dem Talar liegen, denn er braucht sie nicht. Er will gar keine Rede mehr halten.

Bleibe beim Herrn in der Wüste, denkt er, während in der Sakristei die letzten Vorbereitungen getroffen werden und sich die Konzelebranten für den Einzug in den Dom bereit machen.

In der Wüste stehen, denkt der Papst.

Er schließt die Augen, hört das Gemurmel und Geraschel um sich herum, hört die Stimmen der Mitbrüder. Fühlt sich aufgehoben, hält die Augen weiter geschlossen, streckt die Hand nach Jesus in der Wüste aus, bekommt die Hand von Kardinal Stark zu fassen, der gerade neben ihm steht, der neue Präfekt der Glaubenskongregation, der mit ihm die Messe zelebrieren wird.

Wahrscheinlich ist der Kardinal überrascht, ziemlich sicher sogar, zieht die Hand aber nur ganz langsam zurück. Und bevor der Papst seine Augen wieder öffnet, bevor sie in den Dom einziehen, zu den Tausenden, die angereist sind, um die Messe zu feiern und das Konzil fortzuführen – bevor der Papst die ersten Orgeltöne durch den Petersdom strömen hört, unterwegs nach vorne zum Altar, in den Geruch des Weihrauchs, sieht er für einen Moment das Gesicht in der Wüste vor sich. Er sieht es und weiß, dass die Kultur des Todes gegen die Heiligkeit des Lebens wieder begonnen hat, ihre Kreise zu ziehen. Noch weit gezogene, entfernte Kreise, die sich aber rasch verkleinern werden, die Räume enger machen, auch in der Kirche. Aber sie sind vorbereitet. Und nicht allein.

41

ZURÜCK in den Vereinigten Staaten, organisiert Francis Keane von den *Global Humanitarian Foundations* in Baltimore eine Sitzung des Stiftungsrates, an der alle Mitglieder teilnehmen.

Er informiert die Kollegen über seine Audienz beim Papst und verschweigt dabei nicht, wie sehr ihn die Begegnung irritiert hat. Er betont mit Nachdruck, dass man sich vor diesem Papst in Acht nehmen müsse, dass der Vatikan wohl demnächst eine Aktion gegen die Stiftungsgruppe plane und es daher notwendig sei, sämtliche Operationen in Afrika sowie Indien vorderhand einzustellen.

Zwar gibt es während der Sitzung die eine oder andere Zwischenfrage, doch ist Francis Keane nicht der Mann, dessen Urteile man in diesem Kreis anzweifelt, daher stimmen sämtliche Mitglieder des Stiftungsrates einem bereits vorliegenden Maßnahmenpaket zu.

Der Rest des Meetings dreht sich um Projekte in Indien, Südamerika und – zum Schluss – in den USA, vornehmlich in den Bereichen Gender Mainstreaming und Climate Justice.

Nach der Sitzung bleibt Mister Keane allein im Raum zurück. Er lässt sich frischen Kaffee sowie Mineralwasser bringen und sitzt zuerst am verlassenen Konferenztisch, auf dem noch Kugelschreiber und Büroklammern liegen.

Dann stellt er sich, in der Hand die Kaffeetasse, vor das Panoramafenster, das auf den Patapsco River hinausgeht. Von hier aus ist der Riverside Park gut zu sehen, weiter drüben die spiegelglatte, in der Abendsonne aufblitzende Fassade des *American Visionary Art Museum*.

Wir werden vorsichtig sein, denkt Mister Keane.

Er nimmt einen Schluck vom Kaffee. Ja, sie werden *sehr vorsichtig* sein nach der Sache mit dem Papst. Aber natürlich dürfen sie sich trotzdem keine Sekunde bremsen oder beunruhigen lassen. Als humanitäre Gruppe dürfen sie nicht und niemals *nachgeben*. Die katholische Kirche hat rund 1,3 Milliarden Mitglieder und wächst jährlich um etwa 14 Millionen. In den ärmsten Regionen der Welt pflanzt sie weiter ihre Fortschrittsfeindlichkeit in die Herzen von Millionen, ihre verhütungsfeindliche Sexualmoral und vor allem die Reduktion der Frau auf die Mutterschaft, weswegen Frauen meist lebenslang gefangen bleiben in einem patriarchalen Familiensystem. So vermehrt die Kirche weltweit ihre reaktionären Ansichten und treibt das Bevölkerungswachstum in die Höhe.

Das muss gestoppt werden, denkt Mister Keane und geht zurück zum Tisch, tauscht die Tasse gegen ein Glas Mineralwasser und stellt sich wieder vor das Fenster.

Niemals, *niemals* hätte es die Freiheitsgeschichte des Westens gegeben, wären Religion und Aberglaube nicht von Vernunft und Aufklärung zurückgedrängt worden. Wie kann man das nicht sehen! Als Beweis genügt doch ein Blick in jene Länder, in denen weiterhin Religionen dominieren, sei es der Islam, das Christentum, der Hinduismus oder der Buddhismus. Wo immer man nicht auf Vernunft, Wissenschaft und die Freiheit des Einzelnen setzt, sondern auf irrationale Glaubenstexte und Autoritäten, erntet man Jahrhunderte aus Unterdrückung, Krieg, Armut.

Wie ist es möglich, dass ein gebildeter Mann wie der Papst das nicht weiß?

Mister Keane fragt sich das ganz im Ernst und betrachtet dabei die dunkelgrau dahinfließende Oberfläche des Patapsco Rivers.

Vielleicht *weiß* der Papst um diese Zusammenhänge, vielleicht wissen es alle seine Kardinäle und Bischöfe, ja, natürlich! Sie wissen es, können es aber *nicht zugeben,* denn es würde ihre Macht gefährden. Es würde die moralische Autorität gefährden, mit der sie ihre 1,3 Milliarden Schäfchen niederhalten.

«Fanatiker», flüstert Mister Keane vor dem Fenster.

Er hat dieses Wort über die Jahre oft benutzt, in internen Analysen, in öffentlichen Artikeln und Kommentaren, doch zum ersten Mal in seinem Leben bekommt es für Mister Keane eine tiefere Bedeutung, fühlt sich warm und klebrig an, unangenehm klebrig.

Fanatiker: das sind nicht einfach verblendete Leute, die Dummes, Schädliches oder Grausames tun. Es sind Leute, die im Gegenteil glauben, das *einzig Gute und Richtige* zu tun. Offensichtlich ist dieser Papst ein freundlicher, friedfertiger Mensch, der niemals bewusst etwas Böses tun würde. Warum auch? Nein, der Papst ist kein Heuchler. Nein, zum großen Unglück der Welt meint er es wohl todernst, wenn er die Leute darum bittet, für ihn zu beten. Er glaubt *wirklich,* dass solche Gebete wirken. Das bedeutet: Er glaubt, dass es diesen Gott, der auf Gebete hört, tatsächlich gibt und dass er, der Papst, im Sinne und in der Vollmacht dieses Gottes handelt.

Das ist der sanfte, freundlich lächelnde Größenwahn der Religion, denkt Mister Keane. Der sanfte, unheilbare Wahnsinn. Und am Ende ist es natürlich auch die pure *Feigheit vor der Wirklichkeit.* Ja, solche Fanatiker lassen sich nämlich nicht nur vom Irrationalen aufblähen, so dass sie unerreichbar werden für die Stimme der Vernunft, denkt Mister Keane, sondern sie sind Schisshasen der Natur. Sie ertragen die einfache Tatsache nicht, dass es nur *diese Welt* gibt und dass alle sterben müssen. Sie ertragen die Armseligkeit ihrer limitierten Lebenszeit nicht und klammern sich mit blinder Einbildungskraft an ihren Gott. Den Gott, der am Ende alles richten soll.

Und wenn man im Namen dieses Gottes auftritt, dann darf man natürlich die ganze Menschheit belehren und über sie richten, und zwar mit gutem Gewissen, denn es geht ja um das Wohl aller.

«Widerlich», flüstert Mister Keane.

Noch einmal blickt er zum *American Visionary Art Museum,* wo sich das Abendlicht jetzt rötlich auf der Spiegelfassade bricht und für Momente aufglüht.

Nie mehr dürfen Religionen eine Hauptrolle in der Geschichte der Kulturen spielen! Sonst wird die Freiheit, dieses Kind von Aufklärung, Wissenschaft und Säkularisierung, brutal totgeschlagen, sobald die Religiösen wieder Oberwasser haben.

Das ist der Kampf, um den es geht! Und es ist die Verantwortung der *Foundations,* diesen Kampf zu führen, immer wieder, so lange es eben dauert, so lange es Länder gibt, die vom Fortschritt abgeschnitten sind.

Davon ist Mister Keane mit einer solchen Entschiedenheit und Kraft überzeugt, dass er sich manchmal, durchströmt von dieser Kraft, wieder jung fühlt. Dabei ist ihm klar, dass die bequeme Primitivität der Religion – als Ausrede für die eigene, von der Verantwortung befreiende Unmündigkeit –, dass die dumme Blindheit der Religiösen auf der Welt niemals verschwinden wird, dass sie immer Nahrung finden wird, um das mühsam Erreichte wieder niederzureißen und zu zertrampeln. Aber das darf für Mister Keane und die *Foundations* niemals ein Grund sein, in dieser Sache nachzugeben, auch nicht für einen einzigen Moment. Denn sie sind vorbereitet. Und nicht allein.

42

NACH ihrer Ankunft in Zürich bleibt Chiara zehn Tage
mit Hank in der Schweiz. Sie telefoniert täglich mit ihrem
Vater und diskutiert Neuigkeiten aus Rom.

Nur langsam legt sich der Schrecken über die Ereignisse,
und die Erleichterung, dass der Papst noch lebt, überwiegt –
zumal sich das Gerücht verbreitet, der Papst habe sich umge-
hend wieder an die Arbeit gemacht.

Chiara lässt sich von Hank in Restaurants in der Zürcher
Altstadt oder am Seeufer ausführen. Sie schläft im Schlafzim-
merbett in Hanks Wohnung, er auf dem ausziehbaren Sofa in
der Wohnstube.

Was ihr erst später klar wird: Es gibt eigentlich nie einen
Augenblick, der ihr das Gefühl gibt, Hank im Weg zu stehen.
Sie hat auch nicht den Eindruck, dass er in seiner einsamen
Wohnung – sie empfindet es so – irgendwelche Anzeichen
von schlechtem Benehmen zeigt oder dass er gar Annähe-
rungsversuche macht. Natürlich hat sie nichts anderes erwartet, das würde nicht zu Hank passen.

Auf der anderen Seite irritiert es sie, denn sie macht sonst
eigentlich nie die Erfahrung, dass Männer auf die Dauer kein
Interesse zeigen, dass sie früher oder später nicht wenigstens
auf subtile Weise versuchen, die Aussicht auf intimeres Ter-
rain zu erkunden.

*

An einem sonnigen Tag machen sie einen Ausflug in die Ostschweiz nach Sankt Gallen. Chiara möchte das Viertel sehen,

in dem Rossi und Hank aufgewachsen sind, möchte den hässlichen Wohnblock mit dem Hinterhof begutachten, von dem Rossi erzählt hat. Doch sie empfindet das Gebäude als gewöhnlich, jedenfalls ist es nicht hässlich.

Hank deutet auf das zweitoberste Fenster rechts, Rossis ehemaliges Zimmer, und Chiara versucht sich den kleinen Jungen hinter dem Fenster vorzustellen.

Den Namen nach zu urteilen, die sie über den Klingelknöpfen beim Hauseingang lesen, wohnen hier keine Italiener und Spanier mehr, sondern Leute aus dem Balkan oder aus afrikanischen Ländern.

Auf dem Weg in den Osten reagiert Chiara auf das eine oder andere Einfamilienhaus und staunt über die Ruhe, den klaren Zuschnitt der Gärten, die ordentlichen Einfahrten.

Als sie den Friedhof betreten und Rossis Grab aufsuchen, kniet sich Chiara hin. Sie schließt die Augen und beginnt zu beten. Hank bleibt hinter ihr stehen und wartet.

Nach dem Gebet verharrt sie noch einen Moment vor Rossis Foto neben der Inschrift und dem laubfarbenen, von der Nacht gefrorenen Blumenbeet, dann verlassen sie den Friedhof.

In einem Kaffee beim Bahnhof, wo sie auf den Schnellzug nach Zürich warten, bekommt sie einen Anruf ihres Vaters.

In Rom hat es, wie es scheint, weitere Verhaftungen gegeben, Salvatore Vanni und drei seiner Leute. Dann hat der Papst vierzehn neue Kardinäle ernannt, einen davon zum Präfekten der Glaubenskongregation, den amerikanischen Kardinal Richard Stark.

«Mein Vater hört Gutes aus dem Vatikan. Er sagt, ich soll nach Rom zurückkommen.»

«Dein Vater hat Recht», erwidert Hank. «Wenn Vanni und seine Leute verhaftet wurden, ist die Lage sicherer.»

Chiara fühlt sich plötzlich schwer.

Sie denkt an Rossis Grab, und endlich kann sie es aussprechen: «Ich war dabei, als Rossi gestorben ist.»

Hank sagt nichts, rührt nur mit dem Löffel in seinem Kaffee.

«Es war ein Jeep, ein grauer Jeep. Ich konnte nichts dagegen tun.» Chiara hört, wie sie das sagt, aber es ist wie eine Stimme am Nebentisch. «Ich weiß nicht, ob er etwas gemerkt hat, als ich neben ihm auf den Krankenwagen wartete. Einmal hat er die Augen geöffnet, aber ich glaube – er hat mich nicht gesehen.»

Im Zug nach Zürich, fast während der ganzen Fahrt, redet Hank auf sie ein, wie er es sonst nie tut. Er versucht sie zu trösten. Aber für Chiara ist es, als würde er zu einer anderen Frau sprechen, als würde er die Hände einer anderen Frau berühren, während draußen die gepflegte, sonnendurchtupfte Landschaft vorüberfliegt.

Zurück in Hanks Wohnung nimmt sie eine Dusche, dreht das Wasser auf kalt und spürt ihr Herz klopfen. Sie packt die Koffer und erledigt mit dem Smartphone den Online-Check-in für ihren Rückflug.

Fürs Abendessen hat Hank beim Chinesen in der Nähe reserviert. Chiara mag Chinesisch, aber nicht heute. Sie möchte nicht ausgehen, möchte niemanden sehen, würde am liebsten auf der Stelle einschlafen und sich ausruhen, sich ganz aus dem Tag ausklinken.

Hank bestellt Pizza. Er hat zwei Flaschen Bolgheri gekauft und entkorkt eine.

«Wann musst du morgen am Flughafen sein?»

«Um 10 Uhr.»

«Wie geht es für dich weiter, in Rom?»

Darüber muss Chiara nachdenken. Sie kann es nicht sagen.

Plötzlich denkt sie an das Buch ‹Kohelet› aus dem Alten Testament, das ihr Vater gern zitiert.

«Windhauch und Luftgespinst, heißt es in der Bibel. Kennst du das? Alles, was unter dem Himmel geschieht, ist schon einmal geschehen und wird wieder geschehen.»

Hank antwortet nicht. Er trinkt vom Wein, zurückgelehnt im Stuhl.

«Der Anschlag wird nichts ändern», erklärt sie. «Eine Weile wird man sich an die Toten erinnern, dann geht alles den gewohnten Weg. Es wird neue Tote geben. Den meisten wird es egal sein.»

Hank schenkt Wein in ihr Glas. «Es ist seit Jahrtausenden so. Macht, Moneten und große Ideen, die angeblich die Welt verbessern. Die einfachen Leute werden da reingezogen, in die Kämpfe der Mächtigen. Meistens haben sie nichts davon, außer Leid. Warum soll es ihnen also nicht egal sein?»

Chiara hat so etwas erwartet, natürlich, das passt zu Hank, und es passt zum Buch Kohelet.

«Es ist schrecklich», sagt sie.

Jetzt steht Hank von seinem Platz auf, nimmt ihre Hand und führt sie, ohne ein Wort zu sagen, ins Schlafzimmer.

Er legt sich neben sie aufs Bett und hält sie fest, wickelt sie ein in die weiche Ruhe seiner Wärme. Sie schließt die Augen und hört ihn irgendwo atmen, hört sich selber irgendwo atmen.

Sie denkt an Rom, an ihr Zuhause, auf das sie sich freut. Aber freut sie sich *wirklich?* Da sind ihre Freunde, natürlich – aber haben ihre Freunde nicht inzwischen alle ihre eigenen Kinder, ihr eigenes Familienleben? Ist es nicht so, dass sie meist keine Zeit für Chiara haben?

Und was ist mit Vater? Bestimmt möchte er sie gern wiedersehen, bestimmt wird er sich freuen, wenn sie zurückkommt. Aber wenn man es genau nimmt, braucht er Chiara nicht. Der Vater ist zufrieden, wenn er mit seinen Freunden Boccia und Briscola spielen und beim Wein über Politik schimpfen kann, und wenn man ihn sonntags in Ruhe lässt mit seiner Serie A und seiner Formel Eins.

Es würde sich wenig ändern, wenn ich weg bin, denkt Chiara.

Sie hat die Augen noch immer geschlossen in Hanks Wärme. Und hört ihn noch immer atmen, irgendwo. Sie denkt an die Reise morgen. Stellt sich vor, wie sie in Rom landet und mit dem Zug in die Stadt fährt, zurück in ihre Wohnung.

Wird sie Hank je wiedersehen? Werden sie den Kontakt aufrechterhalten? Oder wird der Alltag sie verschlucken, die Erinnerung an diesen Moment verblassen? *Windhauch und Luftgespinst?*

*

Zurück in Rom, tut Chiara alles, um den Kontakt aufrechtzuerhalten. Sie führt mit Hank lange Telefonate, tauscht Neuigkeiten, Fotos, Hoffnungen über Whatsapp.

Dennoch kommt der Tag – sie arbeitet inzwischen als Leitungsassistentin eines Museums –, an dem der Rhythmus der Anrufe stockt, an dem sich die Wirklichkeiten vor Ort in den Vordergrund drängen.

Chiara lässt sich von einem katholischen Geschäftsmann, den sie an einem Gala-Dinner fürs Museum kennenlernt, zum Abendessen einladen. Wie gewohnt wird sie auf den Händen der Bewunderung getragen, wie gewohnt registriert sie beste Manieren und das übliche Maß an Begehren, und wie gewohnt kann sie damit nichts anfangen.

Es folgen Geburtstage von Freundinnen, lange Arbeitstage und ein Osterwochenende mit dem Vater, bis ihr auffällt, dass sie von Hank schon seit *zwei Wochen* nichts gehört hat.

Sie versucht ihn zu erreichen und wartet, zwei Tage, drei Tage. Als er sich meldet, teilt er ihr mit, seine Mutter sei gestorben.

«Ich nehme frei und komme zu dir», sagt sie.

«Bringt nichts, die Beerdigung ist morgen. Und ich ersaufe in Arbeit.» Und dann, nach einer Pause: «Vielleicht komme ich nach Rom, nächste Woche, ein Social-Media-Kongress.»

Chiara freut sich darauf, Hank wiederzusehen.

Dieses Gefühl hält an, bis sie auf einmal unsicher wird, ob sie die Sache nicht überinterpretiert, ob Hank nicht vor allem wegen seinem Kongress nach Rom kommt.

Sie fragt sich, warum er sie nicht angerufen hat wegen seiner Mutter, wegen seiner Trauer? Sie fragt sich, wohin diese Freundschaft aus der Ferne, zusammengesetzt aus Smartphone und gutem Willen, überhaupt führen kann? *Ist* es überhaupt eine Freundschaft? Hat sie sich nicht in einer Illusion eingerichtet und sich deswegen anderen Männern gegenüber verschlossen? Wird es nicht Zeit, realistisch zu sein?

So wächst in Chiara die Gewissheit, dass sie wieder dort angekommen ist, wo sie begonnen hat: allein, ohne Lebenspartner. Vielleicht verliebt sie sich eines Tages wieder einmal in einen Priester, wie damals in Rossi, denn ein Priester ist immerhin für *alle* da, ist es nicht so?

Ich werde allein sein, denkt Chiara.

*

Einen Tag vor Hanks Ankunft hat sie einen Traum. In diesem Traum ist Chiara allein unterwegs. Sie überquert Straßen, die ihr bekannt vorkommen. Sie erkennt Teile des Stadtviertels, in dem sie aufgewachsen ist. Sie sieht ihren Vater, der ihr aus der Ferne zuwinkt.

Chiara winkt zurück, bevor sie weitergeht. Sie kommt über

eine Brücke und erreicht auf der anderen Seite eine neue Stimmung.

Sie überquert die Piazza del Popolo, wenn es die Piazza del Popolo ist. Sie bleibt kurz stehen, als sie das Gefühl hat, sich daran zu erinnern, als Kind schon einmal hier gewesen zu sein, mit ihrem Vater. Damals haben sie auf dem Pflastersteinboden eine tote Taube entdeckt, mit nassen, glänzenden Federn. Chiara hatte sich vorgestellt, das Tier mit den Händen zu berühren und es auf diese Weise wieder zum Leben zu erwecken. Sie hatte sich vorgestellt, wie die Taube mit den Flügeln flattert und über die Dächer davonfliegt.

Doch jetzt ist hier keine Taube zu sehen. Keine Tiere, keine Menschen. Die ganze Stadt wirkt still, verlassen.

Es beginnt zu tropfen, ein weicher, lauwarmer Regen. Chiara weiß nicht, wohin sie geht, wo die Straßen enden. Die Straßen, die sie kennt und doch nicht kennt, die Straßen mit den leeren Hauseingängen und dem fernen Blinken der Ampeln.

Unter dem Wolkenhimmel glänzen die Kuppeln der Kirchen und Museen, die sie hinter sich lässt, die immer weiter zurückbleiben. Ausgestorbene Kreuzungen, dunkle Läden und Vitrinen, bis Chiara wieder einen Pflastersteinplatz erreicht.

Der Regen nimmt zu.

Chiara stellt sich unter die Markise eines verlassenen Cafés und wartet.

Sie wartet so lange, bis Hank neben ihr steht.

Hank sagt nichts. Sie sagen beide nichts.

Sie blicken nur über die Piazza. Blicken auf den dunkelnassen Obelisk in der Mitte, auf die Treppenstufen am anderen Ende, auf dem jetzt doch Tauben landen und wieder losfliegen. Sie blicken auf die Wasserlachen, auf den Glanz der Pflastersteine, auf die Dächer und Fenster – alles in der ruhigen, schwerelosen Silberstimmung des Tages.

Sie bleiben unter der Markise, sicher und trocken. Hank besorgt Chiara einen Stuhl aus dem Café, damit sie sich setzen kann.

Es tut gut, sich auszuruhen. Es tut gut, an nichts anderes zu denken, einfach nur hier zu sein, in der Gewissheit, dass Hank ebenfalls da ist.

Er bleibt hinter ihr stehen. Einmal legt er die Hände auf ihre Schultern, leicht wie eine Gegenwart, die ganz selbstverständlich ist, die vielleicht schon von Anfang an auf sie gewartet hat, ohne dass sie dazu gekommen ist, sie zu bemerken. Sie spürt die ruhige, sanfte Entschlossenheit, die von Hank ausgeht. Sie hört ihn irgendwo atmen und begreift, dass sie angekommen ist, dass alles miteinander verbunden ist, unter der Oberfläche der Zeit, unter der Oberfläche ihrer langen Suche.